Joseph Lemark

VERMISST

Kriminalroman

Nach dem Studium zum Grafikdesigner an der Hochschule für künstlerische und industrielle Gestaltung in Linz ist Joseph Lemark für Werbeagenturen in Linz, Basel, Wien und New York tätig. Danach arbeitet er lange Zeit als Buchgestalter und Food-Fotograf. Während dieser Zeit wendet er sich dem Schreiben zu. Es entstehen Kurzgeschichten und satirische Kolumnen für Tageszeitungen sowie zwei Kinderbücher.

Tödliche Liebe ist sein erster Kriminalroman.
Für **Vendetta** bekommt er ein Literaturstipendium des Landes Oberösterreich.
Kollateralschaden ist die dritte Geschichte um das Ermittlerduo Vierziger/Glück.
In der Fremde führt Josef Vierziger in den Süden Italiens
Vermisst schickt Josef Vierziger auf die Suche nach einer dubiosen Anwältin

Joseph Lemark

VERMISST

Das Verschwinden der Signora Maci

Ein Apulienkrimi

federfrei

Ein herzliches Dankeschön für die juristische Beratung an Frau Dr. Brigitte Loderbauer, Leiterin der Oberstaatsanwaltschaft Innsbruck.
Für die Ausforschung von Verbrechen gegen die deutsche Orthografie geht mein allerherzlichster Dank an Barbara S.
Mille grazie für die Überprüfung der italienischsprachigen Textteile an Signora Evelyn V.
Ein ganz besonderer Dank an Signora Claudia K. für die Überprüfung der Rezepte und die Idee für die Crostata die mandorle.
Grazie mille anche alla Signora Nora, padrona dell'Osteria da Nonna la, per la sua ospitalità e i suoi consigli culinari.

jo.lemark@gmail.com
Facebook: Joseph Lemark
Instagram: lemarkkrimi

1. Auflage, Marchtrenk, 2022
www.federfrei.at

Umschlag: Wolfgang Kraml
Umschlagbild: adobestock/Podoprigorow
Autorenfoto: Claudia Kraml
Lektorat: federfrei
Printed in E.U.

ISBN 978-3-99074-179-5

Ich bin ein Teil von jener Kraft,
Die stets das Böse will und stets das Gute schafft.
…
Ich bin der Geist, der stets verneint!
Und das mit Recht; denn alles, was entsteht,
Ist wert, dass es zugrunde geht;

Freiherr Johann Wolfgang von Goethe

Die folgende Geschichte ist, genau wie alle darin vorkommenden Personen und Namen, frei erfunden. Im Gegensatz zu Kriminalgeschichten ist das wirkliche Leben aber voller Zufälle. Sollte es also in dieser Geschichte irgendwelche Ähnlichkeiten zu tatsächlich lebenden Personen geben, so können sie nur einem solchen Zufall entspringen und sind keineswegs beabsichtigt oder gar gewünscht.

Sofern sie sich nicht schon aus dem Textzusammenhang erklären, sind italienschsprachige Ausdrücke in einem Glossar am Ende der Geschichte übersetzt.

1

Durch die Vorhänge an der wandbreiten Fensterfront sickerte spärliches Licht und tauchte den Raum in eine rötliche Dämmerung. Musik floss aus den Lautsprechern an der Decke. Leicht gebeugt saß sie mit gesenktem Kopf und angewinkelten Knien auf dem Bett, mit den Händen stützte sie sich auf ihre Oberschenkel. Wie in Trance wiegte sie ihre Hüften zum Rhythmus der Musik. Seit Rosaria den kroatischen Cellisten in der Arena von Pula erlebt hatte, begleitete seine Musik sie immer wieder zur vollkommenen Entspannung. Bei den letzten Takten wurden ihre Bewegungen schneller, heftiger, mit den finalen Bogenstrichen stieg ein Beben in ihr hoch, sie ließ sich vornüberfallen und biss in die Bettdecke, um den Schrei zu unterdrücken. So blieb sie liegen bis sie wieder zu Atem gekommen und das Zittern verebbt war. Als sie spürte, wie er sich aus ihr zurückzog, richtete sie sich wieder auf. Für diese Nacht waren ihre Bedürfnisse befriedigt. Sie duschte lange und ausgiebig. Nur mit einem Handtuch um ihre feuchten Haare ging sie in die Küche und machte sie sich an der Kaffeemaschine zu schaffen.

„Du auch?“
„Wenn du schon dabei bist!“
Während die Espressi aus der Maschine liefen, öffnete sie eine neue Champagnerflasche, füllte zwei Gläser und stellte sie auf die Kücheninsel neben die vorbereiteten Untertassen. Kaum hatte er seines gierig geleert, stellte er sich hinter sie, umfasste kurz ihre Brüste, drückte sie nach vorne über den Tresen. Mit ein paar schnellen Bewegungen löste auch er seine Spannung.
„Du solltest jetzt besser gehen!“, sagte sie ein wenig später und räumte die beiden Kaffeetassen in den Spülmaschine.
„Warum? Haben wir nicht gerade erst angefangen?“
Er hob sein leeres Glas in die Höhe.
„Eines noch!“, gab sie nach und füllte die beiden Gläser noch einmal. Seines stellte sie auf den gläsernen Couchtisch, mit ihrem setzte sie sich in den weißen Fauteuil.
„Für heute hast du genug gehabt“, lächelte sie, während sie ihre Knie weit auseinanderfallen ließ.
„Ich glaube nicht!“, widersprach er und zog sie an den Händen hoch.

2

„Buongiorno, Dottor Quaranta!“

Avvocato Simoncini streckte ihm die Hand hin. Mit dieser Unterstützung wand sich Josef Vierziger um einen winzigen Hauch eleganter aus Francas blutrotem Cabrio. Vierziger hatte seinen Nachbarn schon in trauter Zweisamkeit mit seinem Hund Nero auf der Bank vor dem Haus sitzen sehen, als er über die leichte Erhöhung nach dem Tor zum Grundstück gefahren war. Was, um alles in der Welt, wollte der Avvocato um diese Zeit bei ihm? Zugegeben, seit dieser Geschichte mit dem Flüchtlingslager in ihrer Nachbarschaft war er – wie sollte man das am besten nennen? – ja, anhänglich geworden. Der alte Anwalt lebte alleine etwa einen Dreiviertelkilometer von ihm entfernt in Richtung Stadt. Dreimal die Woche kam so eine Art Haushälterin zu ihm, aber das war's auch schon.

„Mille grazie!“

„Piacere mio! Ab einem gewissen Alter sollte man nicht mehr mit solchen Autos fahren. Auch wenn sie noch so hübsch sind!“

Vierziger überlegte kurz, ob er die Bemerkung parieren sollte. Er ließ es sein. Der Anwalt hatte ja recht. Aber er war ganz und gar unschuldig! Franca hatte ihm ihr Auto geradezu aufgedrängt. „Ich habe keine Lust, mit deiner Knutschkugel eine halbe Ewigkeit bis nach Bari zu tuckern", waren ihre Worte gewesen. Also, das mit der halben Ewigkeit war ein wenig übertrieben. Und ja, natürlich, etwas länger als sie hätte er schon gebraucht.

„Was verschafft mir die Ehre, Avvocato?", sagte Vierziger stattdessen, kaum dass er sich mit Simoncinis Hilfe aus dem Auto gequält hatte. „Um diese Zeit!", konnte er sich nicht verbeißen hinterherzuschicken. Gleichzeitig streckte er sich durch, um sein Kreuz wieder einigermaßen gerade zu richten.

„Ich brauche Ihre Hilfe, mein Lieber. Und Ihre Erfahrung als Commissario."

»Mein Lieber«, hatte Simoncini gesagt. Und Commissario. Da hieß es, Vorsicht walten lassen.

„Worum geht es denn?"

„Eine lange Geschichte. Bei einem Kaffee vielleicht?"

Kaffee war genau das richtige Stichwort. Wenn er sich schon nicht auf der Stelle hinlegen konnte, war Kaffee seine einzige Rettung.

„Gut", sagte er und ging voraus, vorbei am rechten Trullo, in dem die Küche untergebracht war, zur Gartenseite seines Hauses. Nero und sein Nachbar folgten ihm.

„Bin gleich wieder da", brummte Vierziger, während er die Hintertür aufschloss.

Der Avvocato ließ sich auf der Bank nieder, Nero robbte darunter, drehte sich einmal um sich selbst und legte seinen Kopf auf Simoncinis Füße.
„Also?“, fragte Vierziger, als er den Kaffee und den Rest der Apfeltorte, die er am Wochenende für Franca gebacken hatte, auf den Tisch gestellt hatte. Dottor Simoncini konzentrierte sich zuerst einmal darauf, den Berg Zucker, den er in seinen Cappuccino geschaufelt hatte, in den Kaffee einzuarbeiten.
„Die Sache ist ein wenig kompliziert“, nuschelte er, während er die erste Gabel mit der Torte in den Mund schob. „Es geht um eine junge Frau, eine Kollegin von mir, die Nichte meines früheren Kanzleipartners.“
Der Avvocato deutete mit der Gabel auf die Torte. „Molto buono!“, lobte er und verleibte sich den nächsten Bissen ein.
Herrgott noch einmal! Konnte der nicht endlich einmal auf den Punkt kommen? Wollte er ihm zu dieser geradezu nachtschlafenden Zeit sein Liebesleben beichten? So eng waren sie jetzt auch wieder nicht. Gut, seit Vierziger vor ein paar Jahren dieses Grundstück gekauft und das Haus gebaut hatte, war der alte Anwalt immer wieder auf eine kleine Plauderei, ein Glas Wein oder einen Kaffee vorbeigekommen. Mehr aber auch nicht. Außer eben damals bei dieser Sache mit dem afrikanischen Flüchtling.
„Was ist mit der Signora?“
Simoncini ließ ein weiteres Stück Torte in seinem Mund verschwinden und spülte mit dem letzten Schluck Cappuccino nach.

„Sie ist verschwunden."
„Wie, verschwunden?"
„Naja, weg eben. Seit ein paar Tagen gibt es kein Lebenszeichen mehr von ihr. Ihr Onkel, also mein ehemaliger Kanzleisozius, ist der einzige noch lebende Verwandte. Aber er ist schon über neunzig und sitzt im Rollstuhl. Deswegen möchte er, dass ich mich darum kümmere."
„Sollte sich darum nicht die *Arma* kümmern?" Vierziger hatte nicht die geringste Lust, eine verschwundene Frau aufzustöbern, die sich vielleicht nur mit einem Liebhaber ein paar schöne Tage machen wollte.
„Ach, hören Sie mir mit denen auf! Ich war natürlich schon beim Maresciallo. Wissen Sie, was der gesagt hat? Ich soll in einer Woche wiederkommen, falls sie bis dahin nicht ohnehin von alleine wieder aufgetaucht ist!"
Maresciallo Di Gaetano, der Chef der hiesigen Carabinieri, war also zu dem gleichen Schluss gekommen wie Josef Vierziger auch. Was für eine Überraschung!
„Was macht ihren Freund so sicher, dass die Signora verschwunden ist?"
„Sehen Sie, Dottore, sie hat ihn jeden Tag angerufen. Zweimal. Am Morgen, bevor sie aus dem Haus gegangen ist und danach wieder am Abend, wenn sie wieder zurückgekehrt ist. Seit drei Tagen nichts mehr! Am Samstagnachmittag hat sie ihn noch besucht, so wie sonst auch immer. Seither hat er von ihr nichts mehr gehört. Kein Anruf, gar nichts. Und am Montag ist sie auch nicht in ihrer Kanzlei erschienen. Ihr Assistent hat keine Ahnung, wo sie stecken könnte. Deshalb ..."

„Wie heißt diese Signora? Und wie alt ist sie?“

„Dottoressa Maci, Rosaria Maci. Genau weiß ich das jetzt auch nicht, aber sie wird so um die vierzig sein.“

Avvocata Rosaria Maci. Irgendwo hatte Vierziger den Namen schon einmal gehört, im Augenblick hatte er aber keine Ahnung, wo das gewesen sein könnte. Egal.

„*Senti,* Avvocato“, sagte er und warf einen Blick auf die Uhr seines telefoninos. „Es ist jetzt kurz vor neun. Sie kommen um 1 Uhr wieder, ich lade Sie auch zum Mittagessen ein. Aber jetzt muss ich schlafen, ich habe die ganze Nacht kein Auge zugetan.“

„Ja, sehen Sie, *mio amico,* das ist wie bei den hübschen Autos. Irgendwann geht auch das mit den langen Nächten nicht mehr! Sie hätten sich von der Commissaria schon am Nachmittag verabschieden und die Nacht lieber in Morpheus Armen statt in jenen der Dottoressa Bonfiglia verbringen sollen!“

Täuschte er sich, oder stand da in Dottor Simoncinis Gesicht die Schadenfreude, versteckt hinter dem Neid der Besitzlosen. Zudem kam er sich vor wie in einem Überwachungsstaat. Wie bei Orson Welles oder gar bei den Chinesen. Woher zum Teufel wusste Simoncini von der ausgedehnten Verabschiedung seiner Freundin?

Unter anderen, etwas weniger verschlafenen Umständen wäre Vierziger sicher eine passende Antwort eingefallen. Aber einerseits hatte sein Nachbar zum zweiten Mal recht und außerdem war er einfach zu müde.

Mit einem Grinsen machte sich der Avvocato auf den Weg. „*Allora, fino all'una*“, sagte er, bevor er um die Ecke bog.

Schon in aller Herrgottsfrüh hatte Josef Vierziger Franca zum Flughafen Karol-Wojtyla in Bari gebracht. Von dort war sie nach Rom und weiter in die USA geflogen. Zur Fortbildung an einer Akademie des FBI in Atlanta, USA. Neue Methoden zur Bekämpfung des organisierten Verbrechens. Sie war eine von drei Teilnehmern aus Italien, die es in diesen Kurs geschafft hatten. Vor ein paar Monaten, als die Auswahl bekannt wurde, war das Thema im Fernsehen und in den Zeitungen gewesen. Wenigstens in jenen der Provinz. Josef Vierziger war stolz auf seine Freundin! Trotzdem. Ausgerechnet Commissaria Franca Bonfiglia! Jene Dottoressa Bonfiglia, die ihre ganz eigenen Methoden zur Bekämpfung des organisierten Verbrechens in diesem Land entwickelt hatte. Aber vier Wochen, ein ganzer Monat! Das war lang. Zu lang. Der Abschied gestaltete sich dementsprechend ausführlich. Das ausgiebige Abendessen zusammen mit Vierzigers junger Nachbarin Loredana in der Osteria da Nonna Ia fand einen würdigen Abschluss mit einem kleinen Umtrunk auf der Gartenbank hinter Josef Vierzigers Haus. Loredana hatte sich mit einem Augenzwinkern diskret verabschiedet, da war es schon Mitternacht vorbei. Während Nero Loredana den Dreiviertelkilometer bis zu ihrer kleinen fattoria begleitete, ging er mit Franca nach oben. An Schlaf war in dieser Nacht nicht zu denken gewesen. Daher hatte Dottor Simoncini doppelt recht. Er war einfach zu alt für derlei Dinge. Nicht nur für das Auto, sondern ebenso für durchgemachte Nächte. Auch wenn manche Leute die Legende verbreiteten, man würde mit zunehmendem Alter immer weniger Schlaf brauchen. Blödsinn! Das hieße ja, dass man irgendwann überhaupt kein Auge mehr zumachen dürfte.

Francas Flug war um 6:15 Uhr abgegangen. Zweieinhalb Stunden davor hatten sie das Haus verlassen. Sie hatte da so einen Fimmel. Ständig lebte sie in der Angst, irgendetwas zu verpassen: den Zug, einen Flug, eine Fähre ... vielleicht das Leben. Gott sei Dank hatte sie den Hinweg bestritten. So war ihm wenigstens ein kleines Nickerchen, kaum ein Stündchen, vergönnt gewesen. Sehr viel länger hatte Franca mit ihrem Sportwagen nicht gebraucht, um von Ostuni nach Bari zu rasen. Für den Rückweg hatte Josef Vierziger mehr als die doppelte Zeit gebraucht und noch dazu einige Mühe gehabt, die Augen offen zu halten. Einzig die Tatsache, dass Francas Flitzer nicht unbedingt mit einer Rolls-Royce-mäßigen Federung gesegnet war, und das Bewusstsein, dass sein Allerwertester gerade einmal 20 Zentimeter über der Fahrbahn schwebte, hielten ihn davon ab, auf der Stelle einzuschlafen. An der Ausfahrt vor Villanova verließ er die Adriatica. An der Raststätte dort wusste er eine Bar, wo noch trinkbarer Caffé serviert wurde. Etwas, das auch in Italien mittlerweile zu einer Seltenheit geworden war. Die zwei doppio, die er dort seinem Kreislauf zuführte, waren die Rettung in letzter Sekunde gewesen. Mit ihrer Hilfe überstand er auch noch die letzten paar Kilometer bis nach Hause in die Contrada San Giovanni, ohne samt Francas Auto im Straßengraben zu landen.

Mit dem Besuch seines Nachbarn hatte er da noch nicht gerechnet.
Kaum war der Avvocato hinter der hoch aufragenden Kaktusfeige neben dem Küchentrullo verschwunden, begab sich Josef Vierziger auch schon ins Haus und hinauf in sein Schlafzimmer. Er kümmerte sich weder um das Geschirr auf dem Gartentisch noch versperrte er die hintere Tür. Er schlüpfte nur noch schnell aus seinen Kleidern, stellte seinen inneren Wecker an und warf sich auf das noch von Francas Duft getränkte Bett. Keine fünf Sekunden danach schlief er tief und fest.

„Was können Sie mir über diese Dottoressa erzählen?"
Die *Orchietti con Datterini* und die *Melanzane ripieni picante* –einfache Gerichte aus Pasta mit kleinen, ovalen Tomaten und Auberginenhälften, gefüllt mit einer Mischung aus gerösteten Zwiebeln und gebratenem Speck und mit viel Parmigiano überbacken – waren restlos vertilgt. Jetzt saßen die beiden Herren bei dem unerlässlichen Espresso und einem Gläschen Grappa. Der Himmel zeigte sich in einem derart makellos tiefen Blau, dass jeder Fotograf von Ansichtskarten seine helle Freude daran gehabt hätte.
„Ich hab sie nur zwei- oder dreimal gesehen, deswegen kenne ich sie kaum. Als Anwältin scheint sie jedenfalls recht erfolgreich zu sein."
„Sie sagten, ihr Onkel sucht sie. Was ist mit den Eltern?"
„Tragische Geschichte. Ihr Vater – also der Bruder ihres Onkels – und ihre Mutter sind vor ein paar Jahren bei

einem Bootsunglück vor den Isole Tremiti ums Leben gekommen."

„Und sonst?"

„Niemand mehr. Außer eben ihr Onkel."

„Freunde?"

„Keine Ahnung. Da weiß vielleicht ihr Sekretär in der Kanzlei mehr darüber."

„Haben Sie schon die Krankenhäuser in der Gegend abgefragt. Vielleicht hatte die Dottoressa einen Unfall oder so etwas und liegt jetzt in einem *ospedale*."

„*Credimi,* Dottor Quaranta, wir haben wirklich alles versucht! Sie sind unsere letzte Hoffnung!"

„Es hat nicht zufällig irgendwelche Anrufe gegeben? Briefe oder sonstige Botschaften?"

„Sie denken an eine Entführung?"

„Soll ja schon vorgekommen sein in diesem Land."

„Das ist schon lange vorbei. Seit es diese Gesetze gibt ..."

Natürlich wusste Vierziger davon. Bei einer Entführung wurde sofort das gesamte Vermögen der Familie beschlagnahmt und die Zahlung von Lösegeld unter Strafe gestellt. Das erschwerte die Beschaffung solcher Gelder und für die Entführungsindustrie wurde das Geschäftsmodell unattraktiv. Unmöglich war so etwas deswegen aber noch lange nicht.

„Es muss ja nicht um Geld gehen. Vielleicht will man die Dottoressa ja auch nur freundlich zu etwas überreden. Oder jemanden in ihrem Umfeld. Ihren Onkel zum Beispiel."

„*Non credo!* Der ist schon seit vielen Jahren nicht mehr tätig."
Vierziger beschloss, vorerst nicht weiter auf diesem Thema herumzureiten. „Noch einen Caffè?"
„*No, grazie! Ma forse un bicchiere di bianco?*"
„*Con piacere!*", sagte Vierziger, ging in die Küche und kehrte kurz darauf mit einer Flasche *Verdeca*, in einen Behälter mit Eis gepackt, und zwei Gläsern zurück.
„Kennen Sie Leute bei den Telefongesellschaften, die uns vielleicht die Anruflisten der Dottoressa besorgen können?", fragte Vierziger, bevor er das fruchtige Mandelaroma des Weines auf seiner Zunge zergehen ließ.
„Das lässt sich sicher machen."
„*Allora,* dann wollen wir Ihre Dottoressa suchen. Haben Sie ein Foto von ihr?"
Dottor Simoncini zog ein Bild aus seiner Brieftasche. Die Avvocata schien eine echte Schönheit zu sein. Schulterlange, hellblonde Haare, ein schmales, kaum geschminktes Gesicht. In einem grauen Kostüm stand sie hinter einem alten Herrn im Rollstuhl. Das musste wohl ihr Onkel, der ehemalige Kanzleipartner seines Nachbarn, sein. Wenn er sich nicht allzu sehr täuschte, musste die Signora ungefähr einsfünfundsiebzig sein. Zu dem Namen, den er irgendwo schon einmal gehört hatte, gab es jetzt auch ein Bild. Aber er hatte noch immer keinen blassen Schimmer, wo ihm beides schon einmal untergekommen war.
„Gut! Sehen wir uns zuerst einmal im Haus der Signora um. Sie haben einen Schlüssel?"

„Nein, leider nicht."
„Macht nichts, kein Problem."
Vierziger stand auf, räumte das Geschirr auf das Tablett und verschwand damit im Haus. Oben, in seinem Schreibtisch hatte er einen gut ausgestatteten Satz an Dietrichen und Schließhaken, den ihm vor vielen Jahren, als er noch aktiver Kriminalbeamter gewesen war, ein befreundeter Einbrecher geschenkt hatte.
„Andiamo!", sagte er, als er wiederkam.
Nero blieb unter der Gartenbank liegen, um notfalls das Grundstück zu verteidigen, so gut er das in seinem fortgeschrittenen Alter noch zuwege brachte.

Das Haus der Avvocata Dottoressa Rosaria Maci lag in einer funkelnagelneu hochgezogenen Siedlung von Villen, die sich am östlichen Rand von Ostuni in einer Gegend namens Santa Caterina wie eine Eiterbeule in die Umgebung aus uralten Öl- und Mandelbäumen hineinfraß. In der Parkbucht direkt vor dem Haus der Anwältin fanden sich einige freie Plätze. Der Ausstieg aus seinem Cinquecento gestaltete sich sehr viel einfacher als jener aus Francas flachem Sportflitzer. Das Tor zu dem kleinen Vorgarten stand sperrangelweit offen, ganz im Gegensatz zu den Eingängen aller übrigen Häuser. Bevor die beiden die wenigen Stufen zur Haustür hochgingen, hielt Vierziger seinem Nachbarn ein Paar dünne Gummihandschuhe hin. *„Solo per la sicurezza!"*, erklärte er und zog auch selbst ein Paar über. Die Nachschlüssel hätte er sich sparen können, die Haustür war nicht versperrt. Im dunklen Flur tastete er nach einem Lichtschalter. Als er ihn gefunden hatte, brauchte er ein paar Sekunden, um sich an das gleißend helle Licht, das durch die glänzend weißen Bodenfliesen noch verstärkt wurde, zu gewöhnen.

„Versuchen Sie, da nicht draufzutreten", flüsterte Vierziger Simoncini zu und zeigte auf die kleinen roten Flecken, die sich durch das ganze Vorzimmer zogen.

Alles war weiß. Der Boden, die Wände, alle abgehenden Türen, die niedrige Kommode auf der rechten Seite, nur der bis an die Decke reichende Schuhschrank war mit milchigen Glastüren versehen. Bis eben auf diese roten Punkte. Der nächste Raum bot fast das gleiche Bild. Boden, Wände, Decke, das Ecksofa mit monströsen Ausmaßen und selbst die dicken Vorhänge vor den Fenstern – alles schneeweiß. Der gläserne Couchtisch hätte sich kaum von seiner Umgebung abgehoben, wäre auf ihm nicht eine schmale Vase mit einer einzelnen roten Rose gestanden. Neben abgefallenen und verdorrten Blütenblättern eine Champagnerflasche und eine zerbrochene Sektflöte. Und diese hässliche, dunkle, rotbraune Kruste an einer Kante, in der ein dünnes Büschel blonder Haare klebte. Direkt darunter auf den weißen Fliesen die Fortsetzung davon, ein dicker roter Fleck von gut einem halben Meter Durchmesser. Daneben die Scherben eines zweiten Glases. Vierziger hatte in seinem Leben schon genug solche Spuren gesehen, um zu wissen, was das war. Blut. Seit Tagen eingetrocknetes Blut. Die Spur der roten Flecken aus dem Flur endete hier. Dottor

Simoncini war reglos an der Tür zum Wohnzimmer stehen geblieben.
„Was ist da passiert?“, murmelte er.
Vierziger zuckte mit den Schultern und sah sich weiter um. Schräg vis-à-vis des weißen Couchmonsters ragte ein Küchenblock in den Raum. Mit glänzend weißen Türen, wie hätte es auch anders sein können. Dahinter ein doppeltüriger amerikanischer Kühlschrank, eine Spülmaschine und auf der Anrichte daneben eine auf Retro getrimmte, aber hypermoderne, blutrote Espressomaschine mit Armaturen, die aussahen, als würde man zu ihrer Bedienung einen Pilotenschein brauchen. Alles war penibel aufgeräumt. Nicht ein einziges Bild an den Wänden, keine Pflanzen, nur eine Schale mit künstlichen Granatäpfeln auf dem hohen Bartisch gegenüber der Monstercouch.
In der entgegengesetzten Wand gab es neben der Kücheninsel einen rundbogigen Durchgang. Ein schwerer, roter Vorhang verbarg den Raum dahinter. Vierziger zog den Stoff beiseite. Vor ihm lag das Schlafzimmer. Das übergroße Doppelbett lag in rötlichem Dämmerlicht, das durch die Gardinen auf der rechten Seite sickerte. Das Zimmer war das genaue Gegenteil des anderen. Alles in dunklem Rot. Der schwere Spannteppich, die Bettbezüge aus Satin, das kleine Ledersofa links neben dem Durchgang. Selbst die geschlossene Schrankwand gegenüber der raumhohen Fensterfront war in glänzendem Rot gehalten. Das Bett war verwüstet, eines der Kissen lag am Boden, daneben ein zerrissenes, dünnes, schwarzes, mit Spitzen

durchbrochenes Damenhemdchen. Auf einer der niedrigen roten Kommoden links und rechts des Bettes stand eine Miniatur-Stereoanlage mit CD-Player. Vierziger war neugierig, was für Musik die Signora Dottoressa zu hören beliebte und drückte die Einschalttaste. Der Raum füllte sich mit den Klängen eines Walzers. Shostakovich. Die Jazz-Suite No 2. Auf einem schmalen Regalbrett über der Stereoanlage eine Sammlung von weiteren CDs: Albinoni, Mendelssohn, Rossini, Verdi, Puccini, Mozart, Beethoven, Vivaldi und einige Komponisten, von denen er noch nie gehört hatte. Er ließ den kroatischen Cellisten spielen und untersuchte inzwischen den Kleiderschrank.

Der größte Teil des Inhalts bestand aus Business-Garderobe: Hosenanzüge, Kostüme und Blazer, einfarbig grau oder manchmal in verwegenem Nadelstreif, hingen neben einer Ansammlung von weißen Blusen. Dazu sportliche Freizeitkleidung, etliche Pullover und Mäntel. In den Laden darunter Unterwäsche, zum Teil mit Spitzenbesatz, aber brav. Hinter der letzten Schranktür dagegen das Kontrastprogramm: eine reichhaltige Kollektion an teuer aussehenden Dessous, die der Grand Dame eines Edel-Etablissements zur Ehre gereicht hätte, daneben diverses Sexspielzeug – von Augenbinden über Reitgerte, Dildos, Handschellen und eine Schachtel Kondome: es fehlte nichts.

Mit einem Knopfdruck beendete er das Konzert des Kroaten – er bevorzugte die Version des holländischen Concertgebouw-Orchesters – und ging zurück in den weißen Raum.

Vierziger bemühte sich, das alles einzuordnen, suchte nach einem Hinweis auf die Bewohnerin. Das war schwierig, die Wohnung wirkte wie die Ausstellungskoje in einem Möbelhaus und selbst die waren meistens mit Dingen dekoriert, die persönlich wirken sollten. Aber hier: Nichts! Es gab keine Bilder der Bewohnerin oder irgendwelche Familien- oder Urlaubsfotos. Die ganze Wohnung machte den Eindruck, als würde sie nur als Absteige benutzt. Eigenartig. Und dieses Chaos im Schlafzimmer. Was war hier passiert? Eine Beziehungsgeschichte? Ein Eifersuchtsdrama? Oder war ein bizarres Liebesspiel aus dem Ruder gelaufen?

Der riesige Kühlschrank beherbergte neben einer Packung Prosciutto, ein paar Oliven, etwas Käse, einer mit Frischhaltefolie abgedeckten Platte mit Lachsbrötchen und einer Butterdose fast ausschließlich Champagnerflaschen. In der Gefrierabteilung zwei Flaschen Wodka und jede Menge Fertiggerichte. Zwei saubere Espressotassen, ein kleines Tellerchen und eine Gabel lagen in der Spülmaschine. Das große, mit eingebautem Dunstabzug versehene Ceranfeld in der Kücheninsel war bestimmt noch nie in Betrieb gewesen. Im Abfalleimer ein neuer leerer Müllsack. Auf dem Couchtisch die verstorbene Rose hinter der Flasche und dem zerbrochenen Glas. Das war alles. Das Badezimmer wirkte steril wie die Nasszelle eines Hotels. Nur in einer der Schubladen unter dem Waschbecken fand er an die fünfzig in Zellophan verpackte Zahnbürsten.

Gegenüber dem Badezimmer ein Büro. Ein paar weiße Aktenordner mit Verträgen und Rechnungen für Strom und Wasser, der Kaufvertrag für das Haus und solche Dinge. Nichts Aufregendes alles in allem. Draußen im Flur gab es zwei Wendeltreppen. Vierziger nahm jene nach oben. Dort fand er praktisch eine Kopie der unteren Räume vor, nur dass bis auf das Badezimmer alles komplett leer war. Als er wieder nach unten kam, stand Avvocato Simoncini noch immer wie angewurzelt an der Tür zum Wohnzimmer.

„Ganz freiwillig scheint mir Ihre Dottoressa nicht verschwunden zu sein", sagte Vierziger und deutete auf den eingetrockneten Blutfleck vor dem Couchtisch.

„Sie ist nicht meine Dottoressa!", widersprach der Anwalt.

„Von mir aus", meinte Vierziger. So ganz wollte er seinem Nachbarn nicht glauben. „Ich werde jedenfalls ein paar Proben nehmen, sicherheitshalber. Wer weiß, vielleicht brauchen wir die noch." Er fischte aus seiner Hosentasche etliche kleine Gefrierbeutel. Vorsichtig kratzte er etwas von dem getrockneten Blut von der Kante des Glastisches und legte mit Hilfe einer Pinzette auch einige der blonden Haare dazu. Auch die Haare, die er auf dem Bett entdeckt hatte, sammelte er ein und verstaute sie fein säuberlich in seinen verschließbaren Beuteln: ein paar lange blonde, einige kurze graue und am oberen Bettende auch noch ein einzelnes gekräuseltes Haar von rötlicher Farbe.

„Die Dottoressa hat doch bestimmt ein Auto. Wissen Sie, was für eines?"
„Soweit ich gehört habe, fährt sie einen roten Stelvio."
„Sehen wir nach. Ich denke, diese Treppe hier führt hinunter in die Garage."
Bis auf einen winzigen Ölfleck auf dem perlmuttfarben glänzenden Spezialboden war die Garage leer. Jungfräulich, als hätte da nie ein Auto gestanden. Sie stiegen wieder die Treppe hinauf. Oben schoss Vierziger mit seinem *telefonino* noch eine Menge Fotos. Mit einem letzten Rundblick vergewisserte er sich, nichts übersehen zu haben, dann verließen die beiden das Haus der verschwundenen Dottoressa. Josef Vierziger war mit seiner provisorischen Spurensicherung zufrieden. Ein wenig erinnerte ihn das an vergangene Zeiten.
„Sie sollten einen Schlüssel für das Haus besorgen. So wie es jetzt ist, könnte man gleich eine Einladungskarte an die Tür hängen!"
„Vielleicht gibt es in ihrer Kanzlei einen Satz Reserveschlüssel", vermutete Dottor Simoncini.

„Darf man vielleicht erfahren, was Sie im Haus der Dottoressa zu suchen haben?"
Die Stimme kam von der anderen Straßenseite. Dort stand, hinter dem Gartentor verschanzt, eine ältere Dame und sah die beiden Männer herausfordernd an.
So um die siebzig, vielleicht sogar achtzig, groß und sehr schlank. Sie hatte etwas Vornehmes an sich, ihren schwarzen Gehstock mit Elfenbeinknauf trug sie

eher wie eine Waffe als eine Gehhilfe. Ihre verhalten geschminkten, wachen Augen, das ohne Arroganz stolz erhobene, weiß gekrönte Haupt und eine gewisse abgeklärte Fröhlichkeit machten sie Vierziger sympathisch. So stellte er sich eine *Contessa* vor.

Mit wenigen Schritten war Dottor Simoncini bei ihr. „Ah, *buongiorno,* Signora ...". Er machte eine kleine Pause, um der Dame Gelegenheit zu geben, ihren Namen einzufügen. Die dachte aber nicht im Traum daran. Er stellte sich als Anwaltskollege vor, was ja wenigstens zum Teil der Wahrheit nahe kam.

„Mein Freund hier, Dottor Quaranta, und ich suchen die Dottoressa, weil wir seit Tagen schon nichts mehr von ihr gehört haben."

Josef Vierziger fühlte sich fast geehrt, dass er zum Freund seines Nachbarn aufgestiegen war, die alte Dame hingegen schien nicht überzeugt.

„Das könnte jeder dahergelaufene Straßendieb behaupten! Können Sie sich ausweisen, Sie und Ihr Freund?"

Simoncini holte seine Brieftasche aus dem Sakko, zog einen Personalausweis hervor und reichte ihn über das Gartentor, Vierziger übergab ihr seinen Führerschein, das einzige Dokument, das er bei sich trug. Die Signora hielt die beiden Plastikkarten auf Armeslänge vor sich hin, begutachtete sie ausführlich und verglich die auf Ausweisen üblichen Verbrecherfotos mit den natürlichen Personen. Sie schien zufrieden zu sein.

„*Sono* Giulietta Rossi. Wie kann ich Ihnen helfen?", fragte sie schließlich und gab die Karten zurück.

Der Avvocato übernahm die Verhandlungsführung und erklärte der Signora Rossi die ganze Geschichte. Zumindest jene Teile davon, die er für nötig hielt. Was sie gerade im Haus der Dottoressa vorgefunden hatten, verschwieg er.

„Sie sind doch eine kluge und umsichtige Dame", sagte er am Ende seiner Ausführungen und servierte ihr damit Milch und Honig. „Haben Sie irgendetwas gesehen oder gehört, was uns helfen könnte, die Dottoressa Maci zu finden?"

„Ja, die Dottoressa Maci!", seufzte Signora Rossi. „Ich will ja nichts Böses über sie sagen, aber sie führt schon ein sehr ... mmhh ... abwechslungsreiches Leben."

Simoncini sah sie fragend an. „Abwechslungsreich?"

„Sie hatte sehr oft Besuch. Männer, müssen Sie wissen!" Die Entrüstung stand ihr ins Gesicht geschrieben.

„*Davvero?* Was Sie nicht sagen!"

„Wissen Sie, Dottor ... Simoncini, nicht wahr? Zu Anfang war ja alles ganz ruhig. Aber nach einem Jahr ungefähr ist es losgegangen. Da hat sie oft Männer mit nach Hause gebracht, sicher viermal die Woche. Jedes Mal ein anderer. Und immer spät in der Nacht, meistens schon nach elf. Und ist es immer laut geworden. Die Musik. Aber auch die Signora. *Come i gatti nella notte.* Schändlich! Ich bin nicht prüde, man war ja schließlich auch einmal jung und keine Klosterschwester. Aber irgendwann ist das vorbei und sooo taufrisch ist sie auch wieder nicht, die Dottoressa! Dabei sieht man ihr das gar nicht an. Wenn sie in der Früh aus dem Haus geht, ist sie immer sehr ordentlich angezogen und in der Nacht so was! Einmal hab ich sie darauf angeredet, dann hat das aufgehört. Also wenigstens das Geschrei, die Männer sind immer noch gekommen."

Dottor Simoncini nickte nur, um den aufgebrachten Redefluss der alten Dame nicht zu stören.

„Wann haben Sie Signora Maci zuletzt gesehen?", fragte Vierziger dazwischen.

„Letzten Samstag. Ich weiß das genau, weil an dem Tag sonst immer meine Putzhilfe kommt, die hat aber angerufen, dass sie krank wäre. Ja, wer's glaubt! Die kommt aus Albanien, das sagt ja schon alles, nicht wahr? Jedenfalls war da seit Langem bei der Signora wieder die Hölle los!"

„Seit Langem?", hakte Simoncini nach. Vierziger war das nur recht, zumal die Signora Rossi ohnehin vom Avvocato angetan zu sein schien.

„Sie müssen wissen, Dottore, vor einem halben Jahr ungefähr war Schluss mit diesen Männergeschichten. Da ist nur mehr einer gekommen, zwei-, dreimal die Woche. *Un bell'uomo,* muss man schon sagen!"

„Warum war am Samstag die Hölle los?" Simoncini versuchte, das Gespräch wieder in die richtige Bahn zu lenken.

„Ja, das hat schon am Nachmittag angefangen, so gegen sechs. Da ist einer gekommen, der hat geläutet und mit der Faust gegen die Tür geschlagen und gebrüllt, sie soll aufmachen, er muss mit ihr reden und das lässt er sich nicht gefallen und so weiter. Ich hab ja nicht alles verstanden. Das hat ihm aber alles nichts genützt, sie war ja gar nicht da, ist erst eine gute Stunde später gekommen. Jedenfalls ist der wieder gegangen und hat geschrien, dass sie nicht glauben soll, dass das so geht und dass er später wieder kommt."

„Und dann?"

„Sie ist, wie gesagt, eine Stunde später gekommen. War aber nicht sehr lange da. Sie hat sich stadtfein gemacht und ist so gegen acht wieder weggefahren. Kurz nach zehn ist sie zurückgekommen, allein. Keine Stunde später ist der Mann dagestanden. Nicht der vom Nachmittag, sondern jener, der sonst immer gekommen ist, der Schöne. Sie hat ihn hineingelassen, es gab wieder laute Musik und alles andere, Sie wissen schon! Wann der gegangen ist, weiß ich nicht, ich bin schlafen gegangen. Aber so gegen Mitternacht war mir, als hätte ich ein Auto wegfahren hören."

„Die Dottoressa?"

„Nein, die ist erst fast eine Stunde später weggefahren. Ich hab gehört, wie das Tor ihrer Garage hochgegangen ist. Das macht einen ziemlichen Lärm, wenn in der Nacht sonst alles ruhig ist ..."

„Wann ist sie wieder zurückgekommen?", fragte Vierziger.

„Ich weiß nicht, ob sie überhaupt zurückgekommen ist. Ich hab seither nichts mehr von ihr gesehen."

„Ist der Tobende vom Nachmittag noch einmal gekommen?", erkundigte sich Simoncini.

„Gehört hab' ich ihn jedenfalls nicht."

„War sonst irgendetwas?“, fragte Vierziger, nur um nicht völlig unbeteiligt danebenzustehen.
Die alte Dame schüttelte langsam den Kopf.
„Können Sie diesen attraktiven Mann beschreiben, Signora Rossi?“
„Also groß war der. *Mi scusi,* Dottore, aber bestimmt um einen Kopf größer als Sie.“ Der schöne Unbekannte musste also so um einsfünfundachtzig sein. „Schlank. Kurze Haare mit einem grauen Bart. Und er war immer sehr gut angezogen, Dreiteiler mit weißem Hemd und Krawatte.“
Wunderbar, dachte Vierziger. Da fielen ja wenigstens alle rundlichen und nachlässig gekleideten Zwerge schon einmal weg!
„Können Sie sagen, wie alt dieser Herr war?“ Simoncini ließ nicht locker.
„*Dio mio,* wie alt wird er denn gewesen sein. Schwer zu sagen, so um die fünfzig, ein paar Jahre auf oder ab. Soo genau hab ich auch nicht hingesehen.“
„Würden Sie ihn wiedererkennen, auf einem Foto vielleicht?“
„Auf einem Foto? Ich weiß nicht, aber wenn ich ihn vor mir hab’, glaub’ ich schon.“
„Was ist mit dem anderen Mann, der schon da war, bevor die Dottoressa heimgekommen ist?“
„Der fast die Tür eingeschlagen hätte? Der war ja ein ganz anderes Kaliber! Der hat älter ausgesehen, er war kleiner als der andere und – tut mir leid, dass ich das so sagen muss – auch ein wenig ungepflegt und

heruntergekommen. Überhaupt kein Vergleich mit dem anderen Herrn! Und bevor Sie mich das fragen: Wenn er vor mir steht, würde ich den sofort erkennen!"
„Vielen Dank! Sie haben uns sehr geholfen! Wenn Ihnen noch irgendetwas einfällt, rufen Sie mich bitte einfach an!" Dottor Simoncini reichte ihr seine Visitenkarte über das Tor.
Signora Rossi nickte. „Darf ich Sie jetzt etwas fragen?", sagte sie.
„Aber natürlich, Signora! Was immer Sie wollen!" Der Avvocato konnte wirklich gut mit der alten Dame.
„Was ist mit der Maci?"
Auf diese Frage hatte Vierziger schon die ganze Zeit gewartet. Genau genommen hatte er sich gewundert, dass sie nicht schon viel früher gekommen war.
„Wir wissen es nicht genau. Vorerst ist sie verschwunden und es könnte sein, dass ihrer Nachbarin etwas zugestoßen ist. Deshalb sind Ihre Beobachtungen auch sehr wertvoll für uns. Vielen Dank noch einmal!"
Signora Giulietta Rossi quittierte das mit einem sachten Nicken, gefolgt von einem leisen, schon fast tonlosen „Ah".
Die beiden waren schon fast bei Vierzigers Auto, als Signora Rossi doch etwas einfiel.
„Mir kommt vor – nein, ich bin mir sicher, dass ein kleines Stück weiter vorne in der Straße ein Auto geparkt war. Eines, das nicht hierher gehört. Und in diesem Auto hat jemand gesessen."

Vierziger kehrte wieder um. „Was für ein Wagen war das? Und konnten Sie die Person darin erkennen, Signora? Ein Mann oder eine Frau?"

„Nein, ich habe diese Person in dem Auto nicht erkannt, es war ja auch schon dunkel."

„Und das Auto? Ein großer Wagen oder eher so ein kleiner wie dieser hier?" Vierziger deutete auf seinen Cinquecento.

„Ich weiß nicht genau. Eher so wie dieser, aber nicht so rundlich. Aber ich bin mir sicher, dass es ein dunkles Auto war. *Forse una di quelle piccole macchine tedesche.*"

„Ein deutscher Kleinwagen also. *Mille Grazie,* Signora! Sie haben uns wirklich sehr geholfen! *Arrivederla!*"

Signora Rossi winkte ihnen noch nach, als sie zu Vierzigers Cinquecento gingen. Die Geste hatte fast etwas Huldvolles an sich. Wie eine *Contessa,* dachte Vierziger wieder.

3

Fast zwei Stunden hatte die Expedition im Haus der unauffindbaren Dottoressa gedauert. Dazu die knappe halbe Stunde für die Plauderei mit der Signora Rossi. In dieser Zeit war der Schatten des Baumes, unter dem Vierziger sein Auto abgestellt hatte, weitergewandert und hatte es ungeschützt zurückgelassen. Aus den Türen drang ihnen ein Schwall heißer Luft entgegen, der selbst einen Beduinen in die Flucht geschlagen hätte. Vierziger öffnete das Stoffdach, damit die Hitze schneller entweichen konnte.

„Haben Sie die Adresse vom Büro der Signora Maci?“, fragte Vierziger, während sie darauf warteten, dass im Inneren des Wagens wieder einigermaßen lebensfreundliche Temperaturen einkehrten.

Simoncini holte eine Visitenkarte aus der Innentasche seines Sakkos und reichte sie ihm hinüber.

„Corso Mazzini 28. Ist das nicht gleich hinter dem Rathaus?“

Simoncini nickte.

„Prominente Anschrift!“

„Ja, wissen Sie, Dottor Quaranta, für einen Avvocato ist eine gute Adresse Teil seines Ansehens!“
Vierziger nickte. Der schlimmste Teil der Hitze hatte sich aus dem Auto verflüchtigt, sie stiegen ein und machten sich auf den Weg ins Stadtzentrum. Das offene Verdeck machte die Fahrt ein wenig erträglicher, denn, obwohl es schon Mitte Oktober und fast fünf Uhr Nachmittag war, brannte die Sonne völlig ungestört von irgendwelchen Wolken vom Himmel. Am Ende der Siedlung bog Vierziger nach rechts ab und folgte der Hauptstraße bis zum Santuario der heiligen Maria, der ältesten Kirche der Stadt. Dort schlug die Strada statale No 16 einen Haken und umrundete die Città Bianca an der südlichen Seite. Vierziger fuhr geradeaus und nahm die nördliche Umfahrung, den Corso Vittorio Emanuel II vorbei an der Piazza della Libertá. Vor der nahen farmacia fand er einen Parkplatz, die letzten paar Schritte gingen sie zu Fuß. Das einstöckige Haus, in dem die Kanzlei der Dottoressa Maci untergebracht war, stammte aus der Zeit der letzten Jahrhundertwende, war aber sorgfältig instand gehalten, die dunkelgrünen Fensterläden im oberen Stock schienen frisch gestrichen zu sein. Nach dem Eingang aus einer halbkreisförmig nach innen gewölbten Tür mit kostbaren Glaseinlagen und den ineinander verschlungenen Initialen der Dottoressa standen sie direkt vor einem wuchtigen Schreibtisch aus Nussholz. An den Wänden dahinter bis an die Decke reichende, verglaste Bücherschränke aus dem gleichen Holz, alles im Stil der Empire-Zeit. Man sah aber schon auf den ersten

Blick, dass die Möbel nur Kopien waren, gut gemacht, aber trotzdem nicht echt. Der helle Marmorboden gab eine angenehme Kühle ab. Hinter dem Schreibtisch saß ein Bürschchen von vielleicht fünfundzwanzig Jahren. Blässlich, mit einem rotblonden Haarschopf und dunkler Hornbrille.

„*Cosa posso fare per Voi, Signori?* – Was kann ich für Sie tun?"

Vierziger trat einen Schritt nach vorne und bedeutete mit einer Geste seinem Begleiter zurückzubleiben.

„Wir suchen die Signora Avvocata Maci."

„Tut mir leid, Signori, aber die Dottoressa ist nicht anwesend."

„Wir wissen, dass sie nicht da ist. Deswegen suchen wir sie ja! Vielleicht können Sie uns helfen, sie zu finden, Signor ..." Vierziger wandte den gleichen Trick an, den Dottor Simoncini bei Giulietta Rossi probiert hatte.

„Achille Semerano, Dottor Semerano", fühlte er sich bemüßigt hinzuzufügen. „Ich bin der Assistent der Dottoressa. Und wer sind Sie, wenn ich fragen darf?"

„Avvocato Matteo Simoncini. Das hier ...", er deutete auf Vierziger, „ist Commissario Dottor Quaranta. Ich bin ein Freund des Onkels der Dottoressa. Er hat uns beauftragt herauszufinden, was aus Ihrer Chefin geworden ist. Sie erinnern sich, wir haben gestern telefoniert."

„Ja, das wüsste ich auch gerne." Er hob bedauernd die Schultern. „Sie ist am Montagmorgen nicht gekommen und seither kann ich sie nicht erreichen. Ich kann gar nicht sagen, wie oft ich schon versucht habe, sie anzurufen. Aber sie meldet sich nicht! Das ist noch nie vorgekommen, die Dottoressa ist sonst die Pünktlichkeit in Person!“

„Und Sie haben keine Idee, wo sie stecken könnte? Irgendwelche Klienten auswärts vielleicht?“, bohrte Simoncini nach.

„Nein, bestimmt nicht! Wir haben vor dem Wochenende die Termine für diese Woche besprochen, alles ganz normal. Aber jetzt musste ich schon mehrere Klienten vertrösten und sie hat auch schon zwei Gerichtstermine versäumt.“

„Hatte sie in der letzten Zeit, wie soll ich sagen, ... unangenehme Mandanten. Oder vielleicht Prozessgegner, die ...“

„Im Augenblick nicht“, fiel ihm Semerano ins Wort. Ein wenig zu schnell, fand Vierziger.

„Im Augenblick? Das heißt, früher gab es schon ... schwierige Fälle, Dottor Semerano?“, fragte er deshalb nach.

„Nun, wissen Sie, die Dottoressa setzt sich für ihre Klienten voll und ganz ein und sie hat noch nie einen Fall vor Gericht verloren. Wenigstens nicht, seit ich bei ihr bin.“ Beim letzten Satz bemerkte Josef Vierziger, wie die Wangen Semeranos ganz kurz rot wurden.

„Das bedeutet was?“

„Wie schon gesagt, sie hat noch nie einen Fall verloren, auch wenn die Sache aussichtslos schien. Am Ende hat sie immer Zeugen gefunden, die für ihre Mandanten ausgesagt haben. Das ist natürlich für die Prozessgegner nicht sehr angenehm.“

„Nicht sehr angenehm? Gab es nach solchen Prozessen denn Schwierigkeiten?“, wollte Vierziger vulgo Dottor Quaranta wissen. Simoncini hatte sich ganz aus dem Gespräch zurückgezogen.

„Das ist schon vorgekommen“, sagte Semerano leise, während wieder ein neuerlicher Anflug von Röte über sein Gesicht huschte.

„Zum Beispiel?“

„Vor einem halben Jahr ungefähr gab es einen sehr ehrenwerten Herrn, der von einer jungen Frau beschuldigt wurde, sie vergewaltigt zu haben. Die Dottoressa hat natürlich einen Freispruch erwirkt. Danach kam es zu einigen sehr heftigen Anrufen und sie wurde sogar bedroht.“

„Noch etwas?“

„Eine Scheidungssache, bei der sie die Frau vertreten hatte. Dottoressa Maci hat dafür gesorgt, dass die arme Frau das gemeinsame Haus und das Sorgerecht für die Kinder bekommen hat. Und der Mann muss natürlich auch für den angemessenen Unterhalt für die Frau und die Kinder aufkommen. Das liegt jetzt ungefähr ein Jahr zurück.“

„Ist das alles?“

„Soweit ich weiß, ja!“

„Sagen Sie, Dottor Semerano, hat die Dottoressa auch mit Leuten aus dem organisierten Verbrechen zu tun? Als Klienten oder Gegner?“

„Sie meinen, so etwas wie die Mafia?“

„Zum Beispiel.“

„Nicht dass ich wüsste“, kam es nach einem kurzem Zögern. „Einmal, das war vor etwa acht Monaten, hat sie gegen eine Baufirma geklagt. Aber die gehört nicht den Clans, also diese Baufirma.“
„Worum ist es da gegangen?“
„Ein Arbeiter ist von einem Gerüst gestürzt und hat sich den Hals gebrochen. Die Dottoressa hat die Witwe vertreten und eine kleine Abfertigung erstritten.“
„Wie klein?“
„Dreihunderttausend.“
„Das kann eine Firma schon in Bedrängnis bringen. Hat es in diesem Fall keine Schwierigkeiten, wie Sie das nennen, gegeben?“
Semerano hob beide Hände und zuckte mit den Schultern.
„Was ist eigentlich Ihre Aufgabe hier in der Kanzlei? Betreuen Sie Ihre eigenen Klienten?“, schwenkte Vierziger auf ein anderes Thema.
„Nein, das macht nur die Dottoressa. Ich führe das Büro, helfe ihr bei Prozessvorbereitungen, organisiere ihre Termine und mache die Steuern. Solche Dinge eben.“
„Was wissen Sie über das Privatleben ihrer Chefin?“
„Nichts! Gar nichts!“, kam es wie aus der Pistole geschossen. Wieder ein wenig zu schnell für Vierzigers Geschmack.
„Da war nichts dabei, wenn Sie ihre Termine gemacht haben?“, fragte Vierziger ungläubig.
„Naja, manchmal habe ich für sie beim Friseur oder bei der Kosmetikerin angerufen. Und ein oder zweimal bei einer Dottoressa Bertini. Ich glaube, das ist ihre Freundin.“

„Kann ich die Telefonnummer und die Adresse dieser Signora haben?"
Semerano suchte in seinem *telefonino* herum, schrieb etwas auf seinen Notizblock und reichte Vierziger das Blatt.
„Bitte sehr!"
Vierziger warf einen Blick auf das Papier, faltete es zusammen und steckte es in seine Hosentasche.
„Hat es sonst in letzter Zeit irgendetwas Auffälliges gegeben? Etwas Ungewöhnliches, das nicht war wie sonst? Hat sich die Dottoressa vielleicht eigenartig verhalten? Irgendeine Kleinigkeit nur, möglicherweise?"
Semerano stützte das Kinn in seine rechte Hand und schloss die Augen. Nach etlichen Sekunden hob er beide Arme: „Mir ist nichts Derartiges aufgefallen. Sie war wie immer."
„Gut, ich denke, für heute war's das. Wenn Ihnen noch etwas einfällt, rufen Sie mich bitte an!" Vierziger griff über den Schreibtisch, nahm Semeranos Notizblock, schrieb seine Telefonnummer darauf und legte sie dem Assistenten der Dottoressa vor die Nase. „Ich muss den Terminkalender und die Akten der Fälle, von denen Sie erzählt haben, mitnehmen", sagte er.
„*Mi scusi,* aber das geht auf gar keinen Fall! Das sind vertrauliche Unterlagen. Die kann ich Ihnen doch nicht einfach so überlassen!"
Signor Semerano war das erste Mal in diesem Gespräch so etwas wie aufgebracht. Wenn auch sehr verhalten.
„Dottor Simoncini, erklären Sie es ihm!"

Vierzigers Nachbar stand an den mit Glastüren versehenen Bücherschränken und studierte die reichhaltige Bibliothek an juristischer Fachliteratur. Er stellte den Band, in dem er gerade geblättert hatte, wieder zurück und kam an den Schreibtisch. Die Schranktür ließ er offen stehen.

„*Senti, mio giovane amico,* Sie wollen doch sicher auch, dass wir herausfinden, was aus der Signora Maci geworden ist, *vero?* Als Anwaltskollege und als Freund der Dottoressa verbürge ich mich, dass alles streng vertraulich bleiben wird. Also bitte!" Er redete in einem ruhigen, fast väterlichen Ton auf ihn ein.

Semerano überlegte einen Moment. „*Aspetta un attimo, per favore* – Warten Sie bitte einen Moment", sagte er und ging in einen anderen Raum. Kurz darauf kam er beladen mit drei dicken Ordnern und einem in Leder gebundenen Terminkalender zurück.

„*Ecco!*"

„Wir sind Ihnen zu größtem Dank verpflichtet!", sagte Simoncini und deutete eine leichte Verbeugung an.

„Sagen Sie, Dottor Semerano, wissen Sie, ob die Dottoressa hier in der Kanzlei Reserveschlüssel für ihr Haus hat?"

„Ich glaube, da gibt es welche in ihrem Schreibtisch."

„Die müssten wir auch haben. Ihr Haus ist unversperrt und wir wollen doch nicht, dass irgendwelche Leute das als Einladung betrachten, nicht wahr?"

„Habe ich ..." Semerano machte eine wegwerfende Handbewegung und schüttelte den Kopf. „Ich hole die

Schlüssel", sagte er und verschwand wieder im Büro nebenan.
Den Aktenberg und den Kalender durfte Vierziger in Empfang nehmen, Simoncini trug großzügigerweise den Schlüsselbund der Avvocata.

„Einen *caffè* bei Giulia?", schlug Vierziger vor, als er seine Beute im winzigen Kofferraum seines Autos verstaut hatte.
„Warum nicht?"
Praktischerweise war Giulias Bar quasi gleich um die Ecke, direkt vor dem Rathaus. Man konnte also das Auto stehen lassen – schließlich war ein Parkplatz in der Altstadt ein Glückstreffer – und die paar Schritte zu Fuß machen. Um diese Zeit war reger Betrieb auf der Piazza. Die Touristenheere waren wieder unterwegs, viele von ihnen machten eine letzte Rast vor dem Aufstieg zur alten Maria-Himmelfahrts-Kathedrale. Die Tischchen draußen an der Piazza waren alle bevölkert, Simoncini und Vierziger gingen also nach drinnen und stellten sich an den Tresen. Neben der Glasvitrine für gefüllte *Panini, Ricciarelli, Sfogliatelle, Cannoli,* dick bezuckerten *Zeppole* und andere *dolci* fand sich gerade noch Platz für drei oder vier Personen. Zu dieser Stunde waren sie alleine am Tresen, von Giulias *barista* einmal abgesehen.
Zwei ausgestreckte Finger brauchten keine weitere Erklärung. Die beiden Dottori waren Stammgäste, der *barista* kannte ihre Vorlieben genau. Kurz darauf standen ein *Caffè doppio*, ein Espresso und zwei kleine Gläser

mit gut gekühltem Weißwein vor ihnen. Während der Avvocato seinen Kaffee mithilfe von fünf Löffeln Zucker in eine klebrig süße Brühe verwandelte, warf Vierziger einen Blick auf die Titelseite des *Mezzogiorno*. In Vieste war eine Zwölfjährige beim Tauchen ertrunken, in ganz Apulien gab es am Vortag 15 Corona-Neuinfektionen, in Andria hatte man einen Clan zur Terrorismusfinanzierung ausgehoben und in Bari war das Skelett eines illegal errichteten Hochhauses gesprengt worden – 14 Mafiosi wurden in diesem Zusammenhang verhaftet. Eine menschliche Tragödie und die üblichen Geschichten. Vierziger widmete sich lieber seinem Kaffee. Auch Dottor Simoncini hatte sich inzwischen seinen Kaffeesirup einverleibt.

„Salute!“, sagte er und hob sein Weinglas. Im selben Moment überlegte er es sich offenbar anders.

„*Senti,* Dottor Quaranta, wir kennen uns jetzt schon lange genug und haben zusammen auch schon einiges erlebt. Lassen wir die Dottori Dottori sein: *mi chiamo Matteo!*“

Vierziger war ein wenig überrascht. Ja, es stimmte schon, sie kannten sich jetzt schon ein paar Jährchen. Seit er damals begonnen hatte, dort draußen in der Contrada San Giovanni zwischen alten Ölbäumen aus einer Ruine sein Haus zu bauen, war der alte Avvocato immer wieder vorbeigekommen. Ein Espresso, ein oder zwei Gläschen Wein, kleine Plaudereien über Gott und die Welt. Mehr nicht. Bis auf diese leidige Geschichte mit dem Flüchtlingslager im letzten Jahr. Dottor Simoncini war mit einem blauen Auge davongekommen, hatte dabei aber einen Sack voll Geld verloren und Vierziger war daran nicht ganz unbeteiligt gewesen. Doch sein Nachbar schien nicht nachtragend zu sein.

„Con piacere! Sono Pepe." Sie stießen an und stürzten den Wein in einem Schluck hinunter. Es waren, wie gesagt, kleine Gläser. Sehr kleine.

„'n altro, per favore!", sagte Vierziger zu dem jungen Mann hinter der Bar und deutete auf ihre Gläser.

„Was hältst du von dieser Geschichte, als Commissario gesprochen?", beendete Simoncini die kleine Pause, in der sie beide ein wenig verlegen an ihrem Wein genippt hatten.

„Die Maci?"

„Mmhh."

„Sie haben – *scusa* – du hast ja selbst gesehen, was in ihrem Haus los war. Sah nicht so aus, als ob sie mit einem ihrer Liebhaber durchgebrannt wäre!"

„Ja, schon. Aber wäre es nicht auch möglich, dass sie einfach nur unglücklich gestürzt ist?"

„Und dabei hat sie sich den Kopf gestoßen und das Gedächtnis verloren und jetzt irrt sie irgendwo da draußen herum, ohne zu wissen wer sie ist?"

„Si, per esempio!"

„Möglich ist immer alles! Aber ehrlich, Avvocato ..."

„Matteo!"

„Ja, Matteo. Ich muss mich erst daran gewöhnen. Also, du hast mich nach meiner Meinung als früherer Polizist gefragt. Und nach mehr als 40 Jahren Erfahrung sage ich dir: Das ist so wahrscheinlich, als wenn wir hier heute noch ein Cornetto bekommen würden!“ Er zeigte auf die Vitrine, in der alles Mögliche ausgestellt war, nur eben nicht seine heißgeliebten Cornetti mit Marmeladefüllung. In diesem Augenblick kam Giulia mit einem Tablett voll leerer Gläser und Tassen herein. Sie ging um den Tresen, stellte ihr Tablett ab, fummelte in einer der Laden unter der riesigen Kaffeemaschine herum und stellte kurz darauf zwei Tellerchen mit je einem Cornetto *albicocca* vor die beiden Männer hin.

„Für meine besonderen Gäste! Lasst es euch schmecken, ihr Naschkatzen!“ Sie musste Vierzigers letzte Bemerkung aufgeschnappt haben, es konnte nicht anders sein.

„Grazie mille!“, stotterte er. Giulia zwinkerte ihnen zu und im selben Moment entschwebte sie auch schon wieder mit einem voll beladenen Tablett nach draußen.

„Auf die Berufserfahrung!“, grinste Simoncini und hob sein Glas.

„Jaja, schon gut.“, brummte Vierziger, ließ sein Glas stehen und biss statt dessen in sein Gebäck. Giulias Cornetti waren nicht von jener Sorte, wie sie einem in jeder Bar zugemutet wurden. Sie hatte eine geheime Quelle dafür, die sie partout nicht verraten wollte. Und sie waren quasi nicht von dieser Welt. Erst als er auch das letzte Krümelchen davon vernichtet hatte, fuhr er fort: „Nach all dem, was wir im Haus der Dottoressa vorgefunden haben, solltest du doch noch einmal zum Maresciallo gehen. Dieses Mal muss er etwas unternehmen!“

„Auf gar keinen Fall! Der hat gestern mit mir geredet, als hätte ich Ricotta im Kopf! Wir werden die Maci auch ohne ihn finden!“

Dottor Di Gaetano, der Chef der örtlichen *Carabinieri*, musste den Avvocato wirklich zutiefst beleidigt haben. Es war gar nicht so lange her, da hatte er die beiden friedlich in Giulias Bar zusammensitzen gesehen. Eine Zeitlang redeten sie über Gott und die Welt, die vermisste Signora Maci war kein Thema mehr. Gut eine Stunde später, nachdem sie in Santa Caterina das Haus der Anwältin abgesperrt hatten, fuhren sie wieder zurück in die Contrada San Giovanni, eine Gegend gut sechs Kilometer vom Stadtzentrum entfernt. Hier draußen auf dem Land gab es außer dem einen oder anderen verlassenen Steinbruch, einer alten Ölmühle und Unmengen uralter Olivenbäume nur hin und wieder ein kleines Anwesen. Dottor Simoncini stieg in der Nähe seines Hauses aus.

„Ciao, arrivederci! Vielleicht kannst du die Anrufliste der Dottoressa besorgen. Die letzte Woche wäre vielleicht hilfreich“, sagte Vierziger, bevor sein Nachbar auf dem Weg zwischen den alten Mandelbäumen verschwand. Das freundschaftliche „Du“ fiel Vierziger schon schwer genug, ein „Matteo“ wollte ihm so gar nicht über die Lippen kommen.

Daheim schaffte Vierziger zuerst einmal die Unterlagen aus der Kanzlei der Dottoressa Maci ins Haus. Auf dem großen Esstisch neben der Küche war dafür Platz genug und in den nächsten Wochen, wo Franca nicht da war, konnte er sich ungestört dort ausbreiten. Aber auch wenn er schon neugierig war, welcher wundersamen Methoden sich die Avvocata bedient hatte, das konnte warten. Die viele Zeit, die er an diesem Tag schon sitzend verbracht hatte, machte es unbedingt notwendig, sofort seinen gewohnten Abendspaziergang hinunter zum Meer anzutreten. Es war schon 6 Uhr vorbei, die Sonne war hinter den Monti della Daunia im Westen verschwunden und die Dämmerung begann, die Ölbäume hinter dem Haus und die *Macchia* am Weg hinunter zum Strand in Schattenrisse zu verwandeln. Noch vor einem Jahr hatte ihn Nero, wenn die Zeit gekommen war, mehr oder weniger sanft daran erinnert. In den letzten Wochen hingegen war es immer wieder vorgekommen, dass er den Hund geradezu überreden musste. Er kroch hinter der Gartenbank hervor, unter der er anscheinend den ganzen Nachmittag verschlafen hatte.

Mit einem leisen Bellen gab er Vierziger zu verstehen, dass er mit der Unternehmung ganz und gar nicht einverstanden war. Eher aus Pflichtbewusstsein denn aus Freude trottete er dann aber doch lustlos neben Vierziger her. Der Weg hatte schon lange das Recht verwirkt, sich Straße zu nennen. In Wahrheit war es eine Ansammlung von Schlaglöchern, die Vierziger rund um sein Haus notdürftig zu flicken versuchte. Nach einigen Hundert Metern kamen sie an Loredanas kleiner *fattoria* vorbei. Von der jungen Frau war nichts zu sehen, aber es brannte Licht. Nero nahm das zum Anlass, den Spaziergang hier zu beenden. Er bog ab, begab sich zu ihrer Haustür und bellte einmal vernehmlich.

„*Ciao* Loredana, *buonasera!*“, grüßte Vierziger, als sie die Tür öffnete. „Kann er bei dir bleiben, bis ich wieder zurück bin?“

Nero hatte die Zustimmung gar nicht erst abgewartet und war neben Loredana ins Haus geschlüpft. Vierziger war fast ein wenig eifersüchtig. Bei ihm war er noch nie ins Haus gegangen, obwohl er es dem Hund oft genug angeboten hatte, besonders im Winter oder wenn es draußen in Strömen regnete. Aber da war nichts zu machen. Nero war immer stur unter der Gartenbank oder in seiner Hütte geblieben.

„Schon gut, ich kümmere mich um ihn!“, rief sie fröhlich, winkte und verschwand wieder nach drinnen. Vierziger murmelte etwas von einer untreuen Seele und setzte seinen Spaziergang hinunter zum Meer fort. Vier Jahre war es jetzt her, seit er hier in Apulien, im Land seiner Ahnen, angekommen war und seither hatte er kaum einen Tag ohne diese kleine Abendwanderung vergehen lassen. In den Sommermonaten, wenn die Touristenhorden die Strände bevölkerten, saß er nur auf der niedrigen Steinwurfmauer, welche die Grenze seines eigenen kleinen Olivenhains bildete. Die übrige Zeit zog es ihn hinunter zum Wasser. Jetzt, wo die meisten Urlauber abgereist waren, war der Weg wieder frei. Jenseits der alten Via Appia, die sich hier im Schatten der Autobahn noch gut 50 Kilometer weit bis nach Brindisi hinzog, um dort ihr Ende zu finden, begann die Straße zum Strand. Auf dem Parkplatz an der rechten Seite standen zwei Autos, sonst war das *villaggio turistico* für das nächste halbe Jahr zum Geisterdorf geworden. In zwei, vielleicht auch drei Wochen, würde sich hier ein anderes Publikum zu verschwiegenen Rendezvous einfinden. Fast eine Stunde lang saß er auf einem von der Flut angespülten nackten Rumpf eines Baumes. Er beobachtete die flachen Wellen, die immer näher kamen, sah einem Taschenkrebs zu, wie er eine kleine Krabbe ermordete und sich an seinem Opfer gütlich tat, und malte mit einem Stöckchen Kreise in den Sand. Als das Wasser seine Füße erreichte, machte er sich wieder auf den Weg. Diese eine Stunde war mehr wert als drei Stunden Schlaf.

Der Hund war versorgt, obwohl er sich als treulose Kreatur erwiesen hatte, und döste friedlich in seiner Hütte. Sein eigenes karges Mahl aus ein wenig Käse, ein paar Oliven und etwas Brot nahm er draußen auf der hinteren Gartenbank ein. Mit einem Glas *Primitivo* bewaffnet machte er sich über den Kalender der Dottoressa her. Alles in allem nichts Aufregendes: eine Menge Termine mit Klienten, die eine oder andere Verhandlung bei Gericht, vor zwei Wochen hatte sie »Telefon Francesca« eingetragen. Das musste die Freundin sein, die ihr Assistent erwähnt hatte – Francesca Bertini. Am Samstag, also an dem Tag, an dem sie ihre Nachbarin, die Signora Rossi, zum letzten Mal gesehen hatte, war am Vormittag ein Friseurbesuch eingetragen. Und am selben Tag stand dort: A., 21 Uhr. Vielleicht konnte ihm diese Dottoressa

Bertini als ihre Freundin erzählen, wer A Punkt war. Mit ihr würde er morgen zuerst reden. Freundinnen, möglicherweise sogar beste Freundinnen, wussten immer eine ganze Menge. War nur die Frage, ob die Bertini ihr Wissen auch mit ihm teilen würde. Für heute aber war es genug. Die Ordner mit den »schwierigen« Fällen der Avvocata würde er sich am nächsten Tag vornehmen, sie liefen ihm bestimmt nicht weg. Es war schon 9 Uhr abends vorbei, an der amerikanischen Ostküste erst 15 Uhr, da war es sinnlos, Franca anzurufen. Ihr Flugzeug brauchte noch mehr als zwei Stunden, bis es in Atlanta landen würde. Eine mondlose, dafür aber sternenklare Nacht machte sich bereit und es war kühl geworden. Vierziger klappte den Terminkalender der Maci zu und ging ins Haus. Die Tür zum Garten ließ er offen, vielleicht überlegte es sich der Hund ja doch noch. Bevor er sich hinlegte, nahm er ein letztes Glas Wein mit hinauf auf seine Dachterrasse. In einer Ecke hatte Vierziger ein kleines Türmchen errichtet, davor rankte sich seit dem Frühjahr ein Stock mit roten Buschrosen hoch. Unter dem Dach dieses Türmchens stand die Urne seiner noch in der alten Heimat verstorbenen Freundin Conny, die überhaupt der Grund war, warum er nach Apulien, in das Land seiner Vorväter, gekommen war. Aber das war eine ganz andere Geschichte. Mit seinem *Primitivo* setzte er sich in den Korbsessel vor dem Türmchen und erzählte ihr von seinem Tag. Viel zu selten hatte er das in der letzten Zeit gemacht, seit Franca wieder in sein Leben getreten war.

4

Der neue Tag zeigte sich in fast genau der gleichen makellosen Schönheit wie jener davor. Aber eben nur beinahe. In Wahrheit verhielt er sich so wie eines dieser Doppelbilder, die in manchen Zeitschriften gebracht wurden und bei denen man eine gewisse Anzahl von Unterschieden finden musste. Einen davon konnte Vierziger schon vom Bett aus sehen. Weit draußen am Horizont schickte sich noch gestern die aufgehende Sonne unter einem blassblauen Himmel an, den Tag mit Licht zu fluten. Jetzt erhob sich dort eine bedrohlich graue Wolkenwand. Auch den zweiten Unterschied konnte er leicht erkennen. Die Blätter und Äste des alten Olivenbaumes, der vor seinem Haus wuchs, waren in heller Aufregung begriffen. Es war mehr als der übliche leichte Seewind an sonstigen Morgen. Der Baum wurde so heftig gebeutelt, dass vereinzelte Blätter und unreife Früchte zu Boden fielen. Zusammen mit den dunklen Wolken draußen über dem Meer verhieß das nichts Gutes. Er schloss das Fenster und begab sich nach unten. Der Sturm hatte auch die Tür zum Garten zugeschlagen, Nero lag in seiner Hütte und beobachtete misstrauisch, wie kleine Zweige und Blätter an ihm vorbeiwirbelten. Die frisch gefüllte Futterschüssel vor seiner Hütte nahm er gelangweilt zur Kenntnis. Vierziger ging wieder ins Haus, setzte seine *Bialetti* auf den Herd und während der Kaffee durch die Maschine blubberte, begab er sich ins Bad und duschte lange. Mit der ersten Tasse Kaffee setzte er sich draußen auf die Gartenbank und leistete dem Hund Gesellschaft. Zum Teil aus Solidarität und zum anderen Teil aus schlechtem Gewissen. Schließlich war er sich ziemlich sicher, dass er Nero die nächsten Tage wohl öfter alleine lassen würde. Und bis er herausgefunden hatte, was aus der Signora Maci geworden war, konnte es schon dauern. Als der Wind ein dürres Blatt in seine Tasse wehte, ging er doch wieder ins Haus.

Die Adresse, die Achille Semerano, der Assistent der vermissten Avvocata, aufgeschrieben hatte, sagte ihm fürs Erste gar nichts. Die Navi-App auf dem *telefonino* zeigte einen Standort weit außerhalb der historischen Altstadt. Das Viertel war fast schachbrettartig angelegt und soweit Vierziger sich erinnern konnte, in einer Gegend, der man nicht zum Vorwurf machen konnte, größere Touristenströme anzulocken. Er überlegte, ob er seinen Besuch bei der Dottoressa ankündigen sollte. Die Höflichkeit hätte es verlangt, der pensionierte Bulle aber entschied sich für einen Überraschungsangriff. Die Erfahrung hatte ihn gelehrt, dass sich dabei leichter die Schwachstelle in der Deckung seines Gegenübers finden ließ. Nach einem Blick auf den immer dunkler werdenden Himmel spannte er das Sonnensegel von der Pergola hinter dem Haus quer über die Hundehütte bis zu dem großen Mandelbaum. Im Ernstfall war Nero so auch gegen einen heftigeren Regenguss geschützt.

Die Praxis der Dottoressa Bertini befand sich in einem dreistöckigem Wohnhaus, eingezwängt zwischen einem Schuhgeschäft und einer kleinen Boutique. An einen Parkplatz in der engen Gasse war natürlich nicht zu denken, aber vor der Zentrale der lokalen Genossenschaftsbank fand er doch eine Lücke, gut zwei Minuten von der Praxis der Bertini entfernt. „*Studio medico di medicina generale*" stand auf einem glänzenden Messingschild neben der Tür aus einem Mosaik von rechteckigen Milchglasscheiben. Der Sprechstundenhilfe zeigte er seine internationale Gesundheitskarte, erzählte etwas von Halsschmerzen und wartete, bis die Dottoressa die zwei Patienten vor ihm abgefertigt hatte.

„*Come posso aiutarla?* – Wie kann ich Ihnen helfen?«, fragte sie, ohne sich aus ihrem Stuhl zu erheben.

„Ich fürchte, als Ärztin können Sie mir gar nicht helfen. Aber vielleicht als Freundin der Dottoressa Maci."

„Rosaria? Was ist mit ihr? Und wer sind Sie überhaupt?"

Vierziger stellte sich vor und erzählte der Bertini die Geschichte vom Verschwinden der Anwältin, soweit er sie selbst kannte. Die Beobachtungen und vor allem die Einschätzung der Nachbarin Giulietta Rossi behielt er für sich. Die Dottoressa hörte ihm zu, ohne ihn auch nur ein einziges Mal zu unterbrechen. Einmal strich sie eine rotblonde Strähne aus dem Gesicht, die über ihre hohen

Wangenknochen gefallen war. Er war sich sogar nicht ganz sicher, ob sie überhaupt Interesse an der Sache hatte. Eigenartig, wo sie doch angeblich die Freundin der Anwältin war.

„Wer sagt mir denn, dass Sie auch wirklich derjenige sind, der Sie behaupten zu sein?“, fragte sie, als Vierziger fertig war.

Damit hatte er gerechnet. Aus der Innentasche seines Sakkos zog er seinen Reisepass und reichte ihn der Dottoressa hinüber. Sie prüfte das Dokument ausführlich.

„Dottor Virsiga, Commissario di polizia?“

„Quaranta. Giuseppe Quaranta. Das bedeutet das Gleiche. Und Commissario war ich früher. *Adesso sono in pensione.*“

„*Bene.* Was wollen Sie über meine Freundin wissen?“, fragte sie und gab den Reisepass zurück.

„Alles, was uns hilft herauszufinden, wo sie geblieben ist.“

„Ich weiß nicht, ob ich Ihnen da weiterhelfen kann.“

„Wie lange kennen Sie die Signora Maci schon?“

„Schon immer. Wir sind zusammen zur Schule gegangen und während unserer Studentenzeit in Bari haben wir uns ein kleines *appartamento* geteilt.“

„Könnte man sagen, Sie sind Ihre beste Freundin?“

„*Si*“, sagte sie nach einem kurzen Zögern.

„Wann haben Sie die Dottoressa zum letzten Mal gesehen?“

„Früher haben wir uns mindestens jeden zweiten Tag gesehen. Aber dann ...“ Die Bertini betrachtete nachdenklich ihre Fingernägel.

„Aber dann ...?“

„Sehen Sie, Dottor Quaranta, vor ein paar Jahren sind ihre Eltern bei einem Bootsunglück ums Leben gekommen. Das hat Rosaria verändert. Sie hat begonnen, ein ganz anderes Leben zu führen und wir haben uns immer weniger gesehen.“

Sie vermied es, ihn anzusehen, und rückte stattdessen ihren Rezeptblock und ein paar Schreibstifte gerade.

„Ein anderes Leben?“, fragte er nach.

„Ja, wie soll ich sagen? Früher hatte sie nur ihr Studium im Kopf und danach ihren Beruf. Nichts sonst. Sie ist nicht ausgegangen, nicht einmal zum Tanzen, und sie hatte keinen Freund, wenn Sie wissen, was ich meine.“

Vierziger nickte.

„Manchmal sind wir ins Kino gegangen, in die Oper, ein Konzert, eine Galerie oder zum Essen. Solche Dinge.“

„Und nach der Tragödie mit ihren Eltern?“

„Danach? Da hat sich alles verändert! Plötzlich wollte sie in Clubs. Am Anfang sind wir zu zweit gegangen, später ist sie immer alleine losgezogen. Ich glaube, sie hatte zu der Zeit viele Männerbekanntschaften. Sehr viele. Einmal hab ich sie in Bari spätabends in eines dieser speziellen Lokale gehen sehen – Sie wissen schon, eines, wo man sicher nicht alleine nach Hause geht. Aber sie hat gemeint, da müsste ich sie verwechselt haben.“

„Und, haben Sie?“

„Ganz bestimmt nicht!“

„Dottoressa Bertini, können Sie sich vorstellen, dass Ihre Freundin mit einem dieser Männer durchgebrannt ist?

Oder ob einer von denen mit ihrem Verschwinden zu tun haben könnte?"
„*Non credo.* Sehen Sie, vor ungefähr einem halben Jahr hat sie mit diesen Geschichten aufgehört. Sie muss jemand gefunden haben, mit dem sie es ernst meinte."
„Wie darf ich das verstehen?"
„Rosaria war da sehr geheimnisvoll. Aber sie hat von ihrer letzten Chance auf ein Kind geredet und davon, dass sie eine Familie haben wollte."
„Wissen Sie, wer der Mann war, mit dem sie das vorhatte?"
„Wie gesagt, in diesem Punkt war sie sehr verschlossen und wollte mir nicht verraten, wer der Mann war."
„Können sie sich erinnern, was für ein Lokal das war, dort in Bari?"
„Das weiß ich ganz genau!" Sie riss ein Blatt von ihrem Rezeptblock, kritzelte etwas darauf und schob den Zettel über den Schreibtisch.
Vierziger kannte weder die Bar noch die Adresse. „Danke!", sagte er und steckte den Zettel ein.
„Hat Signora Maci Ihnen gegenüber einmal etwas von Problemen mit ihren Klienten erzählt? Oder könnte es sein, dass sie Kontakt zur Mafia hatte?"
„Dazu kann ich nichts sagen. Über solche Dinge haben wir nie gesprochen."
„Wie lange ist es her, dass Sie ihre Freundin zuletzt gesehen haben?", kam Vierziger auf die Frage von vorhin zurück.
Die Bertini schloss die Augen und legte ihre Stirn in Falten. „Heute ist Donnerstag. Vor einer Woche haben

wir telefoniert. Und das Wochenende davor waren wir zusammen essen."
„Worum ging es in diesem Telefonat?"
„Sie hatte gerade in der Zeitung von einer Neuinszenierung von Turandot an der Oper in Bari gelesen und wollte, dass wir uns das Stück gemeinsam ansehen."
„Und? Haben Sie?"
„Sie hat sich seither nicht mehr gemeldet. Aber das kam schon vor, dass sie von einer Sache ganz begeistert war und einen Tag später hatte sie es wieder vergessen."
Vierziger stand auf. „Danke, Dottoressa Bertini! Schade, dass wir nicht wissen, wie dieser neue Freund heißt." Er hielt ihr die Hand hin. Die Bertini ergriff sie und erhob sich dabei von ihrem Stuhl. Auch der lose Arztkittel konnte ihre hochgewachsene, schlanke Figur nicht verbergen. Ihm kam das Gerücht in den Sinn, dass schöne Frauen meistens eher unscheinbare Mauerblümchen zur Freundin hatten. Die Bertini und die Maci straften dieses Gerücht Lügen.
„Wenn Ihnen noch etwas einfällt, egal was, auch wenn es Ihnen wie eine unbedeutende Kleinigkeit vorkommt, rufen Sie mich bitte an!" Er zog eine Karte aus seiner Tasche und legte sie auf den Tisch.
Die Ärztin nickte. Vierziger war schon fast an der Tür, als sie ihn noch einmal rief.
„Haben Sie schon auf ihrem Boot nachgesehen?"
„Ich wusste nicht, dass die Dottoressa Maci eines besitzt."
„Eine kleine Segelyacht. Die *La Rossa*. Sie liegt in der *Marina* von Villanova."

Als Vierziger aus dem Haus trat, das die Ordinationsräume der Dottoressa Bertini beherbergte, war es beinahe stockdunkel geworden. Die schwarze Wolkenwand vom Morgen hatte sich ausgebreitet, war auf Land getroffen und lag jetzt über der Stadt. Weggeworfene Papierfetzen und anderer Unrat, abgerissene Blätter samt kleinen Zweigen jagten über die Straßen. Von Zeit zu Zeit zuckten Blitze über den Himmel, gefolgt von dumpfem Donnergrollen. Den Besuch in Giulias Bar und damit die Aussicht auf sein geliebtes Cornetto *albicocca* konnte er sich aus dem Kopf schlagen. Es fehlten nur noch wenige Meter zu seinem Auto, als die ersten Tropfen fielen. Schon auf dem Weg aus der Stadt hinaus schafften es die Scheibenwischer kaum mehr, für halbwegs klare Sicht zu sorgen. Das letzte Stück des Weges zu seinem Haus in der Contrada San Giovanni hatte aufgehört eine Straße zu sein und gefiel sich statt dessen vorübergehend in der Rolle eines kleinen Baches. Vierziger fuhr mit seinem Auto soweit unter das über die ganze Hausseite reichende Vordach, dass er trockenen Fußes die Tür erreichen konnte. Errichtet hatte er diesen Vorbau, um die unteren Räume vor der Sonne zu schützen, jetzt bewahrte er ihn davor, bis auf die Haut durchnässt zu werden. Nero lag unter der Bank neben der Haustür. Als kluger und verständiger Hund hatte er sich lieber unter den besseren Schutz des breiten Vordaches begeben, als sich Vierzigers unsicherer Konstruktion hinter dem Haus anzuvertrauen. Nur um seiner Pflicht zu genügen, warf er Vierziger einen kurzen Blick zu und widmete sich dann

wieder hingebungsvoll der Pflege seiner Pfoten. Das Sonnensegel, das Vierziger hinter dem Haus aufgespannt hatte, hing zerrissen in den Ästen des Mandelbaumes. Sein Futter hatte Nero nicht angerührt.
Vierziger setzte die *Bialetti* auf den Herd. Während der Kaffee durch die Maschine tropfte, richtete er einen Teller mit etwas *Scamorza,* ein wenig Prosciutto, Salami und Oliven her. Dazu schnitt er eine dicke Scheibe von seinem selbst gebackenen Brot ab und trug alles zum Esstisch. Kühl war es geworden. Gegenüber dem Vortag, wo noch die Sonne heruntergebrannt hatte, war die Temperatur bestimmt um mehr als fünfzehn Grad gefallen. Also steckte er ein paar Holzscheite in den Kamin und zündete ein Feuer an. Sicherheitshalber schlüpfte er auch in eine warme Strickjacke. Mit dem Kaffee und dem kleinen Imbiss machte er sich über den ersten der Ordner her, die er aus der Kanzlei der Avvocata Maci mitgenommen hatte.
»Divorzio Lopocaro« stand auf dem Deckel des Ordners. Das war also diese Scheidungsgeschichte, die der Assistent der Maci erwähnt hatte. Signora Antonella Lopocaro, 33 Jahre alt, geborene Antonella Clerici. An der Innenseite des Deckels waren zwei Fotos angeheftet: Antonella und Crispino Lopocaro. Er, den glutäugigen Kopf voll schwarzem Kraushaar, braungebrannt, mit einem bubenhaften Lächeln auf den vollen Lippen. Wer weiß, wie vielen Touristenmädchen er schon das Herz gebrochen hatte, bevor er der Signorina Clerici ins Netz gegangen war. Und sie, die Signora Antonella? *Come frumento al*

sole – wie Weizen in der Sonne – hatte Giulia von der Bar am Rathaus so etwas einmal genannt. In langen Wellen fiel ihr Haar bis auf die Schultern und bildete so den Rahmen für ein schmales, kaum geschminktes Gesicht mit großen Augen und einem breiten Lächeln. Für hiesige Verhältnisse war ihr Teint ungewöhnlich hell. Während ihres Studiums der Rechtswissenschaften hatte sie den um 12 Jahre älteren Crispino kennengelernt und sich in ihn verliebt. Es war gekommen, wie es kommen musste und sie war schwanger geworden. Zu dieser Zeit war Signor Lopocaro gut verdienender Marketingmanager eines Weinexporteurs mit blendenden Karriereaussichten. Die damalige Signorina Clerici brach kurzerhand das Studium ab, heiratete ihren Prinzen und bekam zwei Jahre später ein weiteres Kind.

Zehn Jahre lang hatte sie ihm den Rücken freigehalten, damit er sich der Karriere widmen konnte. Bald kam zu den beiden Kindern ein großes Haus mit Garten, sie kümmerte sich um alles, erfüllte das Bilderbuch-Klischee der perfekten italienischen *casalinga*. Es fehlte an nichts, außer an ihrem früheren Prinzen, der nur selten *la famiglia* mit seiner Anwesenheit beehrte. Schließlich hatte sie genug, die Signora Lopocaro, sie wollte die Scheidung. Und das Haus. Und das vom abwesenden Prinzen angehäufte Hab und Gut. Und natürlich das alleinige Sorgerecht für die Kinder. Da kam die Avvocata Maci ins Spiel. Aus den Akten ging nicht hervor, wie sie es angestellt hatte, nur dass Signora Lopocaro das alles tatsächlich auch bekam. Der Mann hatte damit also nicht nur seine Familie verloren, sondern auch etwas, was in seinen Augen anscheinend viel wichtiger war: sein Geld. Ganz so unschuldig, wie er glaubte, war er an der Misere natürlich nicht. Um dem Ganzen noch eins draufzusetzen und um dem Unterhalt für seine ehemalige Familie zu entgehen, hatte Signor Lopocaro den einträglichen Job hingeschmissen. Dass er sich selbst damit schadete, war ihm die Sache wert. Das ging zwar so nicht aus den Akten hervor, war zwischen den nüchternen Zeilen aber deutlich zu lesen. Jedenfalls schien er auf die Anwältin nicht besonders gut zu sprechen zu sein. Er war ein paarmal in ihrer Kanzlei aufgetaucht, hatte dort randaliert und die Maci wüst beschimpft, zweimal hatte er ihr auf der Straße aufgelauert und sie tätlich angegriffen. Das wiederum ging sehr wohl aus den Akten hervor. Die Avvocata hatte daraufhin bei Gericht ein sogenanntes Annäherungsverbot erwirkt, das ihn allerdings nicht weiter kümmerte. Zweimal hatte ihn die Maci angezeigt. Einmal, weil er das Verbot, sich ihr auf weniger als fünfzig Meter zu nähern, ignoriert hatte, die zweite Anzeige lautete auf Körperverletzung. Bei einer unschönen Auseinandersetzung in ihrer Kanzlei hatte Lopocaro sie so heftig gestoßen, dass die Anwältin zu Boden gegangen war und sich ein Loch in den Kopf gestoßen hatte. Die Wunde musste im Krankenhaus genäht werden, das Verfahren in dieser Sache war noch vor Gericht anhängig. Wer weiß, wozu der in seiner Eitelkeit gekränkte und an seinem Geldbeutel beschnittene Mann sonst fähig war? Vierziger nahm sich vor, mit Signor Lopocaro gleich am nächsten Tag als Erstes zu sprechen. Ohne großes Interesse blätterte er durch die restlichen Seiten des Ordners. Das letzte Blatt brachte eine Überraschung. Es war die Honorarnote, welche die Avvocata Maci der frisch geschiedenen Signora Lopocaro, jetzt wieder Clerici, ausgestellt hatte. Ihm war schon klar, dass so eine Scheidung eine Menge Geld kostete, besonders wenn es um ein Haus und ein kleines Vermögen ging. Aber so eine Summe hatte er nicht erwartet, auch wenn die Sache ganz zur Zufriedenheit der Mandantin ausgegangen war. Vierziger klappte den Ordner zu. Während in der Küche ein neuer Kaffee durch die Maschine lief, legte er zwei neue Holzscheite in den Kamin. Es regnete weiter in Strömen. Obwohl der Nachmittag gerade erst begonnen hatte, war es so dunkel, als wäre es schon spät in der Nacht. Er öffnete die vordere Haustür, um nach Nero zu sehen. Der Hund lag dicht an die Mauer gepresst. Der Wind peitschte die Regentropfen bis weit unter das Vordach.

„Komm herein", sagte Vierziger. „Da hast du es trocken und warm."

Nero hob den Kopf, den er zwischen seinen Pfoten vergraben hatte und gab ein heiseres Brummen von sich.

„Sei nicht so stur! Da draußen holst du dir noch den Tod. Bist ja auch nicht mehr der Jüngste!"

Als hätte Nero ihn verstanden, rappelte er sich auf, gab vor, sich durchzustrecken, und trottete ein wenig steif an Vierziger vorbei. Es war das erste Mal, seit die beiden hier zusammen wohnten, dass der Hund ins Haus kam.

Drinnen blieb er unschlüssig stehen. Vierziger holte eine Decke aus dem Gästezimmer und breitete sie vor dem Kamin auf. Nero beschnüffelte sie ausführlich, drehte sich ein paarmal darauf im Kreis und legte sich schließlich hin. Kurz darauf schien er eingeschlafen zu sein, zumindest war vom Kamin her ein leises Schnarchen zu hören.

Mit seinem Kaffee und dem nächsten Ordner setzte Vierziger sich auf das Sofa vor dem offenen Feuer. »Patruni vs. Antonaci« stand auf dem Deckel. Eine Signorina Donatella Antonaci hatte den Besitzer einer Supermarktkette, Carlo Patruni, beschuldigt, sie vergewaltigt zu haben. Die 22-jährige Studentin war Gast auf einer Party der Tochter des Beschuldigten gewesen. Im Haus des Vaters war es hoch hergegangen, es war eine Menge Alkohol geflossen. Die Signorina Antonaci behauptete, sie hätte nur zwei oder drei Gläser Prosecco gehabt, als sie sich schon spät am Abend im Badezimmer frisch machen wollte. Der Hausherr war ihr gefolgt und hätte sie an Ort und Stelle missbraucht. Signor Patruni sagte natürlich das genaue Gegenteil. Die Freundin seiner Tochter wäre ziemlich angeheitert ins Badezimmer gekommen und hätte ihm ganz eindeutige und handgreifliche Avancen gemacht. Als gesunder Mann in der Blüte seiner Jahre sah er sich diesem Angriff hilflos ausgeliefert. Es stand Aussage gegen Aussage. Der Maci war es gelungen, dem Mädchen ein verbesserungsbedürftiges Verhältnis zur Wahrheit zu unterstellen und dass sie bei Alkohol und

Drogen nur schwer Nein sagen konnte. Zudem streute sie auch den Verdacht, die Signorina Antonaci führe auch sonst nicht gerade das Leben einer Nonne. Den Vorwurf des Kokainkonsums konnte die Antonaci mit einer Haar- und Blutanalyse entkräften, aber ihre Glaubwürdigkeit war erschüttert und der ehrenwerte Signor Patruni wurde freigesprochen. Bei der Urteilsverkündung erlitt Donatella Antonaci einen Nervenzusammenbruch und wurde umgehend in eine psychiatrische Klinik eingeliefert. Wenn das Mädchen die Wahrheit gesagt hatte, und Vierziger sah im Unterschied zum Gericht keinen Grund, ihr nicht zu glauben – sie hatte ja auch keinerlei Forderungen gegen den Vater ihrer Freundin erhoben –, hatte man ihr übel mitgespielt. Auch in diesem Ordner fanden sich auf den letzten Seiten Berichte über mehrere Schmäh- und Drohanrufe. Von körperlichen Angriffen war allerdings nicht die Rede, obwohl es einmal einen unerfreulichen Auftritt in der Kanzlei gegeben hatte. Am Ende wieder die Kopie einer Honorarnote, die genauso hoch war wie jene im Fall der Scheidung des Ehepaares Lopocaro. 95.000 Euro. Signor Patruni hatte sich seinen Freispruch in dieser Sache eine Menge kosten lassen.

Vierziger blätterte zurück zu den Fotos der Prozessbeteiligten, die so wie bei dem anderen Akt an der Innenseite des Ordnerdeckels angeheftet waren. Eine große, scharf geschnittene und breite Nase in einem wettergegerbten, zerfurchten Gesicht lenkte seinen Blick zuerst auf das Bild des Signor Patruni. Ein freundliches Lächeln aus schmalen Lippen und braune Augen unter buschigen

Brauen. Wenn man dem Bild glauben durfte, wusste der Mann, was er wollte, und war gewohnt, genau das auch zu bekommen. Vierziger war klar, dass man aus dem Gesicht eines Menschen nicht auf den Charakter schließen durfte, schon gar nicht, wenn man nur ein Foto vor sich hatte. Gewisse Eigenschaften schrieben sich aber doch im Laufe der Jahre dort nieder. Ganz anders die Signorina Antonaci. Eine schmale Nase in einem schmalen Gesicht, ein voller Mund und traurige, sehr traurige Augen. Sie vermittelte ganz und gar nicht den Eindruck, als würde sie in fremden Badezimmern über ebenso fremde Männer herfallen. Eher wirkte sie wie ein Mädchen von der Sorte Mauerblümchen. Natürlich konnte das alles nur Pose sein und hinter dem traurigen Gesicht verbarg sich eine Femme fatale. Aber daran wollte Josef Vierziger nicht so recht glauben.

Er legte den Ordner hin, warf einen Blick auf den Kamin und fütterte das Feuer mit einem neuen Holzscheit. Nero schlief tief und fest, manchmal zuckte eines seiner Beine, begleitet von einem leisen Brummen. Vielleicht träumte er gerade von der Jagd nach einem Kaninchen. Oder von einer hübschen Hundedame. Warum auch nicht! Statt sich einen weiteren Kaffee einzuverleiben, nahm er lieber ein Glas *Nero di Troia*, den er erst am Tag vor Francas Abreise geöffnet hatte. Solchermaßen gewappnet, machte er sich über den letzten Ordner her. »Edile vs Damiani« stand auf dem Deckel. Die Geschichte mit dem verunglückten Bauarbeiter. Der Maurer

Gianfranco Edile war von einem Gerüst gestürzt und hatte sich dabei das Genick gebrochen. Die Avvocata Maci hatte für die Witwe eine halbe Million Entschädigung gefordert, weil angeblich das Baugerüst nicht ordnungsgemäß gesichert gewesen war. Keine Kleinigkeit! Sie hatte diese Summe folgendermaßen begründet: Der Mann war 46 Jahre alt gewesen, er hätte also noch gut und gerne zwanzig Jahre arbeiten können. Der zum Zeitpunkt des Unfalles gültige Monatslohn, gerechnet auf diese zwanzig Jahre, ergab eben 500.000 Euro. So gesehen, dachte Vierziger, schien die geforderte Entschädigung für den Tod des Ehemanns durchaus angemessen. Gleichzeitig aber auch hoch genug, eine kleine Baufirma in den Abgrund zu reißen. Am Ende hatte die Anwältin für die Witwe Edile zwar keine halbe Million, immerhin aber 300.000 erstritten. Auch das zu viel für den Baumeister Pino Damiani. Er musste sein Lebenswerk für ein Butterbrot an eine Gesellschaft in Brindisi verscherbeln. Der ehemalige Firmenbesitzer hatte allen Grund, der Maci die Pest an den Hals zu wünschen. Und genau das hatte er auch getan. Wie Semerano, der Gehilfe der Anwältin, schon gesagt hatte: immer wieder gab es wüste Beschimpfungen und Drohanrufe. Auf den hinteren Seiten des Ordners waren einige davon als Gesprächsprotokolle verzeichnet. Von *stupida oca* – blöde Gans bis zur *fica puzzolente* – stinkende Fotze hatte Signor Damiani das ganze Repertoire an gebräuchlichen Schimpfwörtern bemüht. Was, wenn der gute Mann sich eines schönen Tages nicht mehr nur mit obszönen

Sprüchen begnügt hatte? Die letzte Seite bestand wieder aus der Kopie der Honorarnote. 10.000 hatte sie Lina Edile für ihre Dienste abgenommen. Geradezu lächerlich im Vergleich zu den anderen Summen. War bei der Anwältin eine soziale Ader zum Vorschein gekommen? Vierziger kam der Name der Baufirma – *Costruzione* Damiani – bekannt vor. Irgendwo hatte er in letzter Zeit ein Schild gesehen, wo das geschrieben stand. Es wollte ihm aber partout nicht einfallen, wo das gewesen sein könnte. Egal. Er klappte den Ordner zu, für diesen Tag hatte er genug. Eines stand jedenfalls fest: Die Avvocata Dottoressa Rosaria Maci war für ihre Klienten ganz bestimmt äußerst erfolgreich tätig! Genauso erfolgreich schien sie sich den einen oder anderen Feind gemacht zu haben.

Vierziger trug die Unterlagen zurück auf den großen Esstisch und sein Glas in die Küche. Nero schlief friedlich vor dem Kamin und draußen regnete es noch immer so stark, als ob die halbe Untere Adria vom Himmel stürzen wollte. Der gewohnte Abendspaziergang musste ausfallen. Im Kühlschrank fanden sich ein paar Zutaten für das Abendessen, Pasta war sowieso immer im Haus. Er stellte einen Topf mit Wasser auf den Herd, briet ein wenig Zwiebel und Speck in einer Pfanne, schmolz darin ein ordentliches Stück Pecorino und mischte am Ende zwei mit ein wenig Pastawasser verquirlte Eier dazu. Zusammen mit den *fettuccine* gab das ein einfaches, aber ganz passables Gericht. Bevor er die Küche wieder in Ordnung

brachte, versorgte er noch den Hund. Dann legte er zwei Scheite in den Kamin und verzog sich mit einem weiteren Glas Wein auf das Sofa. Es war Zeit für die Abendnachrichten, er schaltete den Fernseher ein. In Foggia war wegen einer schlecht gewarteten Gasleitung ein Haus in die Luft geflogen und dabei für zwei Kleinkinder samt ihrer Großmutter zum Grab geworden, auf der *autostrada* nördlich von Brindisi hatten sich zwei Jugendliche bei einem Rennen aus dem Leben geschossen, in Bari war ein 13-jähriges schwangeres Mädchen ins Wasser gegangen und in der Provinz Fasano hatte man einen Bürgermeister und seinen Vize verhaftet, weil sie die staatlichen Gelder für ein Flüchtlingslager in ihre eigenen Taschen umgeleitet hatten. „Jetzt noch eine Meldung aus der Hauptstadt", kündigte die Moderatorin an. „Am Vormittag wurde in einem verlassenen Bauernhof bei Malagrotto, einem *borgo* in der Nähe von Rom, die Leiche von Salvatore Buccarella, einem schon lange gesuchten Mafiaboss, gefunden. Ein unbekannter Anrufer hatte die Carabinieri informiert. Wie die zuständige Behörde mitteilt, war Buccarella schon am Vortag mit einem Präzisionsgewehr getötet worden. Wieder ein Mord um die Rivalitäten zwischen den Clans um die Vorherrschaft im Süden."
Es folgte der Wetterbericht, der für den nächsten Tag Besserung versprach. Der Film, den der Sender danach brachte, interessierte ihn nicht, er drehte den Fernseher ab. Gott sei Dank, dachte Vierziger, war Franca schon am Mittwochfrüh in die USA abgeflogen. Sonst hätte er sich wieder einmal Sorgen machen müssen. Diese Geschichte

passte gut zu ihren ganz speziellen Methoden der Bekämpfung des organisierten Verbrechens. Inzwischen war es fast 21 Uhr geworden, 15 Uhr bei Franca in Atlanta. Vielleicht erreichte er sie. Er hatte Glück und sie ging ans Telefon. Sie war ganz aufgekratzt, sie war gut gelandet und alle wären furchtbar nett – *molto gentile,* sagte sie. Vierziger erzählte ihr von Simoncinis Ansinnen, die verschwundene Anwältin zu suchen.

„Da hast du wenigstens genug zu tun und kommst auf keine dummen Gedanken!“, scherzte sie. Ganz beiläufig erzählte sie, dass sie erst vor ein paar Stunden angekommen war. Ihren ursprünglichen Flug aus Rom hatte man gecancelt, die nächste Maschine gab es erst um 4 Uhr früh. Sie plauderten noch eine Weile über dies und das, den Mord an Salvatore Buccarella erwähnte Vierziger dabei aber nicht.

„Ich kenn die Maci, pass auf, dass du da in keine üble Sache hineingerätst!“, warnte Franca ihn, bevor sie das Gespräch beendeten.

Um 4 Uhr früh, dachte er. Da hätte seine Commissaria Capo genügend Zeit gehabt, in Rom einen flüchtigen Mafiaboss zu neutralisieren, wie sie das einmal genannt hatte. Um nicht weiter darüber nachdenken zu müssen, nahm er einen Roman von Gianrico Carofiglio, einem baresischen Schriftsteller, den er gerne mochte, aus dem Regal und ging damit nach oben. Aber schon nach den ersten Seiten fiel im das Buch aus den Händen. Begleitet vom monotonen Geräusch des Regens schlief er ein.

5

Der Luftwaffenoffizier, der im Staatssender immer den Wetterbericht präsentierte, hatte teils recht behalten, teils aber auch nicht. Recht behalten hatte er, weil das monotone Geräusch des Regens auf dem Dach verstummt war. Geirrt hatte der Herr Offizier, weil die dunkelgrauen Wolken, die sich jetzt immer schneller über das Land schoben, nur auf eine günstige Gelegenheit warteten, ihre feuchte Last, die sie über dem Meer geladen hatten, auch wieder loszuwerden. Josef Vierziger quälte sich aus dem Bett. Unten stellte er fest, dass das Kaminfeuer vom letztem Abend erloschen war und dem Signor Colonnello auch in Hinblick auf seine Einschätzung der Temperatur nicht zu trauen war. Nero warf ihm von seiner Decke aus einen verschlafenen Blick zu und rollte er sich wieder zusammen. Vierziger schaltete die Fußbodenheizung ein und bevor er ins Bad ging, setzte er die *Bialetti* auf den Herd. Ein Blick in den großen Spiegel zwischen Duschkabine und Waschbecken zeigte ihm unmissverständlich, dass er es sich in der letzten Zeit eindeutig zu gut gehen lassen hatte. Das Frühstück musste sich daher auf zwei oder vielleicht drei Tassen Kaffee beschränken, bevor er sich auf den Weg in die Stadt machte, um Signor Lopocaro aufzusuchen. Irgendwo in dem Ordner aus der Kanzlei der Avvocata musste bestimmt stehen, wo er den guten Mann finden konnte. Er brauchte nicht lange zu suchen. Auf dem Dokument mit der gerichtlichen Feststellung des Annäherungsverbotes fand sich Lopocaros Anschrift, Via Francesco Cavallo No 14. Als er die Adresse in das Navi auf seinem telefonino eingab, erlebte er eine kleine Überraschung. Das Haus war das letzte in der Straße, ab dort begann die *Viale* Oronzo Quaranta. Eine zufällige Namensgleichheit mit dem Mädchennamen seiner Nachbarin? Oder erstreckte sich die fast zweihundertjährige Verwandtschaft mit ihr auch auf den Namensgeber dieser Straße? Bei Gelegenheit musste er Loredana danach fragen. Als er das Haus verließ, schlüpfte mit ihm auch Nero durch die Tür und schlug den Weg zu ihrer kleinen *fattoria* ein.

Sein Auto hatte er ganz am Ende der breiten *Viale* stehen gelassen, nur wenige Meter vor dem Haus, in dem Signor Lopocaro wohnen sollte. An anderen Tagen hätte man von hier aus einen großartigen Blick über das Land bis hin zur Küste gehabt. Jetzt erhob sich da draußen nur eine bedrohlich dunkle Wolkenwand. Aber er war ja ohnehin nicht wegen der schönen Aussicht gekommen. Vierziger hoffte, dass an einem Tag wie diesem nicht nur die üblichen Touristenheere ausblieben, sondern auch die *poliziotti*, die Stadtpolizisten, die normalerweise eine erbarmungslose Jagd auf unrechtmäßig geparkte Autos machten. Der Eingang zu Nummer 14 befand sich gleich

am Anfang eines in den Fels geschlagenen rundbogigen Durchgangs, über dem sich die meterdicken Stadtmauern auftürmten. Ein paar roh zusammengeschusterte Bretter, an denen man mit etwas gutem Willen einige blaue Farbflecke ausmachen konnte, sollten wohl die Tür vorstellen. Ungefähr in Kopfhöhe war ein vielleicht zwei handbreites Loch ausgeschnitten, von innen mit einem engmaschigen Drahtgitter versehen. Direkt darunter ein verwaschenes Stück Pappe. »C. Lopocaro« stand in krakeliger Handschrift darauf. Klingel gab es keine. Er klopfte an die Tür und versuchte, durch das Gitter einen Blick in die Wohnung – oder was immer das auch sein sollte – zu erhaschen. Licht brannte da drinnen jedenfalls keines und es rührte sich auch nichts.
„Sie müssen schon lauter klopfen, sonst hört Sie der alte Säufer nicht!“ Der Ratschlag kam von einer jungen Frau, die sich mit zwei prall gefüllten Einkaufstaschen die ansteigende Straße hinaufquälte.
Er probierte es also noch einmal, dieses Mal fester. Wieder keine Reaktion. Beim dritten Versuch schlug er so heftig gegen die alten Bretter, dass er schon fürchtete, sie könnten unter seiner Faust zerbrechen.
„*Chi è?*“, kam es endlich von drinnen. Die Stimme klang kratzig, desolat und ein wenig unsicher. Erst jetzt kam ihm in den Sinn, dass er als Privatmensch hier war. Lediglich ein pensionierter Polizist, ohne jegliche Legitimation, noch dazu ein Ausländer. Er musste sich blitzartig ein Märchen einfallen lassen, das er dem guten Signor Lopocaro auftischen konnte.

„Ich bin Dottor Quaranta und ich würde gerne mit Ihnen über die Avvocata Maci sprechen."
„Hau ab, *stronzo!* Und die Maci soll der Teufel holen!"
„Hören Sie, mir hat diese *puttana* auch übel mitgespielt. Ich würde sie gerne in der Hölle sehen! Vielleicht können wir uns zusammentun."
„Was hat sie mit dir gemacht?"
„Mein Haus ist weg. Aber ich hätte da einen Plan. Interessiert?"
„Was hast du vor?"
„Nicht hier vor der Tür, wo uns jeder hören kann. Vielleicht in der nächsten Bar bei einem Grappa. Ich geb einen aus!"
Von drinnen waren schlurfende Schritte zu hören. Jemand lugte durch das in der Tür eingelassene Gitter, kurz darauf drehte sich ein Schlüssel und die Tür ging auf. Ein Schwall von abgestanden-ranziger, alkoholschwangerer und nach üblem Schweiß stinkender Luft schwappte ihm entgegen. Der Mann, der da vor ihm stand, hatte nur mehr entfernte Ähnlichkeit mit dem Bild, das Vierziger aus den Akten der Avvocata kannte. Die grauen Locken waren sicher schon seit Wochen nicht mehr gewaschen worden, seine Kleider auch nicht. Überhaupt schien Lopocaro schon länger keine Dusche oder gar eine Badewanne gesehen zu haben.
„Dir hat sie also auch dein Haus gestohlen, was?"
„Mmhh!"
„Scheidung?"
Vierziger nickte.
„Scheiß Weiber!"

„Gehen wir?“
Lopocaro versperrte sorgfältig die morschen Bretter, die seine Tür vorstellten, und machte sich auf den Weg. Mit einer Geschwindigkeit, die man ihm gar nicht zugetraut hätte, strebte er den Hügel hinauf. Anscheinend trieb ihn die Aussicht auf den einen oder anderen Grappa voran. Kurz bevor sie an der Piazza angekommen wären, bog er in das Labyrinth der engen Gassen unterhalb der Kathedrale ein. In dieser Gegend war Vierziger noch nie zuvor gewesen. Endlich trat er in ein Lokal, das den Namen Bar nicht verdiente, ein dunkles Loch, nur notdürftig von verdreckten Glühbirnen beleuchtet.
„*Ciao,* Angelo, eine Flasche und zwei Gläser! Der Signore hier zahlt!“, verkündete er. Der Mann hinter dem Tresen, groß wie ein Baum und breit wie ein Schrank, sah Vierziger misstrauisch an.
„Bring uns den Besten, den du hast“, bestätigte Vierziger Lopocaros Bestellung, legte als Beleg seiner Zahlungskraft zwei Fünfziger hin und hoffte, dafür wenigstens etwas halbwegs Anständiges zu bekommen. Wenn er in dieser Spelunke schon mit dem früheren Weinhändler trinken musste, wollte er sich wenigstens nicht vergiften. Nach ein paar Minuten hatte er sich an das dämmrige Licht gewöhnt. Sie waren die einzigen Gäste, trotzdem steuerte Lopocaro den hintersten Tisch an. Der Wirt – der verbeulten Nase nach war er in seinem früheren Leben wahrscheinlich Boxer oder Türsteher gewesen, vielleicht auch beides – stellte eine ungeöffnete Flasche und zwei Wassergläser auf den Tisch.

„*Altro?*“, wollte er wissen und wischte seine Finger in sein schmutziges Poloshirt.
„Zwei Packungen Nazionale! Wenn ich schon eingeladen bin ...“
Auch das noch! Dass selbst in Bars wie dieser das Rauchen schon lange nicht mehr erlaubt war, kümmerte hier offenbar niemanden.
„*Sono Pepe.*“ Vierziger hob sein Glas. Er musste sich zwingen, das Zeug hinunterzuschlucken. Der Grappa war von der übelsten Sorte, höchstens als Putzmittel zu gebrauchen.
„Meine Freunde nennen mich Crispo“, sagte Lopocaro, zündete sich eine Zigarette an und schenkte sich noch einmal nach.
Er rauchte schweigend und verleibte sich dabei zwei weitere Gläser ein, ohne dabei auch nur mit der Wimper zu zucken.
„Du bist nicht von hier!“, stellte er schließlich fest und zündete sich eine weitere Zigarette an.
„Aus dem Norden. Das ist es ja! Ich kenn' mich hier nicht so gut aus und das hat die Maci begriffen und mir mit einem ihrer Tricks mein Haus abgenommen.“
„Was hast du vor?“
„Man müsste ihr eine Abreibung verpassen, die sie so schnell nicht wieder vergisst!“
„*Credo di si!* Das müsste man! Aber was soll ich dabei? Und wie kommst du überhaupt auf mich?“
„Man hört so dies und das“, blieb Vierziger unbestimmt.
„Du könntest mir helfen, alleine geht's nicht.“
„Was geht alleine nicht?“

„Ich weiß, wo sie wohnt, die saubere Signora Maci. Wir könnten ihr einen kleinen Besuch abstatten."

Vierziger schwadronierte von einem Einbruch in ihr Haus, bei dem man die Avvocata ein wenig herumschubsen würde und vielleicht auch mehr. Lopocaro war von dem Ansinnen so begeistert, dass er den Rest des Grappas ganz alleine austrank und dazu eine halbe Schachtel Zigaretten rauchte. Bei einer zweiten Flasche für Signor Crispo und einem *caffè* für Vierziger jammerte Lopocaro zuerst einmal über sein Unglück, in das er natürlich völlig unverschuldet geraten war.

„Ich hab mir den Arsch aufgerissen für die Familie, *capisci, casa, piscina, macchina* und das alles! Und dann kommt diese *fica puzzolente* und hetzt meine Frau auf, *quella stupida gallina!* Die Maci hat gesagt, sie würde der Richterin erzählen, dass ich meine eigenen Kinder ficke, wenn ich meiner Frau nicht alles überlasse!"

Wirklich ein feiner Herr, der Signor Lopocaro. Die Methoden der Dottoressa Maci waren aber auch nicht gerade freundlich.

„Und, hast du?"

„Was?"

„Deine Kinder ..."

Wie eine Viper schoss Lopocaros Rechte über den Tisch und packte Vierziger am Rockaufschlag. „Sag das noch einmal und du bist tot!"

„Schon gut!" Vierziger streckte beide Arme in die Luft.

Lopocaro beruhigte sich wieder. „Wenn ich die richtig in die Finger kriege ..."

Er führte in allen widerlichen Einzelheiten aus, was er mit der Anwältin anstellen wollte. Am Ende wurden seine Worte immer undeutlicher, schließlich fiel sein Kopf auf die Tischplatte und er rührte sich nicht mehr. Vierziger überließ ihn seinem Rausch.

„Ist er jeden Tag hier?" Er deutete in Richtung des Tisches und schob dem Wirt einen weiteren Fünfziger über den Tresen, der augenblicklich unter dessen gewaltiger Pranke verschwand.

Der Wirt nickte.

„Auch letzten Samstag?"

Wieder ein Nicken.

„Ab wann, ungefähr?"

„*Sette o otto.*"

„Wie lange?"

„*Mezzanotte, circa.*"

Für den Wirt einer Bar war der Mann nicht besonders gesprächig, trotz des Schmiermittels. Aber gut, Vierziger war hier schließlich ein Fremder, unüberhörbar sogar ein Ausländer. Er versuchte, sich ihm anzupassen.

„*Domenica?*"

„*Chiuso.*"

„*Grazie, Signor Angelo, e buona giornata!*"

Draußen war es kaum heller als in dieser in jeder Hinsicht finsteren Bar. Ganz im Gegenteil. Immerhin, es regnete nicht. Der kräftige Wind fegte nicht nur allen möglichen Unrat von den Pflastersteinen, sondern hielt auch die Menschen von den Straßen fern. Auch

Vierzigers erster Gedanke war, sich so schnell wie möglich wieder zu seinem Auto zu begeben. Andererseits, jetzt wo er schon hier oben in der Stadt war, zur Piazza della Libertá und damit zu Giulias Bar waren es nur ein paar Schritte. Und schließlich musste er den Geschmack von schlechtem Grappa und bitterem Kaffee aus seinem Mund bekommen.
Keine zwanzig Minuten später machte er sich wieder auf den Weg hinunter zu dem Platz, an dem er sein Auto zurückgelassen hatte. Gestärkt von einem Espresso, der den Namen auch verdiente, und einem seiner geliebten Cornetti *albiccoca.* Zwei weitere dieser gottvollen *dolci* hatte er als Vorrat mitgenommen. Er war rundherum zufrieden, wenigstens was diesen Teil des Morgens anlangte. Dazu kam noch, dass er auch den Parkplatzwächtern entgangen war.

Statt nach Westen und damit nach Hause in die Contrada San Giovanni zurück, fuhr er schnurstracks nach Norden. Vorbei an einem tristen Gewerbegebiet, quer durch weit verstreute, alte Ölbäume auf rostrotem Boden und brach liegende Weizenfelder. Gut zehn Minuten später stand er neben dem Hafenrestaurant von Villanova, der Marina von Ostuni. Selbst hier drinnen im geschützten Hafenbecken schlugen die dicht aneinanderliegenden Bootskörper der Motoryachten und Segelschiffe im Wind heftig gegeneinander. Eine Zeitlang beobachtete Vierziger das Schauspiel. Es wurde ihm aber schnell zu ungemütlich und er ging in das Restaurant. An der Bar

standen zwei Männer und eine Frau, allesamt so um die Mitte zwanzig, ganz in Weiß mit über die Schultern gehängten blauen Pullovern. Am letzten Tisch an der Fensterfront, von der aus man das ganze Hafenbecken im Blick hatte, saß einer mit Schiebermütze und grauem Vollbart, ganz in die rosaroten Seiten seiner Sportzeitung vertieft. Eine junge cameriera zapfte aus einem Ungetüm aus weißem Porzellan mit Armaturen, die wie übergroße Ohren obenauf saßen, ein Bier. Vierziger entschied sich für einen Platz in der Mitte zwischen der Bar und dem Alten. Von hier drinnen aus, unbehelligt von Wetterkapriolen, boten die wie aufgeregte Möwen herumhüpfenden Boote ein schon fast idyllisches Bild. Eines davon musste die Segelyacht der Avvocata sein. Nur welches? Da draußen lagen an die fünfzig größere und kleinere Boote, wenn auch vielleicht nur ein Drittel davon Segelboote waren. Und die Maci hatte ihm sicher nicht den Gefallen getan, ihr Boot nach der Farbe des Rumpfes zu benennen: *La Rossa* – die Rote. Bei dem Gedanken, auf den schwankenden Stegen herumturnen zu müssen, um die Yacht zu finden, kam ihm die Idylle gar nicht mehr verlockend vor. Unsicher und ratlos suchte er das Hafenbecken ab. Vielleicht konnte er ja doch das Richtige entdecken.
„Interessiert an einem Boot, Signore? Das eine oder andere steht zum Verkauf!"
Vierziger sah hoch und starrte den Mann, der ihn da angesprochen hatte, verständnislos an.

„*Mi scusi*, ich hab mich gar nicht vorgestellt. Luigi Marzio, mir gehört dieses Restaurant."
Es war der Mann vom letzten Tisch, der vorher so eifrig seine *Gazetta Dello Sport* studiert hatte.
„Ich habe gehört, die *La Rossa* der Dottoressa Maci soll zu haben sein", sagte Vierziger nach der ersten Schrecksekunde.
„Mmhh! Hat sie mir gar nicht erzählt! Aber ein schönes Boot, die *La Rossa*. Sehr gepflegt und selten gefahren."
Signor Marzio pries die Yacht an, als wäre es seine eigene. Vielleicht hoffte er auf eine fette Provision.
„Ich werde es mir einmal ansehen!", sagte Vierziger am Ende und „Das werde ich schon finden", nachdem er sich hatte zeigen lassen, wo „Die Rote" lag.

Zugegeben, er hatte nicht die geringste Ahnung von Segelbooten. Auch nicht von sonst irgendwelchen Schiffen. Aber das Boot, das hier am Ende des Steges vor dem kleinen alten Kastell vertäut war, schien ihm nichts Besonderes zu sein. Es war größer als jene, die er von den Seen in seiner alten Heimat kannte. Mehr als zehn Meter lang. Bestimmt nicht das größte in dieser Marina, das Kleinste aber auch nicht. Nichts deutete darauf hin, dass sich irgendjemand an Bord befand. Er sah sich kurz um, ob er vielleicht neugierige Beobachter hatte. Wochentags, um diese Uhrzeit und bei diesem Wetter trieb sich hier draußen niemand herum. Er kletterte über die Reling und hantelte sich einmal rundherum. Der Wind und die Wellen machten ihm schwer zu schaffen, einmal rutschte er auf dem vom Spritzwasser nassen Boden aus und wäre um ein Haar ins Wasser gefallen. Drinnen brannte kein Licht und es gab nicht den geringsten Hinweis, dass die Signora Maci auf dem Boot sein könnte. Er versuchte es trotzdem. Die Tür zur Kajüte ließ sich mithilfe seines Taschenmessers im Handumdrehen öffnen. Aber nichts! Das Boot war verlassen. Und weder drinnen noch draußen konnte er keine Spuren finden, die eine Fortsetzung von jenen im Haus der Avvocata gewesen wären. Wenn es da an Deck jemals etwas gegeben hatte, der Regen der vergangenen Tage hätte alles fein säuberlich weggewaschen. Fast ein wenig enttäuscht ging er wieder von Bord. Im letzten Moment fiel ihm ein knapp fünf Zentimeter langer dunkler Faden auf, der sich im Metall der Reling verfangen hatte, dort wo die verchromte Stange in den Boden geschraubt war. Es musste natürlich nichts zu bedeuten haben, der Faden konnte von sonst woher stammen. Er zupfte ihn samt den drei blonden Haaren, die sich um die Fasern gewickelt hatten, heraus, gab alles in ein kleines Plastiksäckchen und steckte seinen Fund ein.

Vierziger war heilfroh, wieder festen Boden unter den Füßen zu haben. Das hier war nicht seine Sache. Allein bei der Vorstellung, mit so einem Segelschiff und bei diesem Wind draußen auf dem Meer zu sein, wurde ihm übel.

Jetzt, wo er schon einmal da war, wollte er sich das alte Kastell am Rand des Hafenbeckens näher ansehen.

Irgendjemand – er konnte sich nicht mehr daran erinnern, wer – hatte ihm erzählt, es würde aus dem 14. Jahrhundert stammen. Die kleine Festungsanlage war nicht besonders beeindruckend. Damals, als sich nach dem Ende der Stauferzeit zwei französische Könige um das Land stritten und dazu immer wieder Osmanen und Sarazenen ins Land einfielen, war sie sicher nützlich gewesen. Aber heutzutage? Die ganze Küste war gesäumt von solchen Befestigungen. An der dem Hafen abgewandten Seite des Baus fiel Vierziger ein roter SUV auf, der vor dem Wrack eines alten Ruderbootes geparkt war. Dem Aussehen nach konnte es durchaus der Wagen der verschwundenen Avvocata sein. Er wischte die verdreckte Nummerntafel ab und griff zum Handy. Der Assistent der Anwältin lieferte ihm die Bestätigung: Das Kennzeichen stimmte, es war das Auto der Anwältin, das da leer und unverschlossen am Rand des vergammelten, mit Unrat übersäten Parkplatzes stand. Vierziger öffnete die vordere linke Tür und sah sich im Innenraum um. Das Auto schien sehr gepflegt zu sein, fast sah es aus, als wäre es soeben von einer gründlichen Reinigung gekommen. Nur die Fußmatte auf der Fahrerseite war schmutzig. Im Handschuhfach fand er die Autoschlüssel. Sonst gab es nichts, was irgendwie auffällig gewesen wäre. Vierziger machte sich über den Kofferraum her. Auch der war vollkommen leer. Der Boden der Ladefläche sah aus, als wäre er gerade frisch gesaugt worden. Im Licht der Taschenlampe seines Telefons untersuchte er den Teppich genauer. Ganz hinten bemerkte er ein langes, blondes Haar. Nicht weiter überraschend, bei einer blonden Frau als Besitzerin des Autos. Das war aber auch schon alles! Erst als er die Matte in die Höhe hob, entdeckte er ganz am Rand der Unterseite ein paar ineinander verflochtene Fäden. So ähnlich wie jener, den er unter der Reling auf dem Segelboot gefunden hatte. Er tütete sie genauso ein wie das Haar und steckte seine Beute zu den anderen Säckchen in die Tasche. Obwohl er gründlich suchte, fand er nichts mehr. Eine magere Ausbeute – ein paar Stoffreste da, ein paar weitere dort. Er wusste nicht genau was, aber insgeheim hatte er sich mehr erhofft. Fast wollte er schon die Tür schließen, als ihm auf der linken Seite, auf einem dort eingebauten Lautsprecher, ein schmaler, dunkler Streifen auffiel. Bei näherer Betrachtung im Licht seines Handys war er sich sicher: das war Blut. Und noch ein zweiter verschmierter Streifen unten am Gehäuse des Lautsprechers. Das Blut konnte natürlich auch ganz harmlose Ursachen haben – wer weiß, vielleicht hatte sich die Dottoressa nach einem Einkauf ein wenig am Finger verletzt, nur so zum Beispiel. Trotzdem nahm er auch davon Proben mit. Am Ende setzte er sich ins Auto. Er wollte ausprobieren, ob es sich starten ließ. Vielleicht war es ja nur wegen einer Panne hier abgestellt worden. Er musste den Fahrersitz ein gutes Stück weit nach vorne schieben, um an den Startknopf und die Pedale zu kommen. Schon beim ersten Druck sprang der Motor tadellos an. Eine Panne war also nicht der Grund, warum der Wagen der Avvocata da verlassen hinter der Marina von Villanova stand. Vierziger stieg wieder aus, sperrte das Auto ab und sah sich um. Vom verwahrlosten Parkplatz führte eine kurze, ungepflasterte Straße hinunter zum Wasser. Das Feld daneben wurde von einer niedrigen Mauer beschützt, die mit ein paar prall gefüllten schwarzen Plastiksäcken dekoriert war. Ein Schild dahinter verkündete, dass hier das Ablagern von Müll strengstens verboten war. Auf der anderen Seite des Weges, hinter einer weiteren Mauer, weiß getüncht, mit einem Zaun gekrönt und verziert mit einem noch immer blühenden Oleanderstrauch, ein Lagerplatz für kleinere und größere Boote aller Art und in allen möglichen Lebensabschnitten. Daneben hohe Sträucher, das Wrack des Ruderbootes und eben das Auto der Dottoressa. Um diese Jahreszeit, so außerhalb der Saison, eine fast verlassene Gegend. Als er sich schon zum Gehen wenden wollte, sah er aus den Augenwinkeln einen Kopf mit einem hellen Hut und einem langen, hellen Vollbart in einem der Tore des alten Kastells verschwinden. War er die ganze Zeit über beobachtet worden? Vierziger kämpfte sich durch die paar Meter von verdorrtem Lampenputzergras. Fluchend erreichte er den Eingang. Er war zwar den überall herumliegenden Glasscherben entgangen, dafür aber in einen stinkenden Haufen Unrat getreten. Dieser Eingang zur alten Befestigung kannte schon lange keine Türe mehr. Wenn überhaupt, steckten nur noch Überreste von Angeln in den Steinen. Das verrostete Baustellengitter, das hinter dem offenen Tor lehnte, war schnell beiseite geräumt.

„Buongiorno, Signore!“
Im spärlichen Licht, das von draußen hereinfiel, konnte er den schmutzigweißen Vollbartkopf gerade noch erkennen.
„Darf ich Ihnen ein paar Fragen stellen?“
„Fragen dürfen Sie alles! Ob Ihnen die Antworten gefallen, wird man sehen.“
Vierziger war verblüfft. Statt einer groben Antwort in dem für ihn schwer verständlichen ortsüblichen Dialekt sprach der Mann geschliffene Hochsprache.
„Könnte sein, dass es sich lohnt – für Sie und für mich!“
Vierziger zupfte zwei Zwanziger aus seiner Börse.
Eigentlich hätte er erwartet, dass ihm die Scheine im Handumdrehen abgenommen würden. Aber nein, es passierte gar nichts. Der Mann erhob sich nur kurz und deutete eine Verbeugung an. Inzwischen hatten sich seine Augen an das Dämmerlicht gewohnt, der Bewohner des Kastells musste so um die Fünfzig sein, auch wenn er um mindestens zwanzig Jahre älter aussah. Im Gegensatz zu dem heruntergekommenen Signor Lopocaro, der ja immerhin eine Wohnung hatte, trug dieser hier einen dunklen Anzug mit einem Hemd darunter, das früher einmal weiß gewesen sein musste. Und sogar eine schmale schwarze Krawatte. Und eben diesen Panama-Hut aus Stroh. Zwar schon etwas ramponiert, dafür aber mit gestreiftem Band.
„Was wollen Sie wissen?“ Er setzte sich wieder auf die vergammelte Matratze. Der schmale Raum war geradezu penibel aufgeräumt. An der Wand gegenüber der

Schlafstatt eine kalte Feuerstelle, daneben zwei vollgestopfte Reisetaschen. Vor seinem Lager hatte er aus alten Obstkisten einen kleinen Tisch gebaut, sogar eine kleine alte Doppelgartenbank gab es, von der aber nur mehr eine Seite zu benützen war, in der anderen Hälfte klaffte in der Sitzfläche aus geflochtenen Plastikschnüren ein großes Loch. Den Boden schien der Bewohner dieses Idylls gefegt zu haben, der Besen lehnte hinter ein paar Mauerbrocken und einer Ansammlung von leeren Flaschen in einer Ecke.

„Wie lange …“, Vierziger zögerte einen Moment, „… wohnen Sie schon hier?“

„Wer will das wissen?“

„Dottor Quaranta, Pepe für meine Freunde. Also, wie lange schon?“

Der Mann blieb stumm, sah ihn aber eindringlich an. Ein Schein wechselte seinen Besitzer.

„Lange genug! Ist doch gemütlich hier, oder?“ Er machte eine weit ausladende Geste über sein Reich.

„Dieses rote Auto da draußen. Seit wann steht es schon dort?“

„Perchè?“

„Die Signora, der das Auto gehört, ist eine Freundin von mir. Ich suche sie.“

Wieder wechselte ein Geldschein seinen Besitzer.

Der Mann überlegte kurz.

„Fünf Tage schon, seit letzten Sonntag in der Nacht. Eigenartige Sache. Ich glaub nicht, dass eine Signora das Auto stehen gelassen hat.“

„Warum eigenartig? Und warum keine Signora?“
„Es war sehr spät in der Nacht, so gegen zwei in der Früh. Und ich hab’s nur gesehen, weil ich mal raus musste.“
Der gute Mann war darauf bedacht, seine Wohnung rein zu halten. Außer dem Muff der alten Mauern konnte Vierziger keine unguten Gerüche wahrnehmen.
„Jedenfalls bin ich raus und da hab ich gesehen, wie der angekommen ist. Auf dem Platz vor dem Restaurant. Konnte man gut sehen, ist ja alles beleuchtet. Der hat etwas ausgeladen, einen Teppich oder so, muss schwer gewesen sein. Hat er auf eins der Boote gebracht. Ist ausgelaufen, mitten in der Nacht, ohne Licht!“ Die letzte Bemerkung klang schon fast so etwas wie empört.
„Und dann?“
„Nach einer Stunde ist er wieder zurückgekommen. Hat das Auto da vor meiner Tür abgestellt und ist weg. Seitdem steht es da.“
„Und Sie sind gar nicht neugierig geworden, die ganze Zeit über?“
„Natürlich, es hätte ja etwas von Nutzen drin sein können! Aber da war nichts. Der Wagen war völlig leer, wie neu!“
„Und warum keine Signora?“
„Kurze Haare, lange Hose, Männerhut. Und der Teppich oder was das war, hat ziemlich schwer ausgesehen. *Beh, non una donna!*“
Vierziger drückte ihm einen weiteren Zwanziger in die Hand. „Danke! Sie haben mir sehr geholfen!“
„*Prego!* Und Sie haben mich nie gesehen!“

„Wen sollte man in dieser Ruine schon treffen?“, sagte Vierziger und tippte an seinen nicht vorhandenen Hut. Draußen sperrte er das Auto der Dottoressa ab, steckte die Schlüssel ein und ging die Straße hinunter zum Meer. An der Bootsrampe am Ende säuberte er seine Schuhe.

Inzwischen war es Mittag geworden. Fürs Erste hatte er genug erfahren. Außerdem knurrte ihm der Magen und zu Hause stand der Rest seiner Carbonara von gestern im Backrohr. Bevor er losfuhr, griff Vierziger zu seinem *telefonino.*

„Dottoressa Bertini?“
„*Si,* Dottor Quaranta, was kann ich heute für Sie tun?“
„Ich würde mich gerne mit Ihnen – als Freundin der Signora Maci – in ihrem Haus umsehen. Vielleicht fällt Ihnen ja irgendetwas auf. Etwas, das uns einen Hinweis geben könnte, was passiert ist.“
„Dottore, ich glaube nicht, dass ich Ihnen da helfen kann! Aber wenn Sie meinen ...“
Sie verabredeten sich für den Nachmittag um 15 Uhr am Haus der vermissten Avvocata.

6

Auf der Fahrt zurück nach San Giovanni gingen ihm die Gespräche mit den zwei Männern nicht aus dem Sinn. Gescheitert und gestrandet alle beide, klammerten sie sich an den Alkohol, als würde das ihr letzter Rettungsanker sein. In Wahrheit war er das Gewicht an ihren Beinen, das sie jeden Tag ein Stückchen weiter in die Tiefe zog. Wenigstens bei dem einen wusste er aus den Akten der Dottoressa Maci, was ihn dahin gebracht hatte, wo er jetzt war. Den anderen konnte er schwer einordnen. Er schien auf eine seltsame Art so etwas wie distinguiert zu sein. Sein abgewetzter dunkler Anzug und das Hemd darunter, das früher einmal weiß gewesen war, hatten ihn nur wenig wie einen Landstreicher aussehen lassen. Aber während jener wenigstens ein eigenes Dach über dem Kopf hatte, besaß dieser nicht einmal mehr das. Diese Gedanken ließen Vierziger etwas unachtsam sein. Aus dem schmalen Weg hinauf zu einer alten Ölmühle, nur mehr einen guten Kilometer von seinem Haus entfernt, schoss plötzlich ein schwarzes Auto heraus, einer dieser schweren amerikanischen Pick-ups, schnitt ihm den Weg ab und raste mit einem für diese Straße viel zu hohen Tempo Richtung Stadt davon. Vierziger hatte zu tun, sein Auto nicht an eine der allgegenwärtigen Steinmauern zu kleben. Als er zu stehen kam, war von dem anderen Wagen nur mehr eine Staubwolke zu sehen. Das Kennzeichen hatte er nicht erkennen können, nur ein großer, gelber Aufkleber an der Fahrertür war ihm aufgefallen. Er brauchte ein paar Minuten, bevor er wieder weiterfahren konnte. Vielleicht fünfzig Meter danach, an der Abzweigung zu der masseria, die bis zum letzten Jahr ein Flüchtlingslager gewesen war, fiel ihm ein riesiges Baustellenschild auf, das dort seit ein paar Wochen stand und dem er bisher nie Beachtung geschenkt hatte. Darauf das gleiche Zeichen wie auf dem Auto, das ihn gerade fast gerammt hätte. Er blieb stehen, um sich die Tafel genauer anzusehen. Dort wurde verkündet, dass auf dem Gelände des alten Gutshofs eine moderne Luxus-Ferienanlage samt Pool gebaut werden sollte. Der Name der ausführenden Baufirma war ihm schon in den Akten der Avvocata untergekommen. *Costruzione Damiani*. Jene Firma, welche die Maci wegen des toten Maurers verklagt hatte. Eigenartig auf zweierlei Weise. Zum einen schien ihm diese Baufirma für so ein enormes Projekt zu klein. Und zum anderen fand er es eigenartig, dass er mit dieser Firma jetzt schon zum dritten Mal in Berührung kam. Bei der Maci, bei dem Beinahe-Unfall gerade eben und hier auf dem Schild, nur ein paar hundert Meter von seinem Haus entfernt. Von den Bauarbeiten in seiner Nachbarschaft hatte er bis jetzt nie etwas bemerkt. Er musste wieder mehr auf seine Umgebung achten. Seit Franca in sein Leben getreten war, hatte er für kaum etwas anderes mehr Augen gehabt. Genau genommen hatte er sich aufgeführt, wie ein komplett von seinen Hormonen gesteuerter Teenager. Und das in seinem Alter! Gott sei Dank war er jetzt mit der Suche nach der verschwundenen Avvocata beschäftigt.

Nero hatte sich anscheinend bei seiner Nachbarin einquartiert. Zumindest ließ er sich nicht blicken, während er sonst immer schon an der Einfahrt zum Haus wartete. Ein bisschen konnte Vierziger das ja auch verstehen. Der Hund hatte sich mit ihrer Katze angefreundet und Loredana hatte ohnehin einen Narren an ihm gefressen. Sie verwöhnte ihn nach Strich und Faden mit den feinsten Leckerbissen und an Streicheleinheiten ließ sie es auch nicht fehlen. Trotzdem: Untreue Hundeseele!

Mittagszeit war schon vorüber, aber er verspürte keinen großen Hunger. Außerdem hatte er keine Lust, sich an den Herd zu stellen. Ein paar mit scharfen Paprika angemachte Oliven, etwas *Scamorza* und ein wenig Brot mussten reichen. Zum Espresso danach gab es eines der gefüllten Cornetti, die Giulia ihm eingepackt hatte.

„*Ciao,* Dottore ... eh ... Matteo! Wusstest du, dass deine Avvocata ein Boot hat? – Ja, in der Marina von Villanova. Und dort hab' ich auch ihr Auto gefunden."
Er erzählte seinem Nachbarn von den Entdeckungen des Vormittags. Den Besuch bei der Bertini vom Vortag

erwähnte er nicht. Irgendetwas an ihr stimmte nicht, davon war er überzeugt. Er konnte es nicht festmachen, es war nichts, was sie gesagt hatte. Vielleicht was sie nicht gesagt hatte oder wie sie es gesagt hatte. Kein Anflug von Erstaunen oder gar Überraschung. Wäre bei ihm ein bester Freund über Nacht spurlos verschwunden, er hätte anders reagiert. Aber das alles war nur so ein Gefühl. Gut möglich, dass er sich täuschte. Er wollte einmal sehen, was die Begegnung mit der Bertini am Nachmittag bringen würde. Am Ende vereinbarte er mit Simoncini, das Auto der Dottoressa Maci am Wochenende aus Villanova abzuholen.

In den letzten Stunden hatte der Wind aufgehört und zwischen den spärlicher werdenden Wolkenfetzen blinzelte immer öfter die Sonne durch. Es war sogar richtig warm geworden. Pünktlich um 15 Uhr kam Josef Vierziger vor dem Haus der Avvocata Maci an. Anscheinend nicht pünktlich genug. Mit einer Zigarette in der Hand lehnte Signora Bertini an ihrem Auto. Sie schien schon eine Zeitlang zu warten, vor ihren Füßen lag ein zweiter ausgetretener Stummel. Wirklich ein leuchtendes Vorbild für ihre Patienten, denen sie vielleicht raten musste, dieses Laster aufzugeben.
„Entschuldigen sie meine Verspätung, Dottoressa!"
Er deutete eine leichte Verbeugung an.
„Ich konnte mich schon ein wenig früher in der Praxis freimachen."

Freimachen war der passende Ausdruck. Im Unterschied zum Vortag, wo ihr weiter Kittel alles im Verborgenen gelassen hatte, zeigte sich die Bertini jetzt wesentlich weniger zurückhaltend. Die aus einem weißen Hauch gemachte Bluse war durchscheinend und saß so knapp, dass kein weiteres Stück Stoff mehr darunter Platz gefunden hatte, ihre sandfarbene Hose drängte sich in die kleinste Hautfalte und wie sie es in den waffenscheinpflichtigen High-Heels geschafft hatte, unfallfrei bis zum Haus ihrer Freundin zu fahren, war Vierziger ein Rätsel.
„Wollen wir?“, fragte sie und trat die Zigarette aus.
Sie ging ein paar Schritte auf das Haus zu. Dabei griff sie in ihre Tasche, zog aber fast im selben Augenblick ihre Hand wieder zurück. Vor dem Gartentor machte sie einen Schritt zur Seite, damit er aufsperren konnte.

Im Flur schlug ihm der muffige Geruch von abgestandener Luft entgegen. Kein Wunder, schließlich war niemand da, der einmal die Fenster geöffnet hätte. Drinnen reichte er der Bertini ein paar dünne Gummihandschuhe.
„Wir wollen keine zusätzlichen Spuren hinterlassen!“
Während er selbst auch ein Paar überstreifte, sah er ihr zu und bemerkte an ihrem rechten Zeigefinger ein kleines Pflaster mit einem dunklen Fleck darauf.
„Nur ein kleines Missgeschick in der Ordination“, erklärte sie ungefragt, als sie seinen Blick bemerkte. Sie deutete auf die kleinen rostbraunen Spritzer auf den weißen Vorzimmerfliesen. „Von Rosaria?“
Vierziger nickte. „Wahrscheinlich.“

Ohne weiter darauf zu achten, ging die Bertini bis zur Tür ins Wohnzimmer. „Und? Was soll ich jetzt tun?"
„Ich weiß auch nicht genau", sagte Vierziger. „Sie kennen das Haus ihrer Freundin besser als ich. Vielleicht fällt Ihnen etwas auf. Möglicherweise fehlt etwas oder ist an einem anderen, ungewöhnlicheren Platz als sonst."
Sie machte ein paar Schritte in den Raum und sah sich langsam um. „Bis auf das hier …", sagte sie und deutete auf die Kante des Glastisches vor dem Couchungetüm und zuckte mit den Schultern. Ein paar Sekunden lang betrachtete sie das verkrustete Blut mit den darin verklebten Haaren, dann wandte sie sich um und ging ins Bad. Zuerst blieb er zurück, erst als er hörte, dass nur Laden und Schranktüren auf- und zugemacht wurden, folgte er ihr.
„Hier ist auch alles wie sonst", stellte sie fest, schon wieder auf dem Weg nach draußen. Im Schlafzimmer blieb sie vor dem zerwühlten Bett stehen. Anfangs hingen ihre Arme schlaff herunter, dann schlang die Dottoressa sie um ihre Schultern und es kam Vierziger vor, als ob sie leicht zittern würde. Das Verschwinden ihrer Freundin setzte ihr anscheinend doch mehr zu, als sie eingestehen wollte.
„Möchten Sie ein Glas Wasser, Signora?"
Sie schüttelte den Kopf.
Kurz darauf wischte sie mit beiden Händen über ihre Augen und wandte sich dem Kleiderschrank zu. Akribisch prüfte sie Stück für Stück, manchmal strich sie fast zärtlich über den Stoff und einmal hob sie ein zartes Teil aus

schwarzer Spitze aus einer der Laden und drückte es an ihr Gesicht.
„Hier müsste eine Kassette stehen!", sagte sie beim letzten Abteil des Kastens, dem mit den luxuriösen Dessous. Sie zeigte auf einen leeren Platz auf der unteren Ablage. Bei seiner ersten Untersuchung war ihm diese freie Fläche nicht aufgefallen. Aber Josef Vierziger stand mit Damenkleiderschränken nicht auf intimem Fuß. Vielleicht hatte er auch einfach nur nicht darauf geachtet.
„Eine Art Safe, ungefähr so groß." Sie zeichnete mit ihren Händen einen Quader in den Ausmaßen einer Schuhschachtel in die Luft. Er konnte sich nicht erinnern, so etwas gesehen zu haben. An diesen leeren Platz allerdings auch nicht.
„Rosaria hat da ihren ganzen Schmuck aufbewahrt. Und eine Menge Bargeld. An die 50.000 hatte sie immer zu Hause."
An der weißen Innenseite der Schranktür bemerkte er einen ungefähr fingergroßen, ein wenig verschmierten rostbraunen Fleck. Bevor er dazu kam, sich das näher anzusehen, drängte sich die Signora Bertini an ihm vorbei und lief in den Raum gegenüber vom Badezimmer, der als Büro diente. Aus der Reihe der Aktenordner über dem Schreibtisch fischte sie zielsicher einen heraus. „Hier ... sie hat von allem Fotos für die Versicherung gemacht."
Vierziger blätterte den Ordner durch. Über Geschmack ließ sich bestimmt streiten, aber die Stücke schienen wertvoll zu sein. Jedes Bild war in einer Klarsichthülle, auf der Rückseite waren der Juwelier, das Kaufdatum und

der Preis vermerkt. Grob gerechnet stellte der Schmuck der Avvocata einen Wert von gut einer halben Million dar. Dagegen nahmen sich die angeblichen 50.000 in bar schon fast läppisch aus. Und waren genauso verschwunden wie der Schmuck und die Besitzerin selbst.
Die Bertini ging in die Küche und schaltete die Kaffeemaschine ein.
„Den brauch ich jetzt dringend. Sie auch?“
An die Kücheninsel gelehnt sah Vierziger zu, wie sie die futuristische Maschine bediente. Mit geübten Griffen, als hätte sie das schon tausendmal getan. Am Ende drückte sie ihm eine Espressotasse in die Hand und stellte sich neben ihn. Langsam mischte sich ihr Duft mit dem Aroma des Kaffees und verdrängte es schließlich ganz. Mit einem einzigen Schluck trank sie ihre Tasse leer und stellte sie auf der Kücheninsel ab. Diese Bewegung brachte sie ein Stück näher an ihn heran, ihre Hüften berührten sich. Die Hitze, die in ihm aufstieg, kam nicht vom Kaffee. Er schloss die Augen und für einen Augenblick genoss er die Berührung, beinahe hätte er sie erwidert. Aber dann stahlen sich Bilder von der Abschiedsnacht mit Franca in seinen Kopf und er rückte ein paar Zentimeter zur Seite.
„Keine Sorge, ich beiße nicht!“, behauptete ihr Mund, während ihre Augen das Gegenteil sagten. Mit einem Schritt brachte er sich in Sicherheit und stellte seine leere Tasse in die Spüle.
„Ich glaube, wir sind hier fertig, oder?“
Die Bertini nickte.

An der Tür trat er zur Seite, um ihr den Vortritt zu lassen. Sie blieb vor ihm stehen und machte noch einen Schritt auf ihn zu.

„Es ist schon ein paar Wochen her, da hat Rosaria von drei Weibern geredet, vor denen sie sich in acht nehmen muss."

„Und warum sollte sie sich vor diesen Frauen in Acht nehmen?"

Sie lächelte ihn an. Dieses Mal war er drauf und dran, sich in ihren dunklen Augen zu verlieren. Ihre Lippen öffneten sich leicht, aber dann zuckte sie mit den Schultern, drehte sich um und schlüpfte nach draußen.

Vierziger wartete, bis die Signora Dottoressa Bertini davongefahren war, bevor auch er sich auf den Heimweg machte.

Nero zog anscheinend noch immer die Gesellschaft seiner Nachbarin vor, zumindest war rund um das Haus keine Spur von ihm zu finden. Die Sonne stand schon tief über den Dächern der Stadt und war im Begriff, die letzten verbliebenen weißen Flecken auf dem blassblauen Himmel zartrosa einzufärben. Es war ihm gar nicht so lange vorgekommen, aber er hatte mehr als zwei Stunden mit der schönen Dottoressa Bertini im Haus der verschwundenen Anwältin verbracht. Für diesen Tag war es genug und er hatte nicht vor, noch einmal wegzufahren. Also schloss er sein Auto an die Steckdose an und ging ins Haus. Fast andächtig setzte er das verbliebene Cornetto auf einen kleinen Teller und trug es zusammen mit einem *caffé lungo* hinaus auf den Tisch vor seinem Garten. Bis der Kaffee so weit abgekühlt war, dass er nicht mehr Gefahr lief, sich den Mund zu verbrennen, beobachtete er, wie die letzten Sonnenstrahlen die Kronen seiner Ölbäume mit einem goldenen Schimmer überzogen. Als schließlich nur noch im Abendwind tanzende Schatten zurückgeblieben waren, räumte er sein Geschirr in die Küche und machte sich alleine, ohne seinen gewohnten Begleiter, auf den Weg. Statt durch seinen Olivenhain bis zur kleinen Steinwurfmauer an der Grenze seines Grundstückes und weiter bis zur Küste zu gehen, schlug er den Weg über die schmale Straße ein, die ihn an der *fattoria* seiner Nachbarin vorbeiführte. In ihrer Stube brannte Licht und Vierziger überlegte kurz, ob er bei Loredana vorbeischauen und den Hund abholen sollte. Er ließ es aber sein. Nero hatte schon die letzten Tage keine besondere Lust gezeigt, ihn auf seinem Spaziergang zu begleiten, also wollte er es dabei belassen. Und es gab schlechtere Plätze für einen betagten Hund als unter dem Tisch einer jungen Witwe.

Der Abend war ungewöhnlich mild, ja geradezu warm und täuschte eine Jahreszeit vor, die schon vor Wochen vergangen war. Je näher er dem Meer und der Macchia kam, die sich davor ausbreitete, umso intensiver, schon fast betäubend wurde der Geruch der verdorrten Kräuter, die sich zwischen dornigem Gestrüpp breitgemacht hatten. Der leichte Abendwind mischte die eine oder andere salzige Brise der Unteren Adria dazu. Wie meistens, wenn er sich vorgenommen hatte, auf dem Weg hinunter zum Meer ein wenig Ordnung in seine Gedanken zu bringen, wurde auch dieses Mal nichts daraus. Die Vielzahl der Düfte machte sich zusammen mit dem Konzert der letzten Vögel, dem Zirpen von Zikaden auf der Suche nach passender Gesellschaft, dem Summen lichtscheuer Insekten und dem sanften Schmatzen der Wellen wie eine Droge in seinem Kopf breit. Bereitwillig versank er in dieser Mischung aus Gerüchen und Geräuschen, schließlich war das mit einer der Gründe, warum er seine alte Heimat verlassen und in diese Gegend gekommen war. Das Grübeln über verschwundene Anwältinnen, heruntergekommene alte Männer, abgestürzte Bauarbeiter, vergewaltigte Mädchen und zudringliche Ärztinnen musste warten.

Knapp drei Stunden später saß er mit dem unvermeidlichen Glas *Primitivo* im Korbsessel auf seiner Dachterrasse vor dem Rosenstock, der sich um die Urne seiner vor Jahren verstorbenen Freundin Conny rankte. Inzwischen war es dunkel geworden. Am Himmel leuchteten silbrige Sterne, es wehte ein leichter Wind und draußen am Meer konnte er die Lichter einiger Fischerboote sehen. Ein altes neapolitanisches Volkslied kam ihm in den Sinn. *„Sul mare luccica, l'astro d'argento …"* Er kannte nur die ersten paar Worte, den Rest ersetzte er durch leise „Mmhhmm's". Bevor er sich den Erkenntnissen des Tages widmete, wollte er noch mit Franca telefonieren. Es läutete lange und als die Verbindung zustande kam, drückte sie ihn weg. Er sah auf die Uhr. Wenn er den Zeitunterschied abrechnete, war es bei ihr dort drüben in den Staaten gerade einmal 14 Uhr vorbei. Wahrscheinlich hatte er sie mitten in einem Vortrag gestört.

Also zu Signor Lopocaro. Von dem einstmals glutäugigen Herzensbrecher war nicht mehr viel übrig geblieben. Anscheinend verbrachte er den ganzen Tag lang auf einem Alkoholspiegel, der ihm alles andere als gut tat. Mehr noch – mit der richtigen Menge Grappa oder sonst welchem Fusel im Blut war er jähzornig und angriffslustig. Die Vermerke in den Akten der Dottoressa Maci bewiesen das hinlänglich und auch ihm selbst wäre er ja beinahe an die Gurgel gegangen. Außerdem hatte er für Sonntag, den Tag an dem das Auto der Avvocata an der Marina abgestellt worden war, kein Alibi. Oder wenigstens konnte ihm der Wirt seines Stammlokals keines geben. Zuzutrauen wäre Lopocaro ein Überfall auf die Frau, der er sein ganzes Unglück zu verdanken glaubte. Allein die Tatsache, dass sich der feine Signor Lopocaro zielstrebig seinem vorzeitigen Ende entgegentrank, schloss ja nicht aus, dass er sich um die Avvocata gekümmert haben konnte. Und als ehemaliger Marketingmanager verfügte er bestimmt über genügend Organisationstalent, um eine Leiche im Meer verschwinden zu lassen. Sofern er halbwegs nüchtern war.
Dann die Dottoressa Bertini. Angeblich die beste Freundin der vermissten Anwältin. Ihr Verhalten war – vorsichtig ausgedrückt – eigenartig gewesen. Schon ihre freizügige

Kleidung. Er wollte nicht glauben, dass sie normalerweise außerhalb ihrer Ordination so herumspazierte. Das hatte sie extra für ihn veranstaltet. Und erst im Haus. Einerseits kühl und fast teilnahmslos. Es war ihm aber auch nicht entgangen, wie sie im Schlafzimmer zärtlich über ein Wäschestück gestreift und sich Tränen aus den Augen gewischt hatte. Und die Tuchfühlung beim Kaffee und als sie das Haus verlassen hatten. Er hielt sich zwar nicht gerade für den Buckligen von Notre Dame, aber das gehörte nicht zu seiner üblichen Wirkung auf die Damenwelt. Was um Himmels Willen bezweckte die Bertini damit?

„Kannst du mir erklären, warum die schöne Frau Doktor mir so auf den Pelz gerückt ist?", fragte er Conny. Aber aus der Urne hinter den Buschrosen kam keine Antwort. Dazu die fehlende Schmuckkassette, auf die sie ihn hingewiesen hatte. Er konnte sich nicht erinnern, bei seiner ersten Durchsuchung diese leere Stelle bemerkt zu haben. Aber vielleicht war er von den sündigen Dessous darüber zu sehr abgelenkt gewesen. Und wer mochten die drei Weiber sein, vor denen sich die Maci in Acht nehmen musste? Vielleicht wusste ihr Assistent, dieser Achille Semerano etwas darüber. Er leerte sein Glas, ging hinunter in die Küche und kam mit einer neuen Füllung wieder zurück. Eine Zeitlang verlor er sich im Sternenhimmel über dem Meer. Das neapolitanische Lied kam ihm wieder in den Sinn. Wieder summte er die Melodie und trank dazu seinen Wein. Am Ende hatte er keine Lust mehr, das Glas wieder nach unten zu tragen. Er ließ es auf dem kleinen Tischchen stehen und ging zu Bett. Mit dem Gedanken an seine beiden Frauen – die eine jenseits des großen Meeres, die andere noch viel weiter weg – fiel er in einen unruhigen Schlaf.

7

„Was machen wir jetzt mit ihm?“ Um ihn herum war alles dunkel, aber die Stimme der Dottoressa Bertini erkannte er sofort. „Immerhin hat er euch beide betrogen. Zuerst dich mit der da und dann dich mit mir. Dafür soll er zahlen!“ Er versuchte seine Lider zu heben, um zu sehen, wen er da alles betrogen haben sollte. Aber so sehr er sich auch anstrengte, es wollte ihm nicht gelingen. Bleischwer lagen sie auf seinen Augen. „Ich werde ihn erschießen, so wie die anderen.“ Ganz unverkennbar Franca. „Wir werfen ihn einfach ins Meer.“ Das kam zwar von etwas weiter weg, aber Connys Stimme hatte er noch gut ihm Ohr. Der Versuch zu schreien gelang auch nicht, seine Kehle versagte und er brachte nur ein unartikuliertes Krächzen hervor. Außerdem konnte er sich nicht bewegen. Er schien gefesselt oder in irgendetwas eingewickelt zu sein. Verzweifelt begann er zu strampeln und zu zerren. Aus weiter Ferne hörte er ein heiseres Lachen. Mit einem Mal schwebte er über sich selbst, konnte aber rundherum nichts erkennen, außer dass auf seinem Körper der grinsende Kopf der Maci steckte. Er schlug wild um sich, bekam einen Arm frei, kurz darauf auch noch ein Bein und gleich darauf stürzte er in die Tiefe. Endlich brachte er die Augen wieder auf. Vorsichtig sah er sich um. Es waren keine Frauen da, die ihm ans Leben wollten. Statt dessen lag er neben seinem Bett auf dem Boden, völlig verdreht und eingewickelt in das Laken. Es musste bereits spät am Morgen sein, die Sonne stand schon hoch auf einem mattblauen Himmel. Unten vor der Terrasse bellte ein Hund. Offenbar hatte Nero doch wieder den Weg nach Hause gefunden. Vierziger befreite sich endgültig aus seinem Betttuch, rieb sich den Albtraum aus den Augen und stand auf. Jetzt brauchte er unbedingt zwei bis drei starke Espressi. Bevor er ins Bad ging, stellte er eine Schüssel mit Wasser vor die Hundehütte. Das Futter konnte bestimmt warten, Nero hatte sich garantiert schon bei Loredana den Bauch vollgeschlagen.

Es war warm genug, um den Frühstückskaffee auf der Gartenbank hinter dem Haus zu nehmen. Beim dritten Espresso versuchte Josef Vierziger seinen Alptraum zu enträtseln. Wen hatte er so schwer betrogen, dass er dafür sterben sollte? Beziehungsweise die Avvocata Maci? Sollte die Ankündigung der Commissaria Capo Bonfiglia ein Hinweis sein, dass vielleicht doch die Mafia ihre Hand im Spiel hatte? War Connys Einwurf die Bestätigung, dass die Maci im Meer entsorgt worden war? Und stellten die drei Traumgestalten nur die »drei Weiber« vor, von denen Dottoressa Bertini erzählt hatte? Was Francas Exekutionsankündigung für ihn persönlich bedeuten konnte, wollte er sich lieber gar nicht erst ausmalen. Alles nur krause Albträume, sagte er sich am Ende, völlig ohne Gewicht im wirklichen Leben! Er wollte sich diesen Tag nicht von einer schlechten Nacht verderben lassen. Es war Samstag, also *mercato settimanale,* Wochenmarkt. Loredana war sicher schon seit Allerherrgottsfrüh mit ihrem Stand auf dem Markt, um das zu verkaufen, was ihre *fattoria* hervorbrachte. Vielleicht war das der Grund, warum sich Nero wieder blicken ließ. Als er seine Espressotasse zurück in die Küche trug, hatte sich der Hund vor dem Kamin eingerollt. Sicherheitshalber ließ Vierziger die Tür zum Garten hinaus offen stehen, bevor er sich auf den Weg hinauf in die Stadt machte.

Wie ein kleines Kind auf Weihnachten oder den nächsten Geburtstag freute er sich die ganze Woche über auf den Markttag. Nicht, dass es nötig gewesen wäre, bestimmte Dinge zu kaufen. Fast alles, was er an Obst und Gemüse brauchte, zog er in seinem eigenen Garten hinter dem Haus. Selbst die Oliven und das Öl stammten von seinen eigenen Bäumen. Pasta machte er meistens selbst, nur das Mehl dafür, hin und wieder ein Stück Fleisch oder ein wenig Prosciutto und manchmal einen Fisch kaufte er auf dem *mercato.* Für ihn bedeutete dieser Freiluft-Supermarkt etwas ganz anderes: Er war Teil »seiner« Idee von Italien, ein Teil des Gefühls von Freiheit, leichtem Leben und entspannter Gelassenheit. Er badete in dem Gemisch aus Düften, Stimmengewirr und Menschengewusel. Dazwischen manchmal eine kleine Plauderei mit

einem der Händler oder einer Bäuerin und auch schon einmal die Verkostung junger Weine von Winzern aus der Gegend. Und obwohl er sich fest vorgenommen hatte, nur das Allernötigste zu kaufen, fanden sich nach drei Stunden ein Laib seltener Käse und ein Kranz *salsiccia di cinghiale* in seinem Korb. Dazu zwei Flaschen Wein, eine frisch gebackene *focaccia,* ein halbes Kilo *porcini* und das Beste am Ganzen: ein erst am Morgen gefangener *polpo* in der genau richtigen Größe für ihn.
Am Ende stand er wie von selbst, als hätten ihn seine Schritte ganz ohne sein Zutun hingeführt, vor Loredanas kleinem Stand. Ihr eingelegtes Gemüse und ihre gefüllten Oliven waren weit über die Grenzen der Stadt hinaus begehrt. Trotzdem, Vierziger hätte nie auch nur ein einziges Glas davon bei ihr kaufen können. Sie hätte es sich nicht bezahlen lassen! Weil sie Nachbarn waren, weil sie über die Jahrhunderte hinweg gemeinsame Vorfahren hatten und weil er ihr im letzten Jahr seine noch fast neue Ape geschenkt hatte. Vierziger hatte sich gerade den Cinquecento angeschafft und ihr eigenes Dreirad hätte höchstens ein Wunder wieder zum Leben erweckt.

„*Senti,* Loredana, gestern bin ich an der Viale Oronzo Quaranta vorbeigekommen. Weißt du, nach wem die Straße benannt ist?"
Quaranta war der Familienname ihrer gemeinsamen Abstammung. Auch wenn sie jetzt beide anders hießen – sie Morosini, nach ihrem verstorbenen Ehemann, und er Vierziger, eingedeutscht nach seinen vor weit mehr

als hundertfünfzig Jahren ausgewanderten Ahnen. Ein Lachen huschte über ihr Gesicht, das die dunklen Augen noch mehr blitzen ließ als sie es sonst ohnehin schon taten.

„Oronzo war mein *bisnonno,* mein Urgroßvater. Am Ende des großen Krieges war er hier Bürgermeister und er hat die *Viale* am Fuß der alten Stadtmauer anlegen lassen. Übrigens mithilfe deiner Leute."

„Meine Leute?"

„*Sì,* Gefangene aus deiner alten Heimat."

Sie plauderten noch eine Weile über dies und das, Vierziger bedankte sich für die Beherbergung seines Hundes und machte sich wieder auf den Weg. Von seinem Parkplatz hinter dem Marktgelände bis zu der kleinen Piazza am Rande der Altstadt brauchte er mit dem Auto gerade einmal fünf Minuten und weitere fünf Minuten bis zu Giulias Bar vor dem Rathaus. Direkt neben dem Eingang fand er ein freies Tischchen. Nach der langen Pause wegen der Seuche, in der die Stadt fast den Einheimischen alleine gehört hatte, war die Meute der Touristen wieder zurück. Er sah sich um, versuchte gerade heranwehende Sprachfetzen Menschen und Ländern zuzuordnen, als Giulia schon sein übliches Gedeck brachte: Einen *Caffè doppio,* ein Cornetto *albicocca,* ein kleines Glas Weißwein und die *Gazzetta del Mezzogiorno,* die lokale Tageszeitung. Während er dem Kaffee die nötige Zeit einräumte, um auf eine trinkbare Temperatur abzukühlen, verputzte er sein Cornetto. Nach dem *doppio* widmete er sich der Zeitung. Üblicherweise waren die angelandeten Flüchtlinge und die

Krankheit das beherrschende Thema der Titelseite. Dieses Mal nicht. »Lehrer begeht Selbstmord nach Missbrauchsvorwurf« lautete die Schlagzeile. Eine Sechzehnjährige hatte ihren Italienischlehrer beschuldigt, sie unsittlich angefasst zu haben. Der beteuerte zwar seine Unschuld, aus dem Schuldienst wurde er trotzdem entlassen. Er konnte auch nicht wieder dorthin zurückkehren, selbst dann nicht, als das Mädchen seine Anschuldigung zurücknahm. Sie hatte ihm nur wegen einer schlechten Note eins auswischen wollen. Zu spät. Seine Umgebung mied ihn, auf der Straße hieß man ihn immer wieder einen Kinderschänder. Schließlich hatte die sensible Seele das alles nicht mehr ertragen und dem Ganzen ein Ende gesetzt. Vierziger hatte genug. Er legte den *Mezzogiorno* zur Seite, trank seinen Wein aus und legte die paar Münzen für die bescheidene Rechnung plus *mancia* auf den Tisch.

Der erfreuliche Teil des Tages – von dem Zeitungsbericht einmal abgesehen – war vorbei. Er musst sich wieder der Geschichte mit der vermissten Dottoressa Maci widmen. Auf seinem Plan stand Signorina Donatella Antonaci, das Vergewaltigungsopfer. Vierziger konnte sich zwar beim besten Willen nicht vorstellen, dass die Antonaci mit dem Verschwinden der Anwältin etwas zu tun hatte, aber er wollte keine Spur vernachlässigen. Außerdem war er neugierig, ob sein Bild der Studentin mit der Wirklichkeit übereinstimmte. Das Navi führte ihn zu einer Adresse in der Nähe der *vigili del fuoco*, dem Kommando der Feuerwehr. Er musste dreimal läuten, bevor sich jemand meldete.

„Pronto?" Die Stimme klang brüchig und verschlafen, als hätte er die Sprecherin gerade aus dem Schlaf gerissen.
„Signorina Antonaci?"
„Sì."
„Io sono Dottor Quaranta. Ich würde gerne mit Ihnen über die Avvocata Maci sprechen."
Ohne ein weiteres Wort summte der Türöffner. Den Klingelschildern nach zu urteilen, lag das *appartamento* der Signorina in der letzten Etage dieses trostlosen Vorstadtgebäudes. Und natürlich gab es keinen Lift. Leise vor sich hin fluchend machte sich Vierziger an den Aufstieg, der ihm wie eine Gipfelexpedition in den Alpen vorkam. Neben dem Mief abgestandener Luft begleiteten ihn dabei die Gerüche der Mittagszeit. Im ersten Stock wehte ihn Pasta mit Broccoli an, im zweiten gab es links gebratenen Fisch und rechts irgendetwas, das mit einer Menge *parmigiano* überbacken sein musste. Im Dritten hatte offenbar jemand etwas Süßes gebacken und im Vierten stiegen ihm die Düfte des Orients in die Nase. Das alles untermalt von unverständlichem Stimmengewirr, vermischt mit Kindergeschrei und Radiogedusel. Nur im fünften Stock war es still und anscheinend hatte auch niemand ans Mittagessen gedacht. Kaum hatte er die letzte Stufe hinter sich gebracht, ging die mittlere der drei Wohnungstüren auf. Die Antonaci musste schon dahinter gewartet haben. Blass, ein wenig pummelig, die schwarzen Haare bestimmt seit Tagen nicht mehr gewaschen.
„Dottor Quaranta?"

Vierziger nickte. Sie musterte ihn lange von oben bis unten. Die dunklen Ringe unter ihren Augen ließen sie noch trauriger aussehen, als sie das schon auf dem Foto in den Akten der Maci tat.

„Was wollen Sie über diese Frau wissen?“ »Diese Frau« klang, als hätte sie ungewohnt obszöne Worte benutzt. Offenbar war die Prüfung positiv ausgefallen, sie fragte nicht einmal nach einem Ausweis.

„Könnten wir das drinnen besprechen? Es müssen ja nicht alle ...“

Er deutete auf die rechte Tür, hinter der jetzt ein lebhaftes Gespräch zu hören war.

Sie zögerte einen Moment, dann trat sie zur Seite. Nach einem kurzen Flur stand er mitten in einem Raum, der gleichzeitig Wohn- und Schlafzimmer war, bestückt mit billigen Supermarktmöbeln.

„Also?“

„Zuerst einmal, Signora Antonaci: Ich bin hier in keiner offiziellen Mission und ich bin auch nicht von der Polizei. Es ist so, ...“

„Signorina!“, verbesserte sie.

„Gut, Signorina, die Dottoressa Maci ist unter merkwürdigen Umständen verschwunden und es könnte sein, dass ihr etwas Ernsthaftes zugestoßen ist. Ich bin beauftragt worden, die Dottoressa zu suchen. Deswegen versuche ich, mit allen zu sprechen, die mit ihr in letzter Zeit auf unangenehme Weise zu tun gehabt haben.“

„Und da kommen Sie ausgerechnet zu mir? Sehe ich so aus, als wäre ich in der Lage, dieser Frau etwas anzutun?“

Er musste sich konzentrieren, um sie zu hören, so leise sprach sie. Und nein, sie sah beileibe nicht so aus, als wäre sie in der Lage irgendetwas zu tun.

„Die Dottoressa Maci hat Ihnen übel mitgespielt, wie ich gehört habe."

„Sehen Sie, Dottor ...?"

„Quaranta."

„*Allora,* Dottor Quaranta, ich bin eine dumme Gans! Wenn ich einfach den Mund gehalten hätte, wäre überhaupt nichts passiert."

„Sie meinen auf dieser Party?"

„Nein, das nicht gerade. Aber danach."

„Entschuldigen Sie, Signorina, was ist damals wirklich vorgefallen?"

„Es war genau so, wie ich es vor Gericht gesagt habe: Ich war im Badezimmer, Signor Petruni ist hereingekommen und hat meinen Zustand ausgenutzt. Basta! So war das."

„Signorina Antonaci, es war vollkommen richtig, diesen Mann anzuzeigen, nach dem, was er Ihnen angetan hatte!"

„Mag schon sein, aber ich hab ihn ja nicht angezeigt. Das war mein damaliger Freund. Ich hab' ihm die ganze Geschichte erzählt, als ich nach Hause gekommen bin. Er war völlig aufgebracht und hat gesagt, das kann man diesem Mann nicht durchgehen lassen, egal wie reich er ist. Das hat er auch dieser Anwältin immer wieder gesagt."

„Damit hatte Ihr Freund ganz recht!"

„Möglich. Aber die Avvocata hatte auch recht: Ich hatte auf diesem Fest zu viel getrunken, ich habe ein Pille eingeworfen und ich habe etwas geraucht. Trotzdem hätte ich mich an keinen Mann herangemacht. An diesen nicht und auch an keinen vielleicht jüngeren. Mir war einfach nur speiübel."

Vierziger ließ ihr einige Sekunden Zeit, um den Gedanken ausklingen zu lassen.

„Wo waren Sie eigentlich letzten Samstag und Sonntag nachts, so zwischen 21 und 24 Uhr?"

„Ist da diese Frau verschwunden?"

Trotz ihres Zustandes war ihr Kopf schnell.

„Wahrscheinlich."

„Ich bin erst vorgestern aus der Klinik entlassen worden. Ich war da für zwei Wochen. Wieder einmal. Wegen der Depressionen, die ich seit dieser Geschichte habe."

„Und Ihr Freund?"

„Ex-Freund. Er hat mich am Donnerstag aus der Klinik abgeholt und mich hergebracht. Danach ist er nach Mailand gefahren. Dort hat er einen neuen Job angenommen."

„Hat er Sie wegen dieser Geschichte verlassen?"

„Nein. Ich habe Schluss gemacht. Ich kann jetzt mit keinem Mann zusammen sein. Vielleicht später wieder einmal, in ein paar Jahren, wenn ich das alles vergessen haben werde."

„Wie heißt Ihr Ex?"

Sie nannte ihm einen Namen und schrieb etwas auf die abgerissene Ecke einer alten Zeitung.

„Das ist die frühere Adresse, bei seinen Eltern. Die in Mailand kenne ich nicht."

„Ich danke Ihnen, Signorina Antonaci, und gute Besserung!" Die konnte sie wirklich gut brauchen. Aber er glaubte nicht, dass sie diese Partynacht jemals vergessen können würde.

Als er ihr zum Abschied die Hand gab, hatte er das Gefühl, einen toten Fisch zwischen den Fingern zu halten. Nicht so glitschig, aber genauso schlaff und kalt.

Die Antonaci hatte ganz bestimmt nichts mit dem Verschwinden der Dottoressa Maci zu tun. In ihrem momentanen Zustand war sie nicht einmal richtig in der Lage, sich um sich selbst zu kümmern. Geschweige denn um jemand anderen. Aber ihr Freund. Ex-Freund. Er war wegen dieser Vergewaltigung von Donatella Antonaci verlassen worden. Vielleicht hatte er genug Wut im Bauch, um sich an der Anwältin zu rächen, die seiner Freundin auch noch die Gerechtigkeit genommen hatte. Und sich an einer Frau zu vergreifen, fand er möglicherweise einfacher, als sich den Vergewaltiger vorzunehmen.

Den restlichen Nachmittag – viel war ohnehin nicht mehr davon übrig – verbrachte er damit, seinen Apfelbaum abzuernten. Nero beaufsichtigte ihn dabei von seiner Hütte aus. Nach der Apfelernte trödelte er ein wenig im Garten herum, bis es auch dafür zu dunkel wurde. Im Haus widmete er sich seinen *porcini*. Beim Putzen und Schnipseln verbreiteten sie einen unglaublichen Duft nach Wald und Erde im ganzen Haus. Die Hälfte der Steinpilze wanderte in Gesellschaft einiger Tropfen Öl und einem Hauch von Salz und Pfeffer in die Pfanne, die andere Hälfte tauchte im Gefrierschrank unter. Eine gute halbe Stunde später saß er mit seinem *Risotto con porcini* und einem Glas *Primitivo* auf der Bank hinter dem Haus. Den Hund hatte er schon vorher versorgt, jetzt genossen die beiden den lauen Oktoberabend mit all seinen abendlichen Gerüchen und Geräuschen dieser Ecke Apuliens. Als sich Vierziger mit einem zweiten Glas Wein vor den Fernseher pflanzte, waren die Abendnachrichten schon vorbei. Es lief die Folge einer Krimiserie um eine Staatsanwältin aus Matera, die sich neben einem Ritualmord um die sieben Todsünden auch mit einem schüchternen Maresciallo und ihrer aufmüpfigen Familie herumschlagen musste. Er konnte der Handlung nicht so recht folgen, vor allem deshalb, weil er immer wieder einnickte. Schließlich ließ er es sein, drehte ab und ging hinauf ins Schlafzimmer. Den Versuch, an dem Buch des baresischen Schriftstellers weiterzulesen, unternahm er gleich gar nicht mehr und an die verschwundene Anwältin war ihm den ganzen Abend über nicht in den Sinn gekommen.

Der nächste Morgen war noch unentschlossen, was er aus dem Tag machen sollte. Die Temperatur war mild, zu mild für diese Jahreszeit, aber vom Meer her jagte ein lebhafter Wind graue und weiße Wolkenfetzen über das Land. Eine Zeitlang sah Vierziger dem Treiben von der Terrasse aus zu, dann ging er hinunter, ließ den Hund hinaus, füllte seine Futterschüssel und setzte die *Bialetti* auf den Herd. Unter der Dusche ließ er sich alle Zeit der Welt. Es war schließlich Sonntag, er hatte nichts Besonderes vor und außer seinen Äpfeln und dem Tintenfisch wartete nichts auf ihn. Die Suche nach der Dottoressa Maci hatte Zeit. Nach den Spuren in ihrer Wohnung und der langen Zeit, die sie schon verschwunden war, glaubte er nicht, sie noch lebend zu finden.

Nach dem dritten Espresso machte er sich an die Arbeit. Aus Mehl, Butter, Zucker und ein wenig *panna* knetete er einen Teig, verfrachtete ihn in den Kühlschrank und schnitt anschließend ein Kilo Äpfel in dünne Scheiben. Als der Duft der frisch gebackenen Apfelschlangerl durch das Haus strich, erinnerte ihn das an seine Kindheit. Seine Mutter hatte um diese Jahreszeit oft welche gebacken.

Der Tintenfisch stellte das Kontrastprogramm dar, war aber ein wenig aufwändiger und dauerte auch viel länger. Mit dem *Polpo alla Pignata*, dem Tintenfisch im Tontopf, und den gebackenen Apfelschlangerln verband er in einer sentimentalen Anwandlung die alte und die neue Heimat. Am Ende stellte er fest, dass es – wie fast immer – für ihn alleine viel zu viel geworden war. Es war ohnehin gerade Essenszeit, also packte er die Hälfte der Apfelmehlspeise und die Hälfte des Tintenfischragouts ein, stellte es zusammen mit einer Flasche Wein in einen Korb und machte sich auf den Weg zu seiner Nachbarin. Nero, der sich gerade an den Resten des *polpo* und den Anschnitten der Mehlspeise gütlich getan hatte, blinzelte nur mit einem Auge, als Vierziger an ihm vorbeimarschierte, blieb aber liegen. Fremdgehen stand an diesem Tag anscheinend nicht auf seinem Plan. Er hatte schon fast den ganzen Weg zurückgelegt, als er von hinten Motorengeräusch hörte, das schnell näher kam. Mit knapper Not konnte er sich hinter der niedrigen Steinwurfmauer in Sicherheit bringen, als auch schon ein schwarzer Wagen an ihm vorbeirauschte. Der Gleiche, der ihn schon am Freitag beinahe von der Straße gedrängt hatte. Und wieder mit viel zu hoher Geschwindigkeit für diesen schmalen Weg voller Schlaglöcher. Der Gipfel war aber, dass er sah, wie dieses Auto zu Loredanas kleiner *fattoria* einbog. Von Neugierde geplagt beschleunigte er seine Schritte. Vor der *fattoria* wurde er wieder langsamer, schließlich blieb er hinter der fetten Pinie stehen, die auf dieser Seite die Einfahrt begrenzte, und lugte hinüber zum Haus. Loredana hatte, auf Zehenspitzen stehend, ihre Arme um den wild gewordenen Pick-up-Fahrer geschlungen und küsste ihn hingebungsvoll. Nach einer Weile gingen die beiden händchenhaltend ins Haus. Ohne sein Essenspaket abzuliefern, machte er sich wieder auf den Weg zurück. Wie war Loredana bloß an diesen Verkehrsrowdy gekommen? Es war ja nicht so, dass er so etwas wie eifersüchtig gewesen wäre. Eher besorgt. Seit sie im letzten Jahr die Geschichte mit ihren gemeinsamen Vorfahren herausgefunden hatten, brachte er Loredana so etwas wie väterliche Gefühle entgegen. Mit ihren gerade einmal 35 Jahren hätte sie auch wirklich die Tochter sein können, die er im richtigen Leben nie gehabt hatte. Vielleicht war dieser Jungspund, den sie sich da angelacht hatte, ja nur ein unbekümmert rasanter Autofahrer und ansonsten ein ganz passabler Bursche, versuchte er sich zu beruhigen. Seine Loredana hätte sonst bestimmt nichts mit ihm angefangen. Und er sah ja durchaus gut aus, das konnte man ihm nicht absprechen. Vom Alter her hätte es auch gepasst – er war höchstens ein, zwei Jahre älter als sie. Sicherheitshalber merkte er sich aber trotzdem die Autonummer. Nur so, für alle Fälle.

Der Tag hatte inzwischen entschieden, sich von seiner besten Seite zu zeigen. Der Himmel war von einem tiefen Blau ohne auch nur die geringste Störung durch allfällige weiße Einsprengsel und die Temperatur hätte sich durchaus auch im Sommer sehen lassen können. Vierziger zelebrierte also sein ganz persönliches italienisch-österreichisches *pranzo* auf der Gartenbank hinter dem Haus. Den Tintenfisch in Begleitung eines seltenen *Negroamaro* von Gianfranco Fino aus dem Salento, die Doppelportion Apfelschlangerl würdigte er mit einem Espresso aus ganz besonderen Arabica-Bohnen, die ihm sein Freund Salvatore im Sommer aus Venedig geschickt hatte. Und weil es Sonntag war, Franca in den USA weilte und er auch sonst nichts Wichtiges zu tun hatte, genehmigte sich Josef Vierziger ein Mittagsschläfchen. Aus dem halben Stündchen, das er eigentlich im Sinn gehabt hatte, wurde doch mehr als eine ganze Stunde. Ein neuer Espresso brachte seine Lebensgeister wieder zurück, einem kleinen Nachmittagsspaziergang stand nichts im Wege.

Er nahm den Weg durch seinen Olivenhain und fast wie von alleine trugen ihn seine Beine hinunter zu der *masseria,* die früher ein Flüchtlingslager gewesen war und wo jetzt ein Luxus-Ferienresort entstehen sollte. Mit riesigem Pool und allem Drum und Dran, wie er dem Schild an der Einfahrt zur Baustelle entnommen hatte. Nero war sich offenbar wieder seiner Pflichten als Haushund bewusst geworden und trottete brav neben ihm her. Schon weit vor dem alten Gutshof drang geschäftiger Lärm zu ihm. Vierziger hatte gedacht, er könnte sich in aller Ruhe und ohne Beobachter umsehen, vielleicht auch über den Bauzaun klettern und das Ganze etwas näher in Augenschein nehmen. Daraus wurde nichts. An der neuen Ferienanlage herrschte reges Treiben, Sonntag hin oder her. Arbeiter liefen herum, Kräne drehten sich und ein Bagger hob ein riesiges Loch aus, wahrscheinlich für das spätere *piscina.* Ein wenig enttäuscht wanderte er den Bauzaun entlang bis zu dem Fahrweg, der am Ende in die *Stradina* San Giovanni mündete. Von da aus hätte er gemütlich wieder zurück nach Hause gehen können oder weiter, hinunter zum Meer. Aber jetzt, wo er schon einmal da war, konnte er genauso gut einen Abstecher hinauf zur alten Ölmühle machen, an deren Ausfahrt Loredanas Verehrer ihn beinahe gerammt hätte. Die schmale Straße – nein, Straße konnte man das beim besten Willen nicht nennen, es war mehr ein Feldweg. Zwei schottrige Fahrstreifen, dazwischen halb verdorrtes Gras. Die allgegenwärtigen Steinwurfmauern entlang den Straßen waren hier für gerade einmal drei Meter unterbrochen. An zwei links und rechts in die Erde gerammten, verrosteten Eisenwinkeln hing eine dünne Kette, die allerdings nichts absperrte, sondern nur nutzlos am Boden herumkroch. Der Weg führte leicht in einem langen Bogen bergan und zuerst deutete nichts auf irgendetwas Besonderes hin. In den wilden Sträuchern zwitscherten Vögel, eine Eidechse huschte über die Steine und manchmal zirpte eine Zikade. Die Überraschung erlebte Josef Vierziger, als er am Ende der Kurve ankam. Zwanzig, vielleicht fünfundzwanzig Meter vor ihm stand die Ölmühle. Sie war schon seit Ewigkeiten nicht mehr in Betrieb, dementsprechend einsam und verfallen hatte er sie sich auch vorgestellt. Aber weit gefehlt. Auf dem Platz vor der *frantoia* standen fünf Kleinbusse, auch nicht viel jünger als der alte Steinbau und bestimmt in keinem besseren Zustand, aber mit Kennzeichentafeln versehen und folglich noch in Gebrauch. An zwischen den Bäumen gespannten Leinen hing Wäsche zum Trocknen und anscheinend war auch der alte Brunnen vor dem Haus wieder in Gang gesetzt worden. Ein Stromkabel führte in eines der Fenster – sicher illegal von den Masten entlang der Straße abgezweigt. Vorsichtig näherte er sich dem Gebäude. Erst als sich nichts rührte, schlich er hinein. In wackligen Regalen waren unzählige Kisten und Flaschen gestapelt, aus dem nächsten Raum war eine provisorische Küche gemacht worden, daneben so etwas wie ein Badezimmer mit mehreren Duschen und sogar zwei Toiletten gab es. Alles sah benutzt aus, aber keine Menschenseele war zu sehen. Über ein paar ausgetretene Steinstufen stieg er hinab in den alten Pressraum. Aus dem Loch, durch das früher die Oliven in die Mühle geschüttet wurden, traf flirrendes Licht auf den riesigen alten Mühlstein in der Mitte dieses unterirdischen Raums. Der Rest war in wie Radnaben abgehende Bereiche aufgeteilt, abgetrennt nur durch an Schnüren hängende Laken. Auf dem Boden Polster und Decken, offensichtlich der Schlafsaal dieser heimlichen Behausung. Plötzlich begann Nero, der ihm die ganze Zeit gefolgt war, leise zu knurren. Zuerst achtete Vierziger nicht darauf. Der Hund hörte aber nicht auf, stieß mit dem Kopf nach ihm, knurrte nur noch lauter und lief immer wieder zu den Stufen hin. Schließlich gab er nach und folgte Nero hinauf. Da hörte er von draußen lautes Stimmengewirr. Zwischen den Bäumen sah er ein Schar Frauen und Kinder die kleine Anhöhe heraufkommen. Bevor sie entdeckt werden konnten, schlugen sich Vierziger und Nero hinter der alten *frantoia* ein kleines Stück den Hügel hinauf und quer durch niedrige Sträucher wieder hinunter zur Straße.

Wer waren diese Menschen? Die Familien von Wanderarbeitern? Leute aus dem Süden, von der Insel vielleicht? Oder von der anderen Seite der Adria, Albaner, Montenegriner oder so? Die Autokennzeichen stammten jedenfalls nicht aus Italien. Wahrscheinlich Illegale, die sich auf der Baustelle ganz in der Nähe für einen Hungerlohn abrackerten, um sich und ihre Familien durchzubringen. Steckte diese Baufirma, die *Costruzione* Damiani, hinter dem versteckten Lager oder hatten die Arbeiter die alte Ölmühle auf eigene Faust okkupiert? Welche Funktion hatte Loredanas Verehrer in der Sache? Wusste sie von all dem? Und hatte die Maci damit irgendetwas zu schaffen?

Zuhause suchte Vierziger nach der großen Weichholzplatte, von der er wusste, dass sie aus den Zeiten, als er das Haus gebaut hatte, noch irgendwo da sein musste. Er räumte fast seinen ganzen Schuppen aus, bis er das Teil endlich gefunden hatte. Unglaublich, was sich in den paar Jahren so an altem Gerümpel angesammelt hatte. Vielleicht hatte er im Winter Zeit, hier einmal gründlich aufzuräumen. Nachdem er sie gereinigt hatte, schleppte er die Tafel hinauf ins Schlafzimmer, wo er in einer Ecke einen Schreibtisch mit seinem Computer stehen hatte. Dahinter war Platz genug, um die Tafel an die Wand zu lehnen. Er begann, alle Fotos von den bisher in die Geschichte um die verschwundene Dottoressa verwickelten Personen fein säuberlich mit kleinen Reißnägeln zu befestigen, dazu selbst beschriebene Zettel mit Notizen und Erläuterungen. Mit einer dünnen Schnur stellte er Verbindungen her. Zumindest soweit sie ihm klar waren. Fast fühlte er sich zurückversetzt in sein früheres, anderes Leben, als er noch Chef der Mordkommission gewesen war.

Als er seine Arbeit für diesen Tag beendet hatte, war es draußen schon stockfinster. Bevor er sein behelfsmäßiges Ermittlungsbüro verließ, schrieb er eine Nachricht an Dottor Simoncini: Versuch bitte herauszufinden, was es mit der Baufirma *Costruzione* Damiani auf sich hat.

Bei Franca in Atlanta musste es so um die Mittagszeit sein. Vielleicht hatte sie ja Zeit für ein Gespräch. Aber sie meldete sich nicht. Kurz darauf kam eine WhatsApp-Nachricht: „*Non posso adesso, ti chiamo dopo!*" Dahinter ein Kuss-Emoji. Sie hatte also keine Zeit für ihn. Im ersten Augenblick war er ein ganz klein wenig beleidigt. Andererseits, sie war ja schließlich nicht zum Vergnügen in die Vereinigten Staaten geflogen. Auch wenn das natürlich neben der Fortbildung bestimmt nicht zu kurz kam. Er wärmte die Hälfte der Portion des Tintenfisch-Ragouts auf, die eigentlich für Loredana gedacht gewesen wäre und setzte sich damit und mit dem *Negroamaro* von Mittag auf die Terrasse. Wenn Franca keine Zeit hatte, würde er eben Conny von seinem Tag berichten.

8

Trotz seines Tintenfischgelages am Vorabend hatte er erstaunlich gut geschlafen. Zu gut möglicherweise. Vielleicht hatte er damit einen späten Anruf aus Amerika verpasst. Ein Blick zum Fenster zeigte ihm einen zwar blassen, dafür aber makellos blauen Himmel. Der Tag versprach, ein guter zu werden. Vorerst wenigstens. Um diese Jahreszeit konnte man das nie wissen. Josef Vierziger rappelte sich aus dem Bett und ging nach unten. Noch bevor er die *Bialetti* auf den Herd setzte, kontrollierte er sein telefonino, das er immer auf dem Esstisch vor der Küche ablegte. Nichts. Franca hatte also auch später keine Zeit gefunden, mit ihm zu reden. Dafür gab es drei verpasste Anrufe von Dottor Simoncini. Nach 22 Uhr! Da hatte er sich oben mit Conny unterhalten und dabei den salentinischen Wein vernichtet. Was wollte sein Nachbar – an das vertrauliche »Matteo« konnte er sich noch immer nicht so recht gewöhnen – so spät von ihm? Sie hatten zwar ausgemacht, dass Vierziger ihn von größeren Neuigkeiten berichten würde, aber von jeder unbestimmten Kleinigkeit war nicht die Rede gewesen. Er nahm sich vor, ihn später zurückzurufen. Zuerst musste er Nero versorgen – wer weiß, vielleicht kam der sonst wieder auf die Idee, zu Loredana auszuwandern. Ein erster Espresso, um seine Lebensgeister anzulocken, danach Dusche und ein zweiter Kaffee. Mit Apfelmehlspeise. Schließlich konnte er sein Werk vom Vortag nicht verderben lassen. Das Haus vertrug eine Reinigungsrunde, das hatte er in den letzten Tagen ein wenig schlendern lassen. Als er oben mit der Terrasse und dem Schlafzimmer fertig war, leistete er bei einem weiteren Kaffee Nero ein wenig Gesellschaft, der sich völlig entspannt ausgestreckt draußen auf dem kleinen Platz vor dem Haus die Sonne auf den Pelz brennen ließ. Vierziger wäre gerne ein wenig länger bei ihm sitzen geblieben, aber sein schlechtes Gewissen plagte ihn doch und er machte sich über die Küche her. Damit er dabei ein wenig Unterhaltung hatte, schaltete er als Geräuschkulisse den Fernseher ein. Um diese Zeit liefen die *Storie Italiane*, eine Klatsch- und Tratsch-Sendung, in der Studiogäste die Ereignisse des Tages kommentierten. Im Augenblick besprach die illustre Runde wieder einmal die Ankunft zweier Schiffe mit Flüchtlingen auf Lampedusa. Er konnte das schon nicht mehr hören, jede Woche die gleiche Geschichte und jedes Mal die gleichen Argumente für oder gegen diese armen Teufel. Als Signora Daniele, die Moderatorin des Spektakels, nach einer Werbepause eine Suchmeldung ankündigte, nahm er das zuerst gar nicht wahr. Erst als der Name »Dottoressa Maci« fiel, wurde er hellhörig. Er ließ die fleckige Herdplatte im Stich, mit ein paar schnellen Schritten war er vor dem Fernseher.

Auf dem Bildschirm war ein älterer Herr im Rollstuhl zu sehen. Dünnes, schlohweißes Haar auf seinem Kopf, die wachsfarbene Haut lag in Tausenden Falten über dem Schädel. Der tadellose Dreiteiler schlotterte ihm um die Schultern, aber er sah aus hellwachen Augen in die Kamera. Seine Nichte, die einzige noch lebende Verwandte, war seit über einer Woche verschwunden und niemand hatte seither von ihr etwas gesehen oder gehört. Während er eine Lobeshymne über die gute Frau vortrug, wurde ein Foto der Dottoressa Maci eingeblendet, mit der Telefonnummer des Studios, unter der man die berühmten zweckdienlichen Hinweise deponieren konnte. Als die Kamera wieder auf die Moderatorin schwenkte, fiel Vierziger plötzlich wieder ein, wo er die Maci schon einmal gesehen hatte. Es musste Wochen her sein, da war sie Studiogast bei Signora Daniele in den „*Storie Italiane*". Wenn er sich recht erinnerte, war es damals um illegale Praktiken der Baumafia und um die mehr als miesen Arbeitsbedingungen auf den Baustellen gegangen, die immer wieder Unfälle mit Todesopfern produzierten. Er versuchte sich zu entsinnen, was die Maci damals so von sich gegeben hatte. Aber keine Chance! Diese Ecke seines Gehirns war scheinbar völlig leer gefegt, im Gegensatz zu seiner Küche blitzblank geputzt. Dass draußen Nero laut zu bellen anhob, machte das Suchen nach den fehlenden Erinnerungen auch nicht einfacher. Er ließ es bleiben, schaltete den Fernseher ab und ging nach draußen, um nachzusehen, was den Hund so aufregte. Loredana kam gerade die Auffahrt herauf und Nero rannte wie verrückt im Kreis um sie herum. Erst als sie den kleinen Knochen herausrückte, den sie in der Hand trug, hörte er auf und verzog sich in den Garten.

„Ciao, Zio Pepe, buongiorno!"

Letztes Jahr hatten sie ihre gemeinsamen Wurzeln entdeckt und festgestellt, dass Vierziger ihrem verstorbenen Vater wie aus dem Gesicht geschnitten war. Seither nannte sie ihn *Zio* – Onkel.

„Schade, dass du gestern nicht ins Haus gekommen bist!"

Vierziger sah sie mit dem unschuldigsten Blick der Welt fragend an.

„Du brauchst es gar nicht abstreiten! Ich hab' dich gesehen, wie du hinter meiner Pinie hervorgelugt hast."

„Ich wollte das junge Glück nicht stören."

„Dabei hätte ich dir so gerne Davide vorgestellt! "

„Davide?"

„Er ist ... also er macht mir ... wir gehen seit ein paar Wochen miteinander aus."

Loredana strahlte über das ganze Gesicht, ihre Augen blitzten mehr als sonst und der rote Hauch auf ihren Wangen machte sie noch hübscher, als sie es ohnehin schon war. Sie schien wirklich verliebt zu sein.

„Aha!"

„Leider ist er so selten da, ich hätte ihn gern öfter bei mir ..."

„Verstehe ich nicht, dass man eine so schöne Frau wie dich alleine lassen kann!", fiel ihr Vierziger ins Wort.

Sie boxte ihn scherzhalber in die Seite. *„Zio!"* Sie lachte und drohte mit dem Zeigefinger. „Im Ernst: Er ist irgendetwas Wichtiges bei einer großen Baugesellschaft in Brindisi und ständig unterwegs."

„In Brindisi? Und was macht er da, dein Davide?"

„Das weiß ich auch nicht so genau, jedenfalls hat er viel zu viel zu tun."

„Und jetzt bist du eigens gekommen, um mir das zu sagen?"

„*Ma no!* Ich möchte dich gerne für nächsten Sonntag zum Essen einladen. Davide wird auch da sein!" Ein weiterer Anflug von Röte huschte über ihre Wangen.

„Gerne! Ich freu mich!"

Als Loredana, ausgestattet mit einer Portion Tintenfisch-Ragout und zwei Stück von der Apfelmehlspeise wieder hinunterging, zu dem, was sich in einem Anflug von Größenwahn Straße nannte und die Ehre hatte, zu ihrer kleinen *fattoria* zu führen, trottete Nero friedlich neben ihr her.

Vierziger hatte es nicht für nötig gehalten zu erwähnen, dass er diesem Davide schon zweimal begegnet war. Diesem Burschen war nicht zu trauen. Nicht nur, dass er Loredana wahrscheinlich das zweifache Aufeinandertreffen unterschlagen hatte, wer weiß, was er ihr sonst noch alles verheimlichte. Der war bestimmt nicht gut genug für seine junge Nachbarin.

Kaum waren Loredana und Nero um die Ecke verschwunden, als von der anderen Seite Dottor Simoncini daherspaziert kam.

„*Ciao* Pepe, hast du gerade den Onkel unserer Dottoressa bei der Daniele gesehen?“, rief er, kaum dass er die eisernen Torflügel hinter sich hatte.

Fein, jetzt war es schon »unsere« Dottoressa.

„Ja, hab ich. Hast du das veranlasst?“

„Nein, das hat er selbst in die Hand genommen. Weißt du, für sein Alter ist er noch sehr hell im Kopf! Nur die Beine tragen ihn halt nicht mehr.“

Als ob es da noch viel zu tragen gegeben hätte, dachte Vierziger. Wenn man den Bildern im Fernsehen trauen durfte, bestand der Mann nur mehr aus Haut und Knochen, die höchstens von seinem Anzug zusammengehalten wurden.

„Ich glaube nicht, dass der Aufruf irgendetwas bringt.“

Simoncini zuckte nur mit den Schultern. „Gibt es sonst etwas Neues?“

Die eine Geschichte, die des vergewaltigten Mädchens, war schnell erzählt. Die andere, jene von der anlehnungsbedürftigen Dottoressa Bertini, erwähnte er nicht.

„Was ist mit der *Costruzione* Damiani? Hast du etwas herausfinden können?“, fragte er am Ende seines Berichts.

„*È un po' complicato!* Du erinnerst dich an die Sache mit dem toten Bauarbeiter, von welcher der Assistent unserer Avvocata erzählt hat?“

„*Certo!*“

„Nach allem, was ich gehört habe, ist Signor Damiani nach dieser Schadenersatzklage in böse Schwierigkeiten geraten. Er musste seine Firma praktisch verschenken. An eine Gesellschaft aus Brindisi."

„Ist das alles?"

„Was man eben so zu hören bekommt."

„Wenn Signor Damiani deiner Avvocata die Schuld daran gibt, hätte er allen Grund, es ihr heimzuzahlen."

Er betonte das »deiner« ganz besonders, um die Zugehörigkeit der Anwältin wieder zurechtzurücken.

„Schon möglich", meinte Simoncini.

„Ich werde mir den Herrn in den nächsten Tagen einmal ansehen." Dass Loredanas neuer Freund mit Damianis Baugesellschaft zu tun hatte, ließ er unter den Tisch fallen.

„Wollten wir nicht am Wochenende das Auto unserer Dottoressa aus Villanova abholen?", wechselte Simoncini das Thema.

Ach herrjeh! Das hatte er über der Geschichte mit der alten Mühle und Loredanas rasendem Freund ganz vergessen.

„Wir könnten das jetzt erledigen. Du hast doch sicher einen Führerschein?", fragte Vierziger.

„Ja, schon. Aber ich bin lange nicht mehr gefahren."

„Wird schon gehen!"

Der SUV der Dottoressa Maci stand noch immer an dem Platz, an dem Vierziger ihn gefunden hatte. Staubiger als beim letzten Mal und mit gelben Grashalmen übersät. Die verdorrte Wildnis hinter dem Parkplatz war gemäht worden und tiefe Reifenspuren zogen sich bis hin zu dem

alten Kastell. Die blinden Toröffnungen, die in das Reich des seltsamen Landstreichers geführt hatten, waren bis obenhin mit neuen Ziegelsteinen gefüllt. Wenn er nicht eingemauert worden war, musste er sich eine andere Behausung gesucht haben. Schade. Er hätte sich gerne noch einmal mit dem Mann unterhalten.
Vierziger nahm den Wagen der Maci, Simoncini nach einer gründlichen Einführung den Cinquecento. Die wenigen Kilometer bis Santa Caterina zum Haus der Anwältin waren mühsam. Simoncini musste wirklich schon sehr lange kein Auto mehr gefahren haben.
Signora Rossi schien nicht zu Hause zu sein, zumindest ließ sich die Nachbarin der Maci nicht blicken und auch auf sein Läuten hin gab es keine Reaktion. Vierzigers Fragen mussten auf ein anderes Mal warten.

Nachdem er Simoncini heimgebracht hatte, verdrückte er zu einem doppelten Espresso den Rest seiner Apfelschlangerl. Es würde ein langer Nachmittag werden, ein kleines Nickerchen, ein halbes Stündchen vielleicht, konnte da sicher nicht schaden. Aus dem halben Stündchen war dann doch ein ganzes geworden. Egal. Es blieb noch immer Zeit genug. In die Suchmaschine auf seinem Computer gab er den Namen des jungen Mannes ein, den ihm die Antonaci genannt hatte. Lorenzo Sciortino schien soweit ein sympathischer Bursche zu sein, wenigstens wenn man den Posts auf *visolibro* glauben durfte. Er suchte ein Bild aus, auf dem sie als Paar zu sehen waren, Lorenzo und Donatella. Eines, das anscheinend aus besseren Tagen stammte, beide strahlten über das ganze Gesicht. Im Hintergrund Masten von Segelbooten, anscheinend in der Bar am Yachthafen von Villanova aufgenommen. Vierziger fotografierte das Bild mit seinem Handy und weil er schon dabei war, machte er auch eine Aufnahme von Signor Lopocaro aus den Akten der Dottoressa Maci.

Am Nachmittag hatte er in Santa Caterina mehr Glück als vor ein paar Stunden. Schon auf das erste Läuten hin zeigte sich die Signora Rossi und war so schnell durch ihre Haustür, als hätte sie ihn schon erwartet.
„*Buongiorno,* Dottor Quaranta!“, begrüßte sie ihn am Gartentor. Herausgeputzt wie beim letzten Mal, als er mit Dottor Simoncini da gewesen war. „Sie waren ja vor Mittag schon einmal hier, aber da war ich noch nicht in dem Zustand, mich einem ... mich in der Öffentlichkeit zu zeigen“, erklärte sie und ein beinahe unsichtbarer Hauch von Rot flog über ihre Wangen. „Was kann ich für Sie tun?“
Eine *Contessa* eben, ganz gleich, ob sie diesen Titel nun trug oder nicht.
„Ich werde Sie nicht lange belästigen, Signora.“
„Ach was, ich habe Zeit, so viel Sie wollen!“
Vierziger zückte sein *telefonino* und zeigte ihr zuerst das Foto von Lorenzo Sciortino und Donatella Antonaci. „Haben Sie diese beiden oder auch nur den jungen Mann schon einmal hier gesehen?“
Signora Rossi nahm ihm das Telefon aus der Hand und betrachtete das Foto ausführlich. Mit zwei Fingern

vergrößerte sie das Bild, anscheinend hatte sie Ahnung, wie ein Smartphone zu benutzen war. Das hätte Vierziger ihr gar nicht zugetraut – in seiner Achtung erklomm sie eine weitere Stufe.

„*No! Certo no!*“, sagte sie und gab ihm sein Handy wieder zurück.

„Und den hier?“ Vierziger zeigte ihr das Foto von Lopocaro.

„Das ist der Rüpel, der damals am Nachmittag da war“, kam es wie aus der Pistole geschossen. „Der so getobt hat und fast die Tür der Dottoressa eingeschlagen hätte. Allerdings sieht er hier sehr viel besser aus!“, sagte sie, auf den Bildschirm des Handys deutend.

„Signora, ich danke Ihnen sehr! Sie haben mir sehr geholfen!“

Vierziger deutete eine leichte Verbeugung an.

„War das schon alles?“ Die Contessa war fast enttäuscht.

„Eines noch: Die Person in dem kleinen dunklen Auto, von dem Sie erzählt haben. Ihnen ist nicht inzwischen eingefallen, wie die ausgesehen hat?“

„Sehen Sie, Dottor Quaranta, ich habe viel darüber nachgedacht und versucht, mich zu erinnern. Ich glaube, er war jung, vielleicht Mitte zwanzig, mit rötlichen Haaren – ganz ungewöhnlich hier bei uns. Und er trug eine Brille mit dunkler Fassung. Kann sein, dass er schon vorher einmal hier war. Vielleicht sogar letzten Montag. Aber da bin ich mir nicht sicher.“

„Vielen Dank, Signora Rossi! Das hilft mir enorm weiter!“

Mit einer weiteren Verbeugung verabschiedete er sich von der sichtlich enttäuschten Contessa, die sich eine längere

Abwechslung in ihrem bestimmt nicht sehr aufregendem Alltag erhofft hatte.
Mitte zwanzig, rötliche Haare, dunkle Brille. Wie Achille Semerano, der Assistent der Avvocata. Und hatte er nicht ein rötliches Haar auf dem Kopfkissen in ihrem Schlafzimmer gefunden? Interessant! An den hätte er zuallerletzt gedacht. Aber was sollte der mit dem Verschwinden seiner Chefin zu tun haben?

Wenn er schon einmal für mehr als nur eine Runde um den Flughafen nach Bari kam, wollte er sich die Altstadt ein wenig ansehen. Sein Auto ließ er sicherheitshalber auf einem bewachten Parkplatz am Rand des *Centro storico* zurück. Die anrüchige Bar an der Piazza Mercantile, aus dem die Bertini ihre Freundin angeblich hatte kommen sehen, war noch zu. Er beschloss, der Kirche des heiligen Nikolaus einen Besuch abzustatten. Bis zur berühmten Basilika mit den Reliquien des Heiligen waren es gerade einmal fünf Minuten Fußweg durch die engen, verwinkelten *vicoli* der Altstadt. Als er wieder zurückkam, stand wenigstens die Tür offen. Das Lokal war ein einziger, lang gezogener Schlauch – auf der einen Seite ein endlos langer Bartresen mit einer Galerie von Flaschen und Gläsern dahinter, auf der anderen Seite eine Reihe runder Nischen, an deren Tischchen jeweils höchstens drei Personen Platz fanden. Am hinteren Ende des Schlauches gab es eine kleine Tanzfläche. Bei schummriger Beleuchtung mochte das Ganze ja bestimmt sehr lauschig aussehen, jetzt wirkte es nur schmuddelig. Hinter der Theke polierte ein junger Mann lustlos Gläser.

„*Siamo chiuso ancora!*“, brummte er mürrisch angesichts des viel zu frühen Gastes.

„Ich möchte Ihnen nur ein paar Fragen stellen.“, sagte Vierziger und legte ein Foto der Dottoressa Maci auf den Bartresen. „Schon einmal gesehen?“

Der junge Mann warf einen flüchtigen Blick auf das Foto und schüttelte den Kopf.

„Kann schon länger her sein. Über ein halbes Jahr vielleicht.“

„Angela!“, rief er in das dunkle Ende der Bar. „Da will einer was wissen!“

Hinter einem Vorhang tauchte eine Frau auf. Etwas kleiner als der Gläserpoliteur, schwarze Löwenmähne und obenherum sehr gut ausgestattet, woraus sie durchaus keinen Hehl machte – ganz im Gegenteil, sie verstand es offenbar, ihre Vorzüge zu präsentieren.

„Sucht da wieder einmal jemand sein Frauchen?“

Sie sah ihn spöttisch an, die kleinen Lachfalten um ihre dunklen Augen ließen sie trotzdem sympathisch aussehen. Die Dreißig hatte sie schon hinter sich und auch das suchte sie nicht zu verbergen.

„Nein, Signora Angela, ich möchte etwas über diese Dame hier wissen. *E lei non è mia moglie!*“

Er zeigte auf das Foto der Maci. Sie nahm es in die Hand und betrachtete es ausführlich.

„Das ist doch die verschwundene Anwältin aus dem Fernsehen heute Vormittag“, stellte sie fest. „Was wollen Sie von der?“

Die Lachfalten um ihre Augen waren nur mehr Falten.

„Ich habe den Auftrag sie zu suchen und sie soll früher öfter hier gewesen sein.“

Signora Angela warf noch einmal einen Blick auf das Bild und legte es wieder hin.

„Damals hat sie ein wenig anders ausgesehen. Die Haare waren anders und sie hatte Kriegsbemalung angelegt. Zwei- oder dreimal die Woche war sie hier, mindestens. Auf diese Signora waren alle scharf, kein Wunder, sie hat sich verdammt heiß hergerichtet. Und sie ist nie alleine weggegangen, meistens hat sie einen Kerl mitgenommen, manchmal aber auch ein Mädchen, niemand zweimal. Ist aber eine Zeitlang her, bestimmt schon ein paar Monate.“

„Ist irgendwann einmal etwas Besonders vorgefallen?“

Signora Angela schien kurz nachzudenken.

„Da gab es so einen Typen, den sie immer abgewiesen hat. Irgendwann ist der laut, aufdringlich und sogar handgreiflich geworden. Es war so arg, dass wir am Ende die *Carabinieri* gerufen haben. Nach dieser Geschichte ist sie nicht mehr gekommen, glaube ich. Der Kerl auch nicht.“

„Sie wissen nicht, wer dieser Mann war?“

„Also ehrlich, wir leben hier von Diskretion und Verschwiegenheit, was unsere Gäste angeht. Ich habe Ihnen ohnehin schon viel zu viel erzählt, wo ich Sie doch nicht einmal kenne!“

Vierziger zog eine Visitenkarte aus seiner Brieftasche und legte sie, gebettet auf einen Hunderter, vor Signora Angela auf den Tresen. Sie hob beides auf, las die Karte und ließ sie zusammen mit dem Geld in einer Falte ihres Kleides verschwinden. Ein paar Sekunden sah sie ihn nachdenklich an. Offenbar hatte der Schein seine Vertrauenswürdigkeit befördert, jedenfalls zog sie die Karte wieder aus dem Kleid, kritzelte etwas auf die Rückseite und schob sie zu ihm hinüber.

„Wissen Sie, Dottore, sie hat mir leid getan. Da war so etwas Trauriges an ihr und zugleich so eine verzweifelte Gier nach Leben. Vielleicht hilft es ja, sie zu finden. Und ich hoffe sehr, dass ihr nichts passiert ist! Aber jetzt ist es besser, wenn Sie gehen – Dottor Quaranta aus Ostuni", sagte sie und fügte leise hinzu: „Ich habe Sie hier nie gesehen."

Vierziger nickte. *„Grazie mille!"*

An dieser Barfrau war eine Psychologin verloren gegangen.

Draußen auf der Gasse sah er sich an, was die Barfrau auf seine Karte geschrieben hatte. Enzo Pizzone und dazu eine Adresse, die ihm überhaupt nichts sagte. Das wäre ihm allerdings mit jeder anderen Anschrift in Bari genauso gegangen, schließlich kannte er sich in der Stadt nicht aus. Sein Navi schickte ihn bis fast an den Stadtrand, ganz in die Nähe einer Filiale dieser schwedischen Möbelhauskette, die sich selbst hier im Süden breit gemacht hatte. Das Haus, in dem Signor Pizzone wohnte, war Teil eines neuen Viertels, das anscheinend gerade erst im Entstehen begriffen war. In seiner gesichtslosen Eintönigkeit hätte es in jeder beliebigen Stadt stehen können. Gleich daneben waren Bauarbeiter zugange, Kräne zogen ihre Runden und ein Stückchen weiter hoben Bagger schon neue Löcher aus. Die Tür in der knallgelb gestrichenen Fassade stand weit offen. Vierziger musste bis in den dritten Stock klettern, bis er das Schild mit der Aufschrift Famiglia Pizzone fand. Darunter die Namen Enzo, Simone, Nicola und Gabriela. Als Familienvater mit zwei Kindern sollte er eigentlich genug beschäftigt sein. Trotzdem fand er Zeit, in Bars wie jener an der Piazza Mercantile noch anderen Frauen hinterher zu steigen. Ein feiner Mensch. Dreimal musste er läuten, bis er das laute Radiogedudel übertönen konnte.

„Cosa vuoi?“

Der Mann starrte ihn misstrauisch von oben her an. Was weiter kein Kunststück war, bei den mehr als einsachtzig, die ihm der liebe Gott geschenkt hatte. Die Radiomusik war leiser geworden, aus dem Inneren der Wohnung kam der verlockende Duft von frischem *Ragù*.

Vierziger hielt ihm eine seiner Visitenkarten hin.

„Dottor Quaranta, Giuseppe Quaranta. Ich bin, wenn Sie wollen, so etwas wie ein Privatdetektiv“, stellte er sich vor. „Das riecht sehr gut!“, sagte er und tippte mit dem Finger an seine Nase. Es konnte nie schaden, mit einem Kompliment für entspannte Stimmung zu sorgen, besonders, wenn er dafür nicht einmal lügen musste. Mit der Handfläche fächelte er noch mehr von dem Aroma aus

der Küche in sein Gesicht. „Wirklich ausgezeichnet! Wie machen Sie es denn, ihr *Ragù?*"
„Ja, ich glaube, es ist ganz gut geworden. Als Koch sollte ich das wohl können! Aber es richtig zu machen, ist schon ein kleines Kunststück. Ich hab' es in einer kleinen Trattoria in Bologna gelernt." Der Mann war sichtlich stolz auf sein Werk. Und das zu Recht, dem Geruch nach zu schließen, der weiter aus der Wohnung herauswabberte.
Ein paar Minuten lang unterhielten sie sich über Küche, Kochen und Essen, wobei Vierziger durchblicken ließ, dass auch er etwas von dem Geschäft verstand, wenn auch nicht auf professioneller Ebene. Am Ende hatte er ihm das Rezept für seine Soße Bolognese abgeluchst.
„Sie sind aber nicht hergekommen, um sich mit mir über die Zubereitung von *Ragù* zu unterhalten, oder?", sagte Signor Pizzone schließlich.
„Nein, eigentlich nicht."
Er zog das Foto der Dottoressa Maci aus der Jackentasche und hielt es dem Koch vor die Nase.
„Kennen Sie diese Dame?"
„*Dio mio!* Noch immer diese alte Geschichte! Das ist doch schon mehr als ein halbes Jahr her."
„Eine Geschichte, die unschön geendet hat, *no?* Haben Sie die Signora seitdem noch einmal getroffen?"
„Nein! Ganz bestimmt nicht! Hat sie sich etwa beschwert? Dann lügt sie, so wie sie damals auch schon gelogen hat. Ich hab sie nicht angerührt. Damals ebenso wenig wie heute."
„Was ist da passiert in dieser Bar?"

„Jeder weiß, warum die anderen da sind, und was soll schon gewesen sein? Das Übliche eben. Ich hab' sie angesprochen und versucht, ein wenig zu flirten. Sie hat mich abblitzen lassen, aber ich hab' nicht aufgegeben. Manche brauchen das ja, dass sie sich zuerst ein wenig zieren und dann ja doch mitgehen. Ich hab' ihr Sachen ins Ohr geflüstert und sie hat mir mit dem Knie in die Eier getreten. Das war's. Danach hat sie herumgeschrieen, ich hätte ihr wohin gefasst, Sie wissen schon wohin!"
„Was haben Sie ihr denn ins Ohr geflüstert?"
„Naja, wie ich's ihr besorgen würde, wenn sie mitkommt. Deswegen sind die Weiber doch dort, in dieser Bar."
„Wo waren Sie vorletzten Samstag und Sonntag am Abend?"
„Wieso? Hat sie wieder behauptet, ich hätte sie angefasst?"
„Nein, hat sie nicht. Sie behauptet gar nichts, sie ist nämlich verschwunden. Sieht so aus, als ob ihr etwas Ernsthaftes zugestoßen ist. Also, wo waren Sie?"
„Am Samstag war ich auf einem Parkplatz am Strand von San Giorgio. Da sind immer welche, die schnell was erleben wollen, wenn Sie wissen, was ich meine."
Vierziger konnte sich vorstellen, was es dort zu erleben gab.
„Ich bin zu einer ins Auto, wir haben uns eine Stunde lang amüsiert und danach bin ich wieder nach Hause."
„Um welche Zeit soll das gewesen sein?"
„Was weiß ich! So gegen 21 Uhr war ich dort, eine halbe Stunde gewartet, eine Stunde mit der Frau zugange, ungefähr um 23 Uhr war ich wieder da."

„Zeugen?“
Signor Pizzone lachte: „Ja sicher! Wir haben Adressen und Telefonnummern ausgetauscht!“ Er bewegte seine geschlossene Rechte vor der Brust auf und ab.
„Und am Sonntag?“
„Da war ich mit den Kindern und der Frau im Kino und danach zum Essen. Und ich hab weder die *biglietti* noch das *scontrino*. Und jetzt verschwinden Sie besser. Die kommen bald alle nach Hause und ich hab keine Lust, meiner Frau zu erklären, was Sie von mir wollten.“
Er hatte schon die Hälfte des ersten Treppenabsatzes hinter sich, als ihm Pizzone nachrief: „Eine Sache noch!“
Vierziger drehte um und ging die paar Stufen wieder hinauf.
„Vielleicht sollten Sie sich um einen anderen kümmern, Dottore!“
„Ja? Sollte ich das? Um wen denn?“
„Da hat es einen gegeben, der auch scharf auf diese Signora war. Schmächtiges Bürschchen, so gegen Ende zwanzig vielleicht, mit Brille und roten Haaren. Der hat sie förmlich mit den Augen ausgezogen. Aber um sie anzusprechen, hat ihm wohl der Mut gefehlt. Wenn ich es mir recht überlege, hat er sich sogar geradezu vor ihr versteckt. Irgendwie hat er immer darauf geachtet, dass sie ihn nicht sieht.“
„Signor Pizzone, Sie wissen nicht zufällig, wer dieser Mann war?“
Pizzone schüttelte den Kopf und zog die Tür zu.

Nach Fasano fuhr er von der Autobahn ab. Auf der langsameren *Adriatica,* die wie mit dem Lineal gezogen bis fast nach Ostuni führte, konnte er gemütlich und seinem eigenen Tempo folgend dahin zuckeln. Außerdem schonte das die Batterie seines Autos. Hinter den Daunia-Bergen ging schon die Sonne unter, trotzdem bog er nicht in die Contrada San Giovanni und damit zu sich nach Hause ab, sondern fuhr weiter hinauf in die Stadt. Einen Abstecher in Giulias Bar hatte er sich heute redlich verdient. Die Piazza hinter der monströsen Säule des heiligen Oronzo war schon hell erleuchtet und Giulia hatte überall kleine Öllichter aufgestellt. In der zweiten Reihe fand er noch einen freien Tisch. Er brauchte gar keine Bestellung aufgeben, Giulia wusste auch so, was er bevorzugte. In der Zwischenzeit beobachtete er das immer geschäftiger werdende Leben auf der Piazza und in den angrenzenden Gassen.

„Espresso gibt es heute nicht mehr, das tut dir um diese Zeit nicht mehr gut, mein Lieber. *Invece un bel rosso e il tuo giornale.* Und ein bisschen was zum Naschen!“

Kaum hatte sie das Tablett mit einem Glas Rotwein und einer kleinen Schale mit Oliven, *Scamorza*würfelchen und einige Schnitten *salsicce* auf den Tisch gestellt, war sie mit einem fröhlichen Lachen auch schon wieder verschwunden. Vorsichtig probierte er den fast schwarzen Wein und im Gaumen breitete sich der Geschmack nach Johannisbeeren und Sauerkirschen aus, vermischt mit Mandeln und Bitterschokolade. Zum Ende hin meinte er einen Hauch von Oliven zu spüren. Eine Zeitlang ließ

er den ersten Schluck in seinem Mund kreisen, bevor er sich den aufgespießten Leckerbissen und der Zeitung widmete. Auf der fünften Seite sprang ihm schon wieder die Avvocata Maci entgegen, begleitet von einem Bericht über ihr Verschwinden und dem gleichen Aufruf ihres Onkels, den er schon am Vormittag bei den *Storie Italiane* gesehen hatte.
Als Giulia auf dem Weg in ihre Bar an ihm vorbeihuschte, hielt er sie auf: „Kennst du die da?" Er zeigte auf das Foto in der Zeitung.
„Ja", sagte sie nach einem kurzen Blick. „Dottoressa Maci. Die hat ihre Kanzlei gleich da hinter dem Rathaus. Sitzt manchmal hier – arrogante blöde Kuh! Was ist mit ihr?"
„Ach, nicht so wichtig", winkte Vierziger ab und Giulia eilte davon. Offenbar hatte sie an diesem Tag weder ferngesehen noch die Zeitung gelesen.

Nero lag mitten auf dem Weg oben an der Einfahrt zum Haus. Er machte zwar keine Anstalten aufzustehen und ihm entgegenzukommen, so wie er das früher immer getan hatte. Aber immerhin, er blinzelte mit einem Auge und deutete ein zaghaftes Schwanzwedeln an. Am Ende hatte er sich doch darauf besonnen, wo er hingehörte. Als Belohnung gab es eine Schüssel voll bestem Hundefutter. Selbst hatte er keine Lust, sich in die Küche zu stellen um ein Abendessen zuzubereiten. Noch dazu, wo am Vormittag alles blitzblank geputzt worden war. Außerdem waren die letzten Tage ohnehin zu üppig gewesen. Er stellte also einen kleinen Laib selbst gebackenes Brot aus dem Gefrierschrank ins Backrohr und richtete ein wenig Käse, gefüllte Oliven und in Öl eingelegte Artischocken auf einem Teller an. Mit dem ofenwarmen Brot, den anderen Teilen seines Abendessens und einer Flasche Primitivo ging er hinauf auf die Terrasse. Franca anzurufen war um diese Zeit völlig sinnlos. Sie würde sich schon melden, wenn sie hoffentlich Lust darauf hatte. Nach dem Essen und bei einem Glas Wein erzählte er Conny von seinem Tag. Von Loredanas neuem Freund, der ihm verdächtig vorkam, von der Kellner-Psychologin in jener baresischen Bar und von Signor Pizzone. „Weißt du“, sagte er zu ihr, „ich kann ja seine Geschichte vom Abenteuer auf dem Parkplatz bei San Giorgio nicht überprüfen. Zuzutrauen wär's ihm. Wer in solche Bars geht, treibt's auch mit irgendwelchen fremden Frauen im Auto. Zum Kino und Familienessen am Sonntag könnte ich seine Frau oder seine Kinder fragen – aber wozu das Ganze. Ich glaube nicht, dass er mit dem Verschwinden der Maci was zu tun hat. Den kann ich wohl von meiner Liste streichen“.

Von eben dieser Liste strich er auch die Antonaci und ihren Exfreund. Dort stehen blieb allerdings il Signor Lopocaro. Dem traute er bis jetzt am ehesten zu, etwas gegen seine Lieblingsfeindin unternommen zu haben. Auch wenn er in dieser Spelunke unwissend getan hatte. So blöd, herumzurennen und damit zu prahlen, die Avvocata beseitigt zu haben, war er bestimmt nicht.

„Mich würde schon sehr interessieren, was an der Sache mit dem Rothaarigen dran ist, den die Contessa und Signor Pizzone gesehen haben wollten. Und wer Loredanas Verehrer wirklich ist. Außerdem: Wenn das wahr ist, was Pizzone von der Begegnung mit der Maci in dieser Bar erzählt hat, hat sie nicht nur beruflich zu unsauberen Mitteln gegriffen", murmelte er in Richtung des Rosenstocks, hinter dem Connys Urne stand. Wie üblich kam keine Antwort aus dem Jenseits, aber mit seiner verstorbenen Freundin über all diese Dinge zu reden, half ihm immer wieder weiter.

An diesem Abend schaffte er tatsächlich fast fünfzig Seiten in der Geschichte des baresischen Schriftstellers. Der trat in der Suche nach einem Mädchen namens Manuela genauso auf der Stelle wie er selbst auf der Suche nach la Dottoressa Maci.

9

Der neue Tag gebärdete sich so, als wüsste er nicht, dass es schon auf Ende Oktober zuging und es auch hier in Apulien Herbst zu sein hatte. Er hinkte sozusagen seiner Zeit ein wenig hinterher. Nicht dass Josef Vierziger deswegen traurig gewesen wäre, aber sein Garten hätte schon noch den einen oder anderen Guss gebrauchen können. Nach seiner Morgenroutine – sprich: *Bialetti* auf den Herd, den Hund füttern, Bad – setzte er sich vor das Haus, um bei einem doppelten Espresso die Vormittagssonne zu genießen. Als er mit der zweiten Tasse seinem Kreislauf genügend Koffein zugeführt hatte, wählte er die Nummer des Büros der Avvocata. Er hoffte, dass ihr Assistent, dieser Achille Semerano, dort noch immer die Stellung hielt. Aber Fehlanzeige. Es meldete sich nur der Anrufbeantworter mit der Bitte, doch eine Nachricht zurückzulassen. Vierziger hatte keine Lust, sich mit einer Maschine zu unterhalten. Als er vor ein paar Tagen den Kalender der Maci durchgeblättert hatte, war ihm auch die Anschrift Semeranos und die Nummer seines telefoninos untergekommen. Er versuchte es also dort, blieb aber genauso erfolglos wie schon zuvor. Auch gut.

Vielleicht sogar besser so. Er hatte ja seine Adresse und von Angesicht zu Angesicht ließ sich wahrscheinlich ohnehin mehr herausfinden als nur so am Telefon. Der junge Mann wohnte in Carovigno, der Nachbarstadt von Ostuni, wenn er übers Land fuhr höchstens eine Viertelstunde von ihm entfernt. Die Via D. Alighieri lag am westlichen Stadtrand und bestand zum allergrößten Teil aus ein- bis höchstens zweistöckigen Gebäuden. Semeranos Haus schien erst kürzlich aufgestockt worden zu sein, die oberen Etagen und Balkone waren noch unverputzt. Sämtliche Rollläden waren heruntergelassen, die Haustür dagegen unversperrt. Der Assistent der Maci wohnte in einem auf das Dach gepfropften Kabäuschen, maximal ein Drittel so groß wie die darunterliegende Wohnung, dafür aber mit einer ausladenden Terrasse. Vierziger musste mehrmals läuten, bis er endlich von drinnen Schritte hörte. Gegenüber der letzten Begegnung in der Kanzlei der Avvocata bot Semerano ein Bild des Jammers. Dunkle Ringe unter den rot verquollenen Augen, sein Haar stand in alle Richtungen ab und er hatte einen dicken Schal um den Hals gewickelt.

„*Buongiorno,* Signor Semerano!“, begann Vierziger und unterschlug mit Absicht den Dottore. „Ich hab schon in der Kanzlei Ihrer Chefin angerufen und auf Ihrem *telefonino.* Als sich niemand gemeldet hat, dachte ich, ich komme vorbei und sehe nach dem Rechten. Nicht dass Ihnen auch noch etwas passiert ist!“

„*Nono,* es ist alles gut. Ich bin nur ein wenig erkältet und deswegen hab' ich das Telefon ausgeschaltet". Er machte eine unbestimmte Geste über sein Gesicht.
„Ich habe nur ein paar klitzekleine Fragen. Oder soll ich ein anderes Mal wiederkommen?"
„Nein, kommen Sie nur!" Semerano trat zur Seite und machte den Weg in die Wohnung frei. Ein kurzer Flur, von dem links und rechts eine Tür abging und schon standen sie in einem Raum, der Küche, Wohn- und Esszimmer gleichzeitig war. Gegenüber ein großes Fenster, daneben eine Tür, die auf die Terrasse führte.
„*Un caffè?*"
„Machen Sie sich keine Umstände."
„Ich wollte gerade einen für mich machen."
„In diesem Fall: Bitte!"
„Was möchten Sie wissen?", fragte Semerano, während der Kaffee aus der Maschine lief.
„Ich war am Samstag bei Signorina Antonaci. Sie wissen schon, das Mädchen, das vorgegeben hat, vergewaltigt worden zu sein."
„Ja, und?"
„Die Signorina sagt, sie hätte niemals Ihre Dottoressa bedroht. Weder am Telefon noch sonstwo."
Inzwischen war der Kaffee fertig, Semerano stellte eine Tasse auf den Küchentisch, die andere behielt er in der Hand. „Zucker?" Vierziger schüttelte den Kopf.
„Sie haben nichts dagegen?", fragte er, nahm eine Zigarette aus der Packung auf dem Fensterbrett und stellte sich an die offene Terrassentür.

„Es ist Ihr Haus und wenn Sie sich unbedingt umbringen wollen …“

Vierziger nippte vorsichtig an seinem Espresso, man konnte ja nie wissen, es waren ihm schon die schlimmsten Abwässer angeboten worden. Die Probe fiel zufriedenstellend aus, der *caffè* war wirklich gut. Ein Punkt zugunsten Semeranos.

„Die Signorina Antonaci“, erinnerte Vierziger ihn.

Semerano leerte seine Tasse mit einem Schluck und nahm einen tiefen Zug von seiner Zigarette. „Es ist ja nicht um das Mädchen gegangen. Ihr Freund war es, der sich mit dem Freispruch Signor Petrunis nicht abfinden wollte.“

„Davon hat aber in den Akten nichts gestanden, dass nicht das Mädchen, sondern ihr Freund Ihre Chefin belästigt hat.“

Semerano zuckte nur mit den Schultern.

„Waren Sie einmal im Haus der Avvocata?“

„Manchmal musste ich ihr Akten vorbeibringen, wenn sie zu Hause gearbeitet hat.“

Das hätte zumindest erklärt, warum die Signora Rossi ihn dort gesehen hatte.

„Kam das oft vor?“

„Nein, eher selten.“

„Auch abends?“

„Einmal, aber das ist schon lange her.“

Fast wollte Vierziger ihn schon nach dieser Bar in Bari fragen, ließ es dann aber doch bleiben. Den Pfeil hob er sich lieber für später auf.

„Entschuldigen Sie, Dottor Semerano, dürfte ich einmal Ihre Toilette benützen?“
„Bitte, da draußen rechts.“
Das Bad war ein Kämmerchen mit einem kleinen Fenster zwischen der Duschkabine und dem Waschbecken. Da blieb gerade genug Platz für Klo, Bidet und eine kleine Waschmaschine. Alles ordentlich aufgeräumt und blitzblank geputzt. Vierziger drehte den Wasserhahn auf. In dem Spiegelschrank darüber fanden sich neben der Zahnbürste die für einen Männerhaushalt üblichen Toilettenartikel: Rasierapparat, Deo, Herrenparfum, Zahnseide, Mundwasser, eine Schachtel mit Kopfschmerztabletten und so weiter. Nichts Außergewöhnliches und kein einziger Hinweis, dass hier, wenn auch nur ab und zu, eine Frau übernachten würde. Aus der Haarbürste auf der schmalen Ablage unter dem Spiegelschrank zupfte er ein paar Haare und legte sie in eines der kleinen Plastiksäckchen, die er neuerdings immer mit dabei hatte. Er betätigte die Spülung und ging wieder hinaus.

„Sagen Sie, Dottor Semerano, ist Ihnen noch irgendetwas eingefallen, das uns bei der Suche nach der Dottoressa helfen könnte. Sie wissen ja, jede kleinste Kleinigkeit könnte von Bedeutung sein!“
„Darüber habe ich auch schon nachgedacht. Eine Sache gab es da schon. Nicht dass etwas vorgefallen wäre, es war nur so eine Äußerung, die ich merkwürdig gefunden habe. Das war kurz nach dieser Geschichte mit dem verunglückten Bauarbeiter. Da hat die Dottoressa einmal

gesagt, ‚mit diesen Frauen werde ich auch noch fertig', oder so ähnlich. Ganz genau weiß ich das nicht mehr."

„Sie haben keine Ahnung, wer damit gemeint gewesen sein könnte?"

„Tut mir leid."

„Schade! Aber vielleicht bringt uns das doch weiter. Jedenfalls Dankeschön und gute Besserung! Ich finde schon alleine hinaus!"

Es war kurz vor Mittag, viel zu früh, um in der Bar an der Piazza Mercantile in Bari schon jemanden anzutreffen, selbst wenn er die für ihn normale Fahrzeit von bestimmt zwei Stunden einrechnete. Er wollte aber unbedingt noch einmal mit dieser Bar-Psychologin reden. Die Beschreibung des Signor Pizzone deutete auf den Adlatus der Avvocata hin. Sollte Semerano wirklich seine Chefin heimlich verfolgt haben? Wenn das stimmte, wer weiß, was er vielleicht sonst getan hatte? Als Erstes musste er „seine *Contessa*", la Signora Rossi noch einmal belästigen. Ihr Haus lag fast am Weg in die Città Bianca. Heutzutage, wo man fast jede Person im Internet finden konnte, sollte es kein Problem sein, ein Foto von Semerano aufzutreiben. Auf seinem *telefonino* rief er die Seite von *visolibro* auf, tippte den Namen ein und schon war er da, der Herr Anwaltsgehilfe. Allerdings wies bei seinen Posts absolut gar nichts auf irgendeine Verbindung mit seiner Chefin hin. Genau genommen war auf keinem einzigen Foto, das Semerano veröffentlicht hatte, eine Frau zu sehen. Dafür erfuhr Vierziger, dass er ein Anhänger

des AS-Bari war, einem Fußballclub der dritthöchsten italienischen Fußball-Liga. Es gab eine Menge Bilder zusammen mit anderen Fans anlässlich irgendwelcher Spiele. Er suchte eines aus, auf dem Semerano besonders gut getroffen war.
Als er es kurz darauf der Signora Rossi zeigte, bestätigte sie: „Ja, ich glaube, das ist der junge Mann aus dem kleinen Auto."
Vierziger entschuldigte sich für die Störung, bedankte sich für die Information und verabschiedete sich auch schon wieder. Außer seiner Fahrzeit musste er mindestens eine weitere Stunde vertrödeln, bevor er damit rechnen konnte, in der baresischen Bar irgendjemanden anzutreffen. Für eine Sightseeing-Tour durch die sicher interessante Stadt zuwenig, aber gerade richtig für einen Besuch in Giulias Bar.

„*Senti,* Giulia, kennst du auch den Assistenten dieser Anwältin, die man jetzt im Fernsehen und der Zeitung überall sucht?" Sie hatte gerade sein für diese Zeit übliches Gedeck vor ihm abgestellt.
„Achille? Ja sicher! Alle aus den umliegenden Büros kommen zu mir!", erklärte sie stolz.
„Und? Wie ist der so?"
Giulia schmunzelte. „Der gäbe schon ein hübsches Spielzeug ab, wenn er nicht so schüchtern wär. Aber ich glaub, den müsste man schon fesseln, um ihn unter die Laken zu bekommen. Armes Schwein!"

„Kannst du dir vorstellen, dass er seiner Chefin etwas angetan haben könnte?"
„Der? Nie im Leben, ganz bestimmt nicht!" , lachte sie und war auch schon wieder verschwunden.
Wenn sie sich da nur nicht täuschte!

An seinem Kaffee hatte er sich – wie schon so oft – beinahe die Lippen verbrannt, das Cornetto war ein Gedicht wie immer, dessen einziger Makel darin bestand, viel zu schnell zu Ende zu sein. Zum Wein widmete er sich der Zeitung. Ein Notfallkrankenhaus musste wegen unbezahlter Strom- und Wasserrechnungen geschlossen werden, die verstümmelte Leiche einer seit Jahren vermissten Polin wurde in einem stillgelegten Stahlwerk in Bari gefunden, zwei Mafiosi wurden wegen des Mordes an einem Unternehmer verhaftet und am Vortag war bei einem verlassenen Bauernhaus am Rand des Naturparks von Monte Sant'Elia die Leiche eines untergetauchten Bosses der apulischen Mafia SCU entdeckt worden. Es handelte sich um Ronzino la Ruffo, der wegen seiner Grausamkeit und Brutalität auch *„La Belva"*, das Tier, genannt worden war. Der Mann musste vor ungefähr einer Woche mit einem Schuss in den Kopf getötet worden sein, die Leiche war schon von Ratten und streunenden Hunden angefressen. Eigenartig. Am Wochenende, bevor Franca in die USA geflogen war, hatten sie gemeinsam eine kleine Wanderung durch diesen Park gemacht. Vierziger war sich sicher, dass sie dabei auch an diesem Bauernhaus vorbeigekommen waren. Franca hatte sogar ein paar Fotos gemacht und von der traurigen Schönheit der Ruine geschwärmt. Gott sei Dank war sie in Amerika, sonst hätte er sich womöglich Sorgen machen müssen. Er kannte Francas ganz eigene Vorstellung vom Kampf gegen die organisierte Kriminalität nur zu gut. Und von der gab es hier an jeder Ecke mehr als genug. Wäre das Ganze nicht so erbarmungslos, grausam und brutal, man hätte es fast der einheimischen Folklore zuschreiben können. Sie hatten zwar nie offen darüber gesprochen, das war auch gar nicht nötig gewesen. Vierziger wusste auch so, was sie und ein paar ihrer Freunde unter nachhaltig wirksamer Verbrechensbekämpfung verstanden. Missmutig schlug er die Zeitung zu, als er sich eingestehen musste, dass Franca vor wenigen Tagen noch im Land gewesen war.

Das Lokal in Bari hatte schon geöffnet, statt dem jungen Mann stand die Bar-Psychologin selbst hinter dem Tresen und polierte Gläser.
„Sie schon wieder?"
Eine herzliche Begrüßung sah anders aus.
„Ja, Ihnen auch einen schönen Tag, Signora Angela!"
„Der? Ja, schon. Früher war der ein paarmal da, jetzt aber schon länger nicht mehr", sagte sie, nachdem Vierziger ihr Semeranos Foto gezeigt hatte.
„Seit die Frau, nach der ich letztes Mal gefragt habe, nicht mehr kommt?"

„Die Anwältin, nach der alle suchen? Schon möglich! Und wenn ich es recht überlege, war er auch immer nur da, wenn die auch da war.“
„Und hat er sie einmal angesprochen?“
„Sehen Sie ... Dottor Quaranta, nicht wahr? ... Irgendwann weinen sich alle bei mir aus, die Männer und die Frauen, ich hab’ ein großes Herz ...“, sie lachte und fasste sich selbst an ihren ausladenden Busen, „aber der – nie! Er hat weder mit mir noch mit irgendjemand anderem geredet. Hat sich immer an sein Glas geklammert und geschaut. Er ist auch immer alleine wieder raus. Einfach ein armes Schwein. Der hätte dringend jemanden gebraucht. Nicht nur für’s ...", sie machte eine obszöne Geste, „... einfach nur so, zum Reden!“
„Wäre es zuviel verlangt, wenn Sie für uns beide einen *caffè* machen würden?“ Er versuchte sein bestes Sonntagslächeln aufzusetzen.
Sie nickte, drehte sich um und machte sich an der Espressomaschine zu schaffen. Er ertappte sich bei der Feststellung, dass die Rückseite der Signora Angela genauso sehenswert war wie die Vorderansicht. Sollte er einmal jemanden zum Reden brauchen ... aber nein! Er hatte schon zwei Frauen. Auch wenn sich die eine gerade auf der anderen Seite des großen Meeres vergnügte, während die andere stumm in ihrem Rosenstrauch wohnte. Dennoch ...
„Signora Angela“, sagte er, nachdem er sein Tässchen mit einem Schluck geleert hatte, „kann es sein, dass dieser junge Mann immer erst nach der Frau gekommen ist?“

Es war nicht nötig zu erklären, welche Frau gemeint war. Sie schloss die Augen und um besser nachdenken zu können, ließ sie ihre Zungenspitze über die Oberlippe tanzen. Und wenn er vielleicht doch ...

„Sie könnten recht haben. Ich bin mir fast sicher, dass er – nicht immer, aber meistens – erst nach ihr gegangen ist."

„Vielen Dank! Ich glaube, Sie haben mir sehr geholfen!"

Bevor er irgendeine Dummheit sagen oder tun konnte, kam hinter dem Vorhang am Ende des Tresens eine junge Frau herausgeschlüpft, schlank und schlaksig mit blonder Bubikopffrisur und ein wenig kleiner als die Bar-Psychologin mit dem großen Herzen. Sie umarmte Angela und küsste sie lange und innig auf den Mund. Vierziger legte einen Fünfer für die Kaffees auf den Tresen und ging. Sein *buona giornata* hatten die beiden bestimmt nicht gehört.

Auf dem Weg zurück nach Hause dachte Vierziger über das nach, was er eben gehört hatte.

„Ein armes Schwein ..."

Giulia aus der Bar an der Piazza della Libertà und Signora Angela, beide hatten sich das gleiche Urteil über Achille Semerano gebildet. Eines war jedenfalls klar: er hatte seine Chefin gestalkt. Aber hatte er es dabei belassen oder hatte er sich statt dessen zu ganz anderen Dingen hinreißen lassen. Waren am Ende seine heimlichen Nachstellungen außer Kontrolle geraten und die Dottoressa Maci am Grund des Meeres gelandet? Vierziger wollte das noch nicht glauben. Eine heimliche, leidenschaftliche, unerfüllte und fehlgeleitete Liebe zu haben und jemanden zu beseitigen, waren doch zwei verschiedene Paar Schuhe. Dazu hätte Semerano auch ein kaltblütiger Schauspieler sein müssen, um die ganze Zeit zu verbergen, dass er längst wusste, was mit seiner Chefin passiert war. Je mehr er darüber nachdachte, umso mehr kam sich Vierziger wie in einem der vielen Fersehkrimis vor, die alle nach dem selben Muster abliefen: Immer kam der Täter schon ganz am Anfang ins Spiel und stammte aus dem engsten Umfeld des Opfers. Jaja, er wusste schon, die allermeisten Bluttaten passierten eben im kleinsten Familien- und Bekanntenkreis. Aber gehörte der Assistent der Maci zu diesen Kreisen? In seiner Tasche hatte er das Haar aus Semeranos Bürste und in seiner Schreibtischlade lag das rötliche Haar aus dem Schlafzimmer der Maci. Irgendwo im Chaos seines Schuppens musste das Mikroskop stehen, das er aus seiner alten Heimat mitgebracht hatte. Die Geschwindigkeit, mit der er den Rest der Strecke bis in die Contrada San Giovanni zurücklegte, tat weder seinen Nerven noch der Batterie seines Autos gut. Seine Neugierde kümmerte sich darum aber nicht.

Im letzten Jahr hatte er zwar einmal begonnen, diesen Schuppen aufzuräumen, aber aus irgendeinem Grund wieder damit aufgehört. Über eine Stunde kehrte er das unterste zuoberst, bevor er endlich den kleinen Holzkoffer mit dem Mikroskop gefunden hatte. Fein säuberlich platzierte er die beiden Haare auf dem Objektträger.

Natürlich konnte das Gerät keine DNA-Analyse ersetzen, aber die 400-fache Vergrößerung, zu der sein Gerät imstande war, ließ kaum einen Zweifel übrig. Es hätte schon mit dem Teufel zugehen müssen, wenn die nicht vom selben Kopf stammten. Vierziger war sich sicher: Achille Semerano hatte seine Chefin nicht nur verfolgt, sondern er war auch in ihrem Bett gelegen. Was jetzt? Die Zeiten, wo er mit den Haar- und Blutproben, die er gesammelt hatte, einfach ins kriminaltechnische Labor pilgern konnte, waren vorbei. Einen Augenblick dachte er an seinen Freund Salvatore, der Commissario Capo in Mestre war. Bloß, die Proben in den Norden zu schicken, würde viel zu lange dauern. Und Simoncini? Der kannte Gott und die Welt, es wäre kein Wunder, wenn der nicht auch jemand an der Hand gehabt hätte, der eine solche Analyse machen konnte. Aber der war ja seit einer Woche nicht einmal imstande gewesen, die Anrufliste der Anwältin aufzutreiben. Und wenn schon: die Haare aus dem Bett der Maci bewiesen letztendlich gar nichts. Und in dem Blutfleck an dem Couchtisch in ihrem Wohnzimmer war kein rötliches Haar gewesen. Blieb höchstens noch der Blutfleck aus dem Auto der Dottoressa. Da stellte sich nur wieder das Problem mit dem Labor. Er musste sich etwas anderes einfallen lassen. Irgendetwas, mit dem er Semerano dazu brachte, ein Geständnis abzulegen. Er hatte zwar nicht die geringste Ahnung, was das sein könnte, das wollte er sich bis morgen aufsparen. In der Zwischenzeit brachte er die Tafel über seinem Schreibtisch auf den neuesten Stand. Die Signorina

Antonaci rückte er ganz an den Rand, ebenso den Zettel, der Signor Pizzone darstellte. Signor Lopocaro blieb, wo er war, dafür klebte jetzt Semerano direkt neben seiner Chefin – ein Platz, der ihm im richtigen Leben bestimmt auch gut gefallen hätte. Auf der anderen Seite gab es zwei unbeschriebene Karten. Zum einen war da der Bauunternehmer Pino Damiani, den die Maci so gut wie in den Ruin getrieben hatte. Zum anderen gab es da den ominösen neuen Freund der Anwältin, den außer der Signora Rossi niemand gesehen hatte. Die Einzige, die vielleicht doch mehr über diesen Mann wissen konnte, war ihre Freundin, die Dottoressa Bertini. Er griff zum Telefon.

„*Pronto?*" Es hatte nur zweimal geläutet.

„Quaranta hier. Entschuldigen Sie die späte Störung, Dottoressa, aber ich müsste unbedingt mit Ihnen sprechen. Hätten Sie Zeit?"

Die Pause war so lang, dass Vierziger schon dachte, die Bertini hätte wieder aufgelegt.

„*Senti,* Dottor Quaranta, ich habe noch eine Stunde in meiner Praxis zu tun, danach bin ich frei. Haben Sie schon zu Abend gegessen?"

„Nein, und es wäre mir eine Ehre, Sie einladen zu dürfen!"

„Sehr schön! Um 20 Uhr. Wohin soll ich kommen?"

„Kennen Sie die Osteria da Nonna Ia? Das ist kaum fünf Minuten von Ihrer Praxis entfernt."

„*Va bene, ci vediamo alle otto.*"

Die Bertini musste eine komplette Ausgeh-Garderobe in ihrer Praxis gelagert haben. Ein oben wie unten so kurzes Kleidchen wie dieses trug sie ganz bestimmt nicht unter ihrem Arztkittel. Um diese Zeit waren sie die ersten Gäste in der Osteria und hatten daher die ungeteilte Aufmerksamkeit der *padrona*. Der Tisch in einer der hinteren Ecken des Kellerlokals war für ein lauschiges *cena per due* wie geschaffen, nur dass Vierziger nichts dergleichen im Sinn hatte. Allein die Fülle der Antipasti – es waren gezählte zwanzig verschiedene Sorten – ließen für ein Gespräch kaum Raum. Und erst die *Brasciole,* kleine Rindsrouladen, mit *Peccorino,* Zwiebeln, Sellerie, Knoblauch und Petersilie gefüllt und zusammen mit *polpette* in Tomatensugo gegart. Vierziger fühlte sich fast wie im siebenten Himmel. Sie hatten eine halbe Flasche *Negroamaro* geleert, als sie beim Tiramisu ankamen und damit Zeit zu Reden hatten.

„Kennen Sie auch den Assistenten Ihrer Freundin?“, fiel er praktisch mit der Tür ins Haus, nachdem er zwei Espressi bestellt hatte.

„Achille? Aber sicher!“, sagte die Bertini und beugte sich über den Tisch.

„Was haben die beiden für ein Verhältnis?“

„Sie meinen, über das Berufliche hinaus?“ Sie redete so leise, dass Vierziger gezwungen war, sich ebenfalls über den Tisch zu beugen, um sie zu verstehen.

„Gibt es da etwas?“

„Ich glaube, der ist total verschossen in Rosaria. Das habe ich ihr auch einmal gesagt, aber sie wollte davon nichts hören." Sie flüsterte immer noch und wickelte dabei eine Haarsträhne um ihren Zeigefinger.

„Sie haben keine Idee, wer der neue Verehrer Ihrer Freundin sein könnte?", wechselte er das Thema.

„Ich habe keine Ahnung! Nur einmal – sie hatte mir davor eine Verabredung abgesagt und später aber angerufen, dass wir uns doch treffen könnten, weil er noch im Krankenhaus zu tun hätte. Vielleicht ist er ja Arzt oder so etwas."

„Ein Arzt also, mmhh ... das hilft uns auch nicht weiter, Ärzte gibt es viele in dieser Stadt, das wissen Sie am besten, Dottoressa Bertini."

Vierziger lehnte sich wieder zurück.

„Rosaria hatte ... hat ein kleines Ristorante, wo sie immer sehr gerne hingegangen ist. Vielleicht ist sie auch mit diesem Mann dort gewesen."

Den letzten Satz sprach sie aus, als hätte sie etwas Ekliges verschluckt.

„Sie wissen nicht, wo dieses Restaurant ist?"

„Natürlich weiß ich das! Wir waren oft genug zusammen dort."

Sie nannte ihm den Namen des Lokals und eine Adresse am Corso Umberto I. in Carovigno.

Während sie den Kopf auf ihre verschränkten Hände stützte und Vierziger dabei ein anziehendes Lächeln schenkte, spürte er unter dem Tisch ihren bloßen Fuß an seinem Hosenbein. Was hatte diese Frau bloß vor? Er passte ganz bestimmt nicht in ihr Beuteschema. Wollte sie ihn von irgendetwas ablenken?

Er hob die Hand und winkte der *padrona*. Zusammen mit der Rechnung kamen ein Limoncello für die Dame und ein Grappa für den Herrn.
„Kann ich Sie nach Hause bringen, Dottoressa Bertini?" Vierziger bemühte sich, seine Stimme möglichst reserviert klingen zu lassen, so als hätte es die Signale der Bertini überhaupt nicht gegeben – obwohl er zugeben musste, dass es ihm schwerfiel, diese zu ignorieren.
„Vielen Dank, mein Auto steht unten beim Calvario."
Das Calvario war ein Monument der Leidensgeschichte Jesu, gerade einmal zwei Minuten Fußweg von der Osteria entfernt. Niemand kümmerte sich darum und mittlerweile war es zu einer Ruine verkommen. Vierziger begleitete die Dottoressa bis dahin, weitere Annäherungsversuche bei der Verabschiedung blieben aus.

Zu Hause war von Nero weit und breit keine Spur zu finden. Wahrscheinlich hatte er wieder bei Loredana Unterschlupf gesucht. Vierziger konnte es ihm nicht verdenken. An die Tafel mit den Verdächtigen hinter seinem Schreibtisch klebte er ein Foto der Dottoressa Bertini direkt neben das ihrer Freundin und deren bisher unsichtbaren Verehrer. Wein hatte er für diesen Tag genug getrunken und auch nach einem Zwiegespräch draußen vor dem Rosenstrauch war ihm nicht mehr zumute. Im Bett begleitete er den baresischen Anwalt noch ein kleines Stück bei der Suche nach dessen Signorina Manuela, bevor er in einen tiefen, traumlosen Schlaf fiel.

10

Über Nacht musste dem heiligen Petrus – oder wer immer da oben zuständig war – in den Sinn gekommen sein, in welcher Jahreszeit man sich befand. Der Himmel war grau in grau, nicht der klitzekleinste Sonnenstrahl ließ sich blicken und ein kühler Luftzug drang durchs offene Fenster. Noch bevor er seine *Bialetti* auf den Herd setzte, schaltete er die Fußbodenheizung ein. Außen durch Seife verschönert und innen mit Koffein gestärkt machte er sich zwei Stunden später quer durch die Olivenhaine auf den Weg nach Carovigno. Um diese Zeit war es nicht allzu schwierig, einen Parkplatz in der Nähe von Semeranos Wohnung zu finden. Die Haustür war, wie schon bei seinem letzten Besuch, nur angelehnt. Oben dagegen öffnete ihm niemand. Vielleicht schlief der Mann ja noch, krank wie er angeblich war. Gut eine Viertelstunde lang bemühte Vierziger immer wieder die Klingel. Schließlich wurde es ihm zu dumm und er griff zum Telefon. Das Läuten in der Wohnung war selbst von draußen nicht zu überhören. Vierziger probierte es immer wieder. Nach einer weiteren Viertelstunde gab er auf und ging wieder hinunter zu seinem Auto. Im Handschuhfach hatte er seine Schließhaken liegen. Er brauchte sich keine Sorgen zu machen. Die Eingangstür zu Semeranos *appartamento* lag am obersten Treppenabsatz, da störte ihn bestimmt niemand. Drinnen war alles dunkel. Vor dem Fenster und der Tür zur Terrasse waren die Rollläden heruntergelassen. Vierziger beließ es dabei und drehte statt dessen das Licht in dem kurzen Vorzimmer auf. Zur Orientierung reichte das vollkommen. Der Wohnbereich und die Küche waren picobello aufgeräumt, in der kleinen Ablage neben der Spüle steckten eine Kaffeetasse und zwei Teller. Auf dem Couchtisch lag Semeranos telefonino, auf dem schmalen Schreibtisch zwischen dem Sofa und der Wand ein paar Briefumschläge und alte Zeitungen, darüber ein Pinboard mit Tickets von Fußballspielen und Fotos, so ähnlich wie jene auf *visolibro*. Alles in allem nichts Besonderes. Die Tür gegenüber dem Bad musste ins Schlafzimmer führen, den einzigen Raum, den er bei seinem letzten Besuch nicht gesehen hatte. Das Zimmer schien kein Fenster nach draußen zu haben, nur ein Lüftungsgitter mit Ventilator und etwa einen halben Meter von der Decke herab ein ebenso hoher Streifen aus Glasziegeln über die ganze Wand, die ein wenig Licht aus dem Wohnzimmer durchschimmern ließen. Das Bett darunter schien frisch gemacht, die weißen Türen des Schranks auf der anderen Seite geschlossen. Vierziger machte die Deckenlampe an, um besser sehen zu können. Aber es gab nichts zu sehen. Außer den paar Fotos draußen am Pinboard keine Bilder, keine Pflanzen, nichts Persönliches. Gerade wollte er das Licht wieder auszumachen, da bemerkte er auf den Fliesen vor dem Kleiderschrank einen kleinen dunklen Fleck. Nach dem nächsten Schritt stellte er fest, dass es sich bei dem Fleck um ein winziges Stückchen schwarzer Spitze handelte, wie sie für Damendessous verwendet wurde. Er öffnete die beiden mittleren Schranktüren. Den Anblick, der sich ihm bot, eine Überraschung zu nennen, wäre glatt als Untertreibung des Jahrhunderts durchgegangen. Vor ihm befand sich ein regelrechter Altar. Die Rückwand des Kleiderschranks war komplett austapeziert mit Fotos der Dottoressa Maci bei allen möglichen Gelegenheiten: vor ihrer Kanzlei, vor Gericht, beim Spazierengehen, in der Marina von Villanova, in einem Caffè an der Piazza, in Restaurants und selbst in dieser Bar in Bari. Sogar der Ausschnitt aus dem Mezzogiorno mit dem Suchaufruf und ein ähnlicher Artikel aus einer anderen Zeitung waren da. Unter den Fotos eine Ansammlung von – ja, man musste es schon so nennen – Devotionalien. Ein Glas und eine Espressotasse, jeweils mit Abdrücken von Lippenstift, eine Porzellanschale mit blonden Haaren, eine gebrauchte Zahnbürste, sechs oder sieben Stück anscheinend getragener Damenunterwäsche in Schwarz, Weiß und Rot. Daneben ein paar schon in Gebrauch gewesene Schminkutensilien und ein noch originalverpacktes Parfum, das er dem Namen nach als teure Luxusmarke kannte. Und ein einzelner Schlüssel an einem roten Samtband. Er brauchte einige Sekunden, um sich an das Bild zu gewöhnen. Im Grunde genommen hatte er aber so etwas geahnt, besonders nach den letzten Informationen, die er über Semerano zusammengetragen hatte. Aber was jetzt? Dass er seiner Chefin auf diese Weise verfolgt hatte, war zwar – freundlich ausgedrückt – schräg, aber da war er sicher nicht der Einzige, der so etwas tat. Und zugegeben, dieser Altar war bizarr, der Mann musste für seine Sammlung mehr als einmal in das Haus der Maci eingestiegen sein, ohne dass Signora Rossi das bemerkt hatte. Aber seine Obsession machte Semerano noch lange nicht zum Mörder. Vierziger ging zurück ins Wohnzimmer. Nachdem der Vogel ausgeflogen war, konnte er sich in aller Ruhe umsehen. Die Briefe auf dem Schreibtisch waren nicht besonders ergiebig – die Mitteilung einer Bank über die Erhöhung der Kontogebühren, Strom- und Wasserrechnung, die Einladung zu einer Ausstellung und die Erinnerung an einen Zahnarzttermin. So weit, so gut. In der Schublade darunter lagen eine schwarze Dokumentenmappe und ein großer, brauner Pappumschlag. In der Mappe fanden sich Semeranos Geburtsurkunde und sein Taufschein, etliche Zeugnisse, sein Studienabschluss und die Versicherungspapiere für sein Auto, einen blauen VW Golf 7, Baujahr 2015. Die Signora Rossi hatte also recht gehabt mit dem *piccole macchine tedesche,* dem kleinen deutschen Auto. Er legte die Mappe wieder zurück und nahm den Umschlag in die Hand. Der enthielt die zweite Überraschung des noch jungen Tages. Ein weiterer Stapel von Fotos der Signora Maci. Aber während jene im Kleiderschrank von eher bescheidener Qualität waren und immer nur das Objekt von Semeranos Begierde alleine abgebildet war, stellten diese hier ein ganz anderes Kaliber dar. Gestochen scharfe Hochglanzbilder, offenbar mit einer sehr guten Kamera geschossen. Und die Maci war darauf nie alleine zu sehen. Immer zusammen mit einem Mann, der exakt der Beschreibung entsprach, die er ebenfalls schon von Signora Rossi kannte: groß, schlank, kurze Haare und Vollbart, beides grau meliert. Ein wenig wie dieser amerikanische Schauspieler aus der Kaffeewerbung. Leider war nirgendwo vermerkt, wer denn dieser Mann sein könnte. Unter den Aufnahmen lag die Rechnung eines Privatdetektivs. Mehr als 3.000 Euro hatte sich Semerano die Beschattung seiner Chefin kosten lassen. Aber warum nur, er hatte sie doch ohnehin schon selbst bespitzelt. Die Rechnung des Detektivs, ein gewisser Signor Lievito mit Büro in Ostuni, war gerade einmal vierzehn Tage alt. War Semerano seiner Chefin zu nahe gekommen und aufgefallen, so dass er gezwungen war, den Detektiv zu bemühen?

Signor Lievito residierte im Südwesten der Stadt, gar nicht weit vom Gelände des Wochenmarktes entfernt. Vierziger stellte sich als ehemaliger Commissario Capo und jetzt Quasi-Kollege vor. Sie tauschten ein paar Höflichkeiten und Bemerkungen über den jetzt doch hereinbrechenden Herbst aus, dann zog er eines der Fotos aus dem Umschlag und legte es auf den Schreibtisch. Lievito warf nur einen kurzen, eher halbherzigen Blick darauf.
„Woher haben sie das?“

„Ich bin gebeten worden, diese Signora hier zu suchen." Vierziger tippte mit dem Finger auf das Foto. „Sie haben bestimmt schon gehört, dass sie verschwunden ist, *no?*"
„Ja, und?"
„Ihr Auftraggeber ist jetzt auch weg. Und er könnte etwas mit dem Verschwinden der Dottoressa Maci zu tun haben. Vielleicht können Sie mir helfen, ein weiteres Unglück zu verhindern."
Lievito balancierte einen Kugelschreiber auf den Knöcheln seiner Finger und ließ dabei seine Augen zwischen Vierziger und dem Foto hin und her wandern. Schließlich legte er den Kugelschreiber quer über das Bild.
„Was könnte ich schon dazu tun? Ich weiß nicht, wo die Signora ist, und ich kenne auch den Aufenthaltsort von Signor Semerano nicht."
„Aber Sie wissen bestimmt, wer dieser Herr hier ist." Das Foto zeigte Rosaria Maci zusammen mit diesem *bell'uomo,* wie ihn Signora Rossi genannt hatte, in trauter Zweisamkeit in einem Restaurant sitzen. Sie schienen in ein angeregtes Gespräch versunken, die Hand der Maci lag auf der ihres Begleiters. Die Aufnahme musste innen gemacht worden sein, im Hintergrund war verschwommen ein Fenster mit halbhohem Vorhang und draußen eine Straße zu erkennen.
„Und natürlich wissen Sie, wo Sie dieses Foto geschossen haben", ergänzte Vierziger seine Frage.
„Sie wissen schon, dass ich gegenüber meinen Klienten zu Diskretion verpflichtet bin?", sagte Lievito leise und begann auf einem Blatt Papier herumzukritteln, das vor

ihm auf dem Schreibtisch lag. Erst bei näherem Hinsehen bemerkte Vierziger, dass der Detektiv ein Rechteck malte, in das er eine Zahl schrieb. Als er fertig war, schob er das Blatt wie zufällig, so als würde es ihn nicht mehr interessieren, ein Stück von sich weg und drehte es dabei, so dass sein Gegenüber die Zahl lesen konnte. 500. Vierziger sah ihm ohne ein Wort in die Augen, zog eine Visitenkarte aus seiner Tasche, schrieb etwas auf die Rückseite, legte sie auf Lievitos Malerei und schob beides wieder zurück. Der ließ Zettel und Karte in der Mitte des Tisches liegen, schloss die Augen und massierte sich mit dem Zeigefinger seine Kinnspitze. Nach ein paar Sekunden verbesserte er die 200, die Vierziger geschrieben hatte, auf 300. Gott sei Dank hatte er aus alter Erfahrung bei derartigen Unternehmungen immer genügend Bargeld bei sich. Er packte drei Scheine auf seine Visitenkarte. Lievito nahm das Foto, das Vierziger ihm hingelegt hatte und schrieb ein paar Zeilen auf die Rückseite. Bevor er es wieder über den Tisch schob, holte er noch ein anderes Foto aus einer Schublade und legte es verkehrt herum darauf.

„Ich wünsche Ihnen einen schönen Tag, Dottor Quaranta. Wir werden uns wohl kaum wiedersehen, also viel Glück bei Ihrer Suche. Sehen Sie sich das genau an, bevor Sie voreilige Schlüsse ziehen!“, sagte er und deutete dabei auf das umgedrehte Bild. Er machte keine Anstalten aufzustehen oder wenigstens die Hand über den Schreibtisch zu reichen.

„Buona giornata e grazie mille!“, sagte Vierziger und verließ das Büro des Detektivs.
War das jetzt Bestechung oder nur ein ganz normales Geschäft gewesen? Geld gegen Information. Er hatte nicht vor, von Simoncini für seine Suche nach der Dottoressa Maci irgendetwas zu verrechnen, aber die Spesen hatten sich bisher schon ganz schön ausgewachsen. Auf dem Parkplatz vor dem Supermarkt, auf dem er sein Auto abgestellt hatte, las er, was Lievito geschrieben hatte.
Dott. Adone Carrieri, medico senior dell'Ospedale Civile di Ostuni, sposato con Desideria, che ha i soldi. Darunter das Datum der Aufnahme und »Don Peppe«. Der gleiche Restaurantname, den ihm auch schon die Bertini genannt hatte. Das Foto war vor drei Wochen entstanden, kurz darauf musste Lievito seine Aufgabe beendet haben, die Honorarnote an Semerano war keine vierzehn Tage alt.
Der neue Verehrer der Dottoressa Maci war also Oberarzt im städtischen Krankenhaus. Da hatte ihre Freundin ganz richtig getippt. Zudem war der gute Mann verheiratet. Und er hatte sich anscheinend einen Goldfisch geangelt.

Die wirkliche Überraschung – schon die dritte an diesem Tag – war allerdings das Foto, das Lievito ihm zugeschoben hatte. Darauf zu sehen der Arzt, irgendwo an der Küste. Zwischen Palmen und Pinien blitzte das Meer durch. Er schien in einen heftigen Streit mit einer Frau geraten zu sein. Und diese Frau war niemand anders als la Dottoressa Francesca Bertini. Was hatte die Freundin der Maci mit deren Liebhaber zu tun? Oder war das Ganze einfach nur ein dummer Zufall. Wenn aber nicht, warum hatte sie sich über die Beziehung ausgeschwiegen? Nicht nur das, sie war sogar bemüht gewesen, so zu tun, als wüsste sie von nichts. Die als Annäherungsversuche getarnten Ablenkungsmanöver der Bertini wurden ihm immer mehr zu einem Rätsel. Was war da an der Liaison der Maci mit Dottor Carrieri, das die Bertini unbedingt verheimlichen wollte? Obwohl er sich das Foto, das der Detektiv ihm gegeben hatte, auf dessen Rat hin lange und genau ansah, außer dem Streit und der offenbar wütenden Signora Bertini offenbarte sich ihm nichts anderes.

Wenn er so recht darüber nachdachte, kamen zwei neue Kandidaten ins Spiel, die ein Interesse am Verschwinden der Avvocata haben könnten. Da war einmal der verheiratete Dottor Carrieri. Auch als Oberarzt in einem öffentlichen Krankenhaus verdiente man bestimmt keine Reichtümer. Was wäre, wenn er vom Geld seiner Frau abhängig war und deshalb eine lästige Affäre auf diese Art beendet hatte? Oder vielleicht seine Frau, die sich eine unliebsame Nebenbuhlerin vom Hals schaffen wollte – neutralisieren, wie Franca sich ausgedrückt hätte. Er würde sich dieses Ehepaar genauer ansehen müssen. Bei dem Gedanken an Signora Desideria Carrieri kam er auf eine ganz andere Idee. Wäre es denn nicht möglich, dass der charmante Herr Oberarzt nicht nur die Dottoressa Maci herumgekriegt hatte, sondern auch ihre Freundin Francesca. Die war dahintergekommen und hatte ihn wegen seiner Zweigleisigkeit zur Rede gestellt. Eifersucht war ein starkes Motiv und konnte die besten Freundinnen zu unversöhnlichen Gegnerinnen machen, wenn der richtige Mann im Spiel war. Sollten ihre Annäherungsversuche genau davon ablenken? Die Kandidatin Nummer drei war also Francesca Bertini, die angeblich beste Freundin des Opfers. Genau genommen hatten diese drei ein viel besseres Motiv als Semerano, der seiner Chefin sabbernd hinterher gehechelt war. Trotzdem: mit Achille Semerano musste er sich noch einmal befassen. Aber nicht mehr an diesem Tag. Vierziger hatte keine Lust, wieder nach Carovigno zurückzufahren. Die Dottoressa Bertini war ihm jetzt wichtiger. Und außerdem näher. Um die Gefahr neuerlicher Vertraulichkeiten zu verringern, beschloss er, sie in ihrer Praxis aufzusuchen.

Ein Blick ins Wartezimmer zeigte ihm zwei Patientinnen. Er wartete also draußen auf der Straße, bis ein Mann und diese beiden Frauen die Praxis verlassen hatten. Ohne sich von der Sprechstundenhilfe aufhalten zu lassen, stürmte er in das Behandlungszimmer.
„Sie erlauben doch?“, sagte er und setzte sich.
„Sieht so aus, als könnten Sie sich nicht mehr von mir losreißen, Dottor Quaranta!“
Ein spöttisches Lächeln lag in ihrem Gesicht.
„Schon gut. Es ist alles in Ordnung, Maria. Du kannst nach Hause gehen“, schickte sie die junge Frau von draußen weg. Jetzt war er erst recht wieder mit der Dottoressa alleine.

„Was kann ich heute für Sie tun?"
Statt einer Antwort legte er das Foto, auf dem sie mit Dottor Carrieri zu sehen war, vor sie auf den Tisch. Sie nahm das Bild in die Hand und betrachtete es lange, bevor sie es wieder hinlegte.
„Es ist anders, als es aussieht." Das spöttische Lächeln war verschwunden.
Vierziger sagte nichts. Er sah sie nur an und wartete, was als Nächstes kommen würde. Es kam aber nichts. Erst als die Bertini sich eine Träne aus den Augen wischte, begann er zu reden.
„Sehen Sie Dottoressa, mir stellt sich das so dar: Eine schöne junge Frau streitet sich mit ihrem ... mmhh ... Liebhaber?, weil der sie betrogen hat. Mit ihrer besten Freundin. Sie beendet die Beziehung zu dem Mann. Gleichzeitig ist sie voll Hass auf ihre Freundin. Bei einer Auseinandersetzung in ihrem Haus kommt es zu einem Handgemenge, Rosaria stürzt, schlägt sich an dem Glastisch den Kopf ein und ist tot. Sie beseitigt Ihre Freundin im Meer und versucht alles, um von sich abzulenken. Deshalb Ihre ... Freundlichkeiten, mir gegenüber. Dumm nur, dass man Sie gesehen hat, als Sie Rosaria auf die Yacht getragen haben. War es nicht so?"
Er brauchte ihr ja nicht unbedingt auf die Nase zu binden, dass ihm sein Zeuge, der seltsame Landstreicher aus dem Kastell an der Marina, abhanden gekommen war und er sich den Rest der Geschichte aus den Fingern gesogen hatte.

Sie sagte noch immer nichts, starrte nur auf das Foto, Tränen rannen über ihre Wangen. Vierziger reichte ihr ein Papiertaschentuch über den Schreibtisch. Sie tupfte sich die Augen ab, dann flüsterte sie:

„So war das nicht."

„Wie war es denn?"

„Denken Sie wirklich, ich hätte meine Freundin umgebracht? Nie hätte ich ihr etwas antun können, egal was sie getan hat! Ich habe immer versucht, es zu verbergen, aber jetzt, wo wir an diesem Punkt angekommen sind ... Rosaria war weit mehr als nur meine Freundin. Wir waren einmal ein Paar, selbst dann noch, als sie angefangen hat, in diese Kaschemmen zu gehen. Bis dieser Schnösel gekommen ist."

„Sie meinen Dottor Carrieri?"

„Genau den!"

„Dottoressa Bertini, das ändert gar nichts! Sie haben noch immer das selbe Motiv, ihre Freundin zu beseitigen, jetzt vielleicht sogar ein noch stärkeres".

„Sehen Sie, Rosaria ist vor eineinhalb Wochen Samstag oder Sonntag verschwunden, nicht wahr? Ich kann damit überhaupt nichts zu tun haben. Seit Donnerstag vor jenem Wochenende war ich auf der Veranstaltung einer Pharmafirma in Torre Cintola in der Nähe von Monopoli. Das hat zwei Tage gedauert. Ich habe dort einen Wellness-Aufenthalt angehängt und bin erst am Montag wieder zurückgekommen. Sie können das gerne überprüfen, Dottor Quaranta!"

„Ja, das werde ich tun! Und ich möchte Sie bitten, in der Zwischenzeit die Stadt nicht zu verlassen.“
Natürlich wusste er, dass dieses Ansinnen nur eine hohle Phrase war. Er hatte keinerlei offizielle Funktion und selbst wenn sie in der nämlichen Sekunde nach Alaska auswandern wollte, er hätte nichts dagegen tun können.
„Ich habe keinen Grund, wegzugehen. Und jetzt entschuldigen Sie mich, Dottore!“ Ohne aufzustehen hielt sie ihm das Foto hin: „Das können Sie wieder mitnehmen.“

Vierziger war gerade im Begriff den Motor anzulassen und loszufahren, als ihm angesichts des vor ihm liegenden Supermarkts einfiel, dass er schon seit Tagen nur mehr Dummheiten zu sich genommen hatte. Ausgenommen natürlich das gottvolle Essen letzten Abend in der Osteria da Nonna Ia. Außerdem war es schon Mittag vorbei. Er stieg also wieder aus, schnappte sich einen Einkaufswagen und fuhr damit in den *ipermercato*. Die Regel, niemals hungrig einkaufen zu gehen, blendete er erfolgreich aus.

Eine Stunde später kam er mit seiner Beute nach Hause. Vor der Tür fand er einen kleinen Korb mit gefüllten Gläsern: getrocknete, in Öl eingelegte datterini, marinierte Paprika und winzige Zwiebelchen in Olivenöl. Daneben ein Zettel: »Nero ist bei mir. *Baci*, Loredana.«

Bevor er sich in der Küche zu schaffen machte, war unbedingt eine Stärkung nötig. Als notorische Naschkatze war er am Weg aus der Stadt bei einer pasticceria stehen geblieben und hatte für einen kleinen Vorrat an Süßigkeiten gesorgt. Ein paar mit Vanillecreme und Kirschen gefüllte *pasticciotti,* ein halbes Dutzend verschieden gefüllte *Cannoli* und vier *tette delle monache,* die immer paarweise serviert werden mussten. Zum draußen sitzen war es zu kühl und windig geworden, also nahm er seinem *doppio* mit einem der kleinen Mürbteigkuchen und einem Cannolo mit Schokoladencreme drinnen am Esstisch. Er nahm sich ausgiebig Zeit dafür, derartige Mehlspeisen gab es nicht so oft und selbst wollte er sich nicht die Mühe machen, sie zu backen.

Ausgerechnet als er anfing, seinen glasig gedünsteten *pancetta,* die Zwiebeln, den Sellerie und die Karotten mit dem eigenhändig faschierten Fleisch zu mischen, klopfte es an der Tür. Verflucht noch ein mal! Eine Unterbrechung konnte er nicht brauchen. Gerade jetzt nicht. Die Zubereitung eines *Ragùs* war schließlich eine ernste und vor allem heikle Angelegenheit. Er zog den Topf vom Herd und ging zur Tür. Sein Nachbar, Avvocato Matteo Simoncini, stand draußen und wedelte mit einem Packen Papier in den Händen.
„Ich hab sie endlich!“, verkündete er stolz.
Vierziger sah ihn ein wenig verständnislos an.
„Die Telefonlisten der Dottoressa Maci. Die sollte ich doch besorgen. Was riecht denn hier so gut?“ Er drängte sich an Vierziger vorbei, blieb am Durchgang zur Küche stehen und sog neugierig die Luft ein.

„Ich bin gerade dabei, ein *Ragù* zu machen.“
„Wenn ich störe, bin ich sofort wieder weg!“
Simoncini hatte die Bedeutung der Lage erkannt.
„Schon gut, ich bin gerade erst am Anfang. Wir versuchen es so: Ich mache uns einen Espresso, dann schreibe ich dir ein paar Nummern auf und du siehst nach, ob du sie auf der Liste findest. Inzwischen kann ich weiter kochen.“
Simoncini nickte, Vierziger setzte die *Bialetti* in Gang, richtete die Köstlichkeiten aus der *pasticceria* auf einem Teller an und stellte sie zusammen mit dem Kaffee auf den einzigen freien Platz, den er in der Küche noch fand. Auf den Block, den er sonst für seine Einkaufsliste benutzte, schrieb er die Nummern der Bertini und von Achille Semerano. Jene des *bell'uomo* Dottor Carrieri hatte er schon vorher aus den *Pagine bianche* herausgesucht und der Vollständigkeit halber setzte er auch die des Signor Lopocaro dazu. Als er damit fertig war, hatte Simoncini schon zwei der Nonnenbrüstchen verdrückt. Schweigend machte sich jeder an seine Arbeit. Vierziger zog den Topf wieder auf den Herd und gab, als er wieder heiß genug war, zuerst das Schweinefleisch und das faschierte Rind hinein. Die Hitze zurück, etwas Tomatenmark, ein bisschen Wasser und einen Schuss Milch. Von da an hieß es beständig und gleichmäßig rühren. Eine Stunde lang, mindestens. Und im Uhrzeigersinn, wie alles, was in diesem Land gerührt werden musste. Simoncini verglich in der Zwischenzeit Vierzigers Nummern mit jenen auf der Liste. Eine langwierige Arbeit.

„Schon etwas gefunden?“, fragte Vierziger, als er in einer Rührpause eine Flasche Roten geöffnet und zwei Gläser gefüllt hatte.
„Nichts Aufregendes bisher. Ihren Assistenten hat sie jeden Tag mehrmals angerufen, bei der Dottoressa Bertini sind es jetzt fast zwei Wochen her und den Signor Lopocaro habe ich gar nicht gefunden. Aber vielleicht kommt der ja noch, es sind immerhin die Listen von vier Wochen und sie hat viel telefoniert. Diesen Dottor Carrieri habe ich bis jetzt nur einmal gefunden, sie hat ihn vor drei Wochen angerufen.“
Der Gerechtigkeit halber und um den Geschmack ein ganz klein wenig zu beeinflussen, goss er ein Glas Wein zu seinem Ragù.
„So, ich habe alle durch!“, erklärte Simoncini sichtlich erleichtert mit einem Seufzer.
„Ich glaube, ich bin hier auch fertig.“ Eine dünne Schicht Öl hatte sich über seiner Soße abgesetzt. Er zog den Topf zur Seite, füllte die Gläser neu und ging hinaus zum Esstisch.
„Und?“, sagte Vierziger zu Simoncini, der sich mit seinen Listen zu ihm gesellt hatte.
„Vorerst interessieren uns nur die Anrufe von dem Wochenende, an dem sie verschwunden ist. Einverstanden?“
„Einverstanden!“
„Gut. Zuerst ihr Assistent. Den hat sie am Freitag dreimal angerufen, zweimal am Vormittag, einmal am späten Nachmittag. Von ihm an sie nichts. Am Nachmittag

einmal ihr Friseur und ein *Ristorante* in Carovigno. Die Nummern hab ich überprüft. Am Abend, um 20:26 Uhr, hat sie mit Dottor Carrieri telefoniert. Vier Minuten lang. Am Samstag Punkt 13 Uhr hat sie mit ihrem Onkel geredet, die Nummer kenne ich und außerdem hat er mir davon erzählt. Sie hatte sich ein wenig verspätet und wollte nicht, dass er sich beunruhigt. Eine Stunde danach war sie bei ihm, bis ungefähr 16 Uhr. Die nächsten Gespräche kommen erst am Samstag abends. Da hat Dottor Carrieri sie dreimal angerufen, ab 21:46 Uhr. Zweimal erfolglos, das dritte Mal hat sie abgenommen – um 22:23 Uhr und sie haben 11 Minuten lang telefoniert. Danach nichts mehr, gar nichts."

Vierziger nahm einen Schluck Wein, ließ ihn im Mund kreisen und sagte nichts. Stattdessen starrte er ein Loch in die Tischplatte.

„Hast du mir überhaupt zugehört?", fragte Simoncini nach einer Weile. Er sah sich um das Lob für seine Arbeit gebracht.

„Jaja, ich musste nur ein wenig nachdenken. Es passt alles ganz gut. Von dem *Ristorante* in Carovigno hat mir schon ihre Freundin, die Dottoressa Bertini, erzählt. Und noch jemand anderer."

„Wer?"

„Später. Nach allem, was ich bis jetzt herausbekommen habe, stell' ich mir das so vor: Am Freitagnachmittag macht sie einen Termin mit ihrem Friseur und einen für Samstag in diesem Restaurant. Um halb neun telefoniert sie mit Carrieri, um sich mit ihm für den nächsten Tag

zu verabreden. Die Signora Rossi hat erzählt, deine Avvocata wäre am Samstag um 8 weggefahren. Sie trifft sich mit Carrieri in Carovigno. Vielleicht haben sie sich gestritten, jedenfalls kommt sie gegen 10 alleine wieder zurück. Am Telefon vertragen sie sich wieder, Carrieri kommt zu ihr ins Haus um die Versöhnung zu ... vollziehen. Gegen Mitternacht fährt er wieder weg. Seitdem gibt es von der Dottoressa Maci kein Lebenszeichen mehr. Aber in der Nacht von Sonntag auf Montag taucht ihr Auto in der Marina auf. Jemand schleppt etwas Schweres auf ihr Boot, läuft aus, kommt ohne die Last zurück, lässt das Auto stehen und verschwindet."
„Möglich", nickte Simoncini. „Sie könnte sich aber auch mit jemand anderem in diesem *Ristorante* getroffen haben und ihre Verabredung mit Carrieri war erst danach."
„Gut. Soweit wir wissen, war dieser Dottor Carrieri der Letzte, der sie getroffen hat. Was auch immer passiert ist, ich werde mit ihm reden, gleich morgen!"
„Wer außer der Dottoressa Bertini hat noch von dem neuen Freund gewusst?"
„Das ist eine lange Geschichte."
Vierziger erzählte, was er so alles herausgefunden hatte. Von der Signorina Antonaci, von diesem Lokal in Bari und Signor Pizzone, von dieser besonderen Verehrung, die Semerano seiner Chefin entgegengebracht hatte, und nicht zuletzt vom intimen Verhältnis der Dottoressa Bertini zu ihrer Freundin. Den neuen Freund Loredanas und die Vorgänge in der alten Ölmühle erwähnte er auch dieses Mal nicht.

„Ganz ehrlich“, sagte er am Ende, „ich glaube nicht, dass wir die Dottoressa noch lebend finden werden – wenn überhaupt. Vielleicht liegt sie auch schon als Fischfutter am Grund des Meeres. Das Einzige, was ich versuchen kann, ist herauszufinden, wer verantwortlich ist für das, was ihr zugestoßen ist.“

„Und du meinst, dass dieser Jemand Dottor Carrieri ist?“

„Im Augenblick liegt das nahe. Aber zufrieden bin ich nicht! Es gibt einen ganzen Tag zwischen der Begegnung mit ihrem Liebhaber – was er ganz bestimmt war – und dem Zeitpunkt, wo ihr Auto in der Marina abgestellt worden ist. Da kann alles Mögliche passiert sein. Vergiss nicht, die Bertini ist auch noch im Spiel und Semerano. Und es war zweimal die Rede von drei Frauen, Weibern, wie ihre Exfreundin gesagt hat. Und mit diesem Bauunternehmer, diesem Damiani, hab ich auch noch nicht geredet. Du siehst, es gibt schon einige andere Möglichkeiten.“

„Mmhh“, murmelte Simoncini.

„Du kennst nicht zufällig einen Arzt, der in der Lage wäre, getrocknetes Blut zu untersuchen und vielleicht sogar eine DNA-Analyse machen könnte?“

„No, sfortunatamente no!“

Es wäre ja auch zu schön gewesen.

Als der alte Avvocato gegangen war, setzte Vierziger seine Arbeit in der Küche fort. Aus Eiern, Milch und Mehl machte er einen flüssigen Teig und während der im Kühlschrank ruhte, beseitigte er die Spuren, die er bei der Zubereitung seines *Ragùs* produziert hatte. Zum Abschluss buk er zwanzig *Crespelle,* deckte sie mit einem Tuch ab, räumte das restliche Geschirr in die Spülmaschine und machte sich auf den Weg. Nero war noch immer nicht nach Hause gekommen, also unternahm er seinen Spaziergang hinunter zum Meer alleine. Trotz des kühlen Windes, der schon den ganzen Tag wehte und jetzt kurz vor Sonnenuntergang noch ein wenig zugelegt hatte, genoss er es. Die Bewegung tat ihm gut und die Geräusche aus den Kronen der Olivenbäume brachten ihn auf andere Gedanken. Für eine Weile konnte er die Mörderjagd – um nichts anderes handelte es sich jetzt – vergessen. Um diese Jahreszeit war der Geruch der Macchia ein ganz anderer als im Sommer, wenn die Sonne über dem Land brütete und die Gräser und Sträucher austrocknete. Der Duft war feiner, diffiziler, und man musste schon genau hin riechen, um die Nuancen unterscheiden zu können. Viele der Vögel waren schon auf dem Weg nach Afrika und auch das Summen und Brummen der Insekten war verhaltener als noch vor ein paar Wochen. Unten am Strand ließ eine frische Brise immer wieder kleine Sandderwische tanzen und zauberte auf die kleinen spitzen Wellen weiße Kronen. Eine Weile stocherte er mit einem abgebrochenen Ast im feuchten Sand und beobachtete kleine Krebse, die wie winzige Gespenster aus dem Wasser auftauchten, ein Stück dahin wuselten und wieder im Sand verschwanden. Bevor es endgültig dunkel wurde, ging er wieder zurück. Obwohl bei Loredana Licht brannte und er sich eigentlich für die Gläser mit dem eingelegten Gemüse hätte bedanken müssen, ging er einfach vorbei. Er hatte keine Lust mehr, mit irgendjemandem zu reden. Zu Hause genehmigte er sich noch ein halbes Glas Wein, bevor er eine Springform aus dem Küchenschrank holte und seine *Millefoglie di crespelle con ragù* fertigmachte.

In den Abendnachrichten im Lokalfernsehen lief gerade ein Beitrag über die neuesten Infektionszahlen und die Besorgnis der Ärzte und Gesundheitspolitiker darüber. Am Ende kam ein Bericht über einen Autounfall. Am späten Nachmittag war am Torre Guaceto, einer kleinen Landzunge mitten in einem Naturschutzgebiet in der Nähe von Carovigno, ein Auto mit hoher Geschwindigkeit über die Klippen gefahren. Auf dem Video sah man, erleuchtet von einer ganzen Armada von Scheinwerfern, wie zwischen etlichen Polizeifahrzeugen gerade ein Kranwagen ein Fahrzeug über die Felsen zog. Jede Menge Wasser schoss aus dem blauen VW Golf, der wie durch ein Wunder kaum beschädigt war. Er musste direkt ins Wasser gestürzt sein. Die Person am Steuer konnte man aus der Entfernung nicht erkennen, auch nicht das Kennzeichen. Vierziger glaubte auch so zu wissen, wer es war. Der Reporter interviewte gerade ein Pärchen, das den ganzen Vorfall beobachtet und Polizei und Rettung alarmiert hatte. Aber es war zu spät gewesen, der Fahrer konnte nicht mehr gerettet werden. „Der ist mit voller Absicht über die Felsen hinaus gerast, obwohl man dort ja gar nicht fahren dürfte! Weiß der

Teufel, wie der überhaupt dorthin gekommen ist", sagte der junge Mann, während das Mädchen ihren Kopf an seiner Schulter vergrub. Als ob ein Selbstmörder sich darum kümmern würde, wo er mit seinem Auto fahren durfte oder eben nicht.

Er schenkte sich den restlichen Wein ein und ging hinauf ins Schlafzimmer. Das Buch des baresischen Anwaltes, der weiterhin mit seiner Suche nach der jungen Studentin beschäftigt war, begleitete ihn ins Bett. Nicht einmal mit Conny draußen im Rosenstrauch wollte er sich an diesem Abend noch unterhalten.

11

Der neue Tag war eine exakte Kopie des vorangegangenen. Grau, kühl und windig. Langsam wurde es Zeit, die Heizung dauerhaft einzuschalten. Die paar Jahre hier unten im Süden hatten ihn temperaturmäßig ein wenig verweichlicht. Vierziger führte seinem Kreislauf das nötige Quantum Koffein zu, erledigte, was zu erledigen war, und schleppte noch einen großen Korb mit Kaminholz ins Wohnzimmer. Wenn sich die Dinge weiter so entwickelten, konnte ein Vorrat im Haus nicht schaden. Bevor er sich auf den Weg hinauf in die Stadt ins *Ospedale Civile,* machte, stellte er eine Schüssel Futter für Nero vor seine Hütte. Wer weiß, vielleicht fand er ja doch wieder einmal nach Hause.

Vierziger hatte das *ospedale* am alten Haupteingang an der Via Villafranca betreten, durch den man auch zum Covid-Testzentrum gelangte. Die Signora am Empfang war ausgesprochen nett und freundlich, zu Dottor Carrieri schickte sie ihn aber trotzdem quer durch das ganze Areal bis ans Ende des neuen Krankenhausteils. Also fast den ganzen Weg, den er vorher auf der Straße gegangen war, wieder zurück, nur dieses Mal im Inneren des Gebäudekomplexes. Im Handumdrehen hatte er sich in den tageslichtlosen Gängen restlos verfranst. Irgendwo musste er falsch abgebogen sein, plötzlich waren die roten Leitlinien auf dem Boden, denen er folgen sollte, verschwunden. Seine Versuche, sie in diesem Labyrinth wiederzufinden, blieben erfolglos, am Ende stand er neuerlich bei der freundlichen Signora vom Empfang. Die organisierte einen hilfreichen Samariter, der ihn in die Station des Dottor Carrieri führte. Keine zwei Minuten später stand er vor dem nächsten Empfangspult, viel moderner als jenes unten beim Haupteingang, er kam sich fast vor wie an der Rezeption eines Ferienhotels.

„Tut mir sehr leid!", sagte die dunkelhäutige junge Frau in Schwesterntracht hinter dem Tresen, „Dottor Carrieri ist nicht da." Dabei hob sie ihre Arme entschuldigend nach oben und machte ein trauriges Gesicht.
„Überhaupt nicht oder nur jetzt nicht?"
„Nur jetzt!", lächelte sie ihn an und warf einen Blick auf den Dienstplan, den sie offenbar auf dem Bildschirm vor sich hatte. „Sein Dienst beginnt heute um 13 Uhr, wenn Sie ....".
Auf dem Gang begannen Alarmglocken zu schrillen, hinter ihr blinkten rote Lichter ebenso wie vor einem der Krankenzimmer. Plötzlich war die Hölle los. Aus dem Zimmer hinter der Rezeption stürzten zwei Krankenschwestern, zusammen mit einem Mann im weißen Kittel und Stethoskop um den Hals hetzten sie zu einem

der Zimmer und auch die afrikanische Schwester ließ ihn einfach stehen und rannte hinterher, Vierziger blieb alleine. Niemand kümmerte sich um ihn, Antworten auf seine Fragen musste er sich selbst suchen. Er ging um den Empfangstisch herum und warf einen Blick auf den Monitor, der noch immer die Tabelle mit den Dienstplänen zeigte. Jede Seite stand für eine Woche, fein säuberlich waren Namen und Anwesenheitszeiten eingetragen. Er nahm sein *telefonino* und fotografierte den Bildschirm zurück bis zu jener Woche, in der die Dottoressa Maci verschwunden war. Völlig unbehelligt verließ er das Krankenhaus. Dieses Mal hatte er sich den Weg gemerkt.

Seit dem Morgen hatte das Wetter keinen Gedanken daran verschwendet, sich zu bessern. Die graue Wolkendecke hatte die Sonne verschwinden lassen, ein kräftiger Wind ließ braune Blätter über die Straße tanzen und der Sommer begann zu einer blassen Erinnerung zu verkommen. Nicht unbedingt die besten Bedingungen, um an die Küste zu fahren. Aber er wollte herausfinden, ob die Bertini dieses Mal bei der Wahrheit geblieben war oder ob sie ihm einen weiteren Bären aufgebunden hatte.

Hotel war nicht ganz die richtige Bezeichnung für die riesige Anlage aus kumpelförmigen Bungalows, die sich da wenige Kilometer südlich von Monopoli direkt am Strand um ein Haupthaus und zwei Swimmingpools versammelten. Den Torwächter an der Einfahrtssperre passierte er mühelos mit dem Hinweis auf eine Reservierung, die er vornehmen wollte. Er bekam sogar eine kleine Karte, so eine, wie sie in Parkhäusern benutzt wurde, um bequem wieder das Gelände verlassen zu können. Der junge Mann in seiner mit Goldtressen überladenen Fantasieuniform am Empfang stellte auch kein wirkliches Hindernis dar.

„Bei diesem Pharmakongress vor zwei Wochen?", hakte er nach, als Vierziger fragte, ob ein Paar sehr wertvoller Ohrringe gefunden worden wäre, die seine Frau verloren hätte, und er durchblicken ließ, dass es an einem großzügigen Finderlohn nicht fehlen würde.

„Die Nummer des Bungalows?"

„Tut mir leid! Sie hat es mir gesagt, aber ich hab sie wieder vergessen."

„Dottoressa Francesca Bertini? Da haben wir sie schon. Nummer 26, direkt unten am Strand. Von Donnerstag bis zum darauffolgenden Montag. Aber nein, da wurde kein Schmuck gefunden."

„Vielleicht hat sie die Ohrringe doch woanders verloren. Oder nur verlegt – Sie wissen ja, wie die Frauen sind!" Er zwinkerte dem Rezeptionisten komplizenhaft zu und verabschiedete sich.

Was er wissen wollte, hatte er erfahren. Die Bertini war an jenem Wochenende wirklich da gewesen. Aber das musste nichts heißen: bis Ostuni war es gerade eine halbe Stunde Fahrzeit. Sie hätte überhaupt keine Schwierigkeit gehabt, in der Nacht ihre Exfreundin aufzusuchen.

Bis zur Marina in Villanova war die Strecke sogar ein wenig kürzer. Aber beweisen konnte er das natürlich nicht. Er hatte an den Schranken keine Kameras gesehen. Und selbst wenn: wie hätte er als Privatmensch an die Aufzeichnungen kommen sollen?

Der Weg zurück führte ihn durch eine eintönige Gegend, flach wie ein Brett. Links und rechts der Straße nur weitläufige Olivenpflanzungen auf roter Erde mit zum Teil uralten Bäumen. Kurz vor den Hügeln der Stadt kam er an dem kleinen Ort Zona Sisri vorbei, der zu einer Ansammlung von Gewerbe- und Industriebetrieben verkommen war. Im Kreisel davor fuhr er rechts ab, hinter dem Bahnhof noch einmal, ein paar Minuten später stand er am nördlichen Rand der Ortschaft, dort wo es an den staubigen Straßenrändern nur mehr dürres Gestrüpp gab und die allgegenwärtigen Olivenhaine wieder zu ihrem Recht kamen. Ein nicht besonders großes Gebäude aus grauen Ziegelsteinen, in der Mitte ein Rolltor, ein Unterstand aus Holz, neben dem einige Baumaschinen friedlich vor sich hin rosteten. *»Costruzione Damiani«* war in schon abblätternder gelber Farbe auf die Ziegel über dem geschlossenen Tor gepinselt. Das sollte der Firmensitz der Baugesellschaft sein, welche diese Ferienanlage auf dem Gelände des ehemaligen Flüchtlingslagers in seiner Nachbarschaft baute? Es war alles still, weit und breit niemand zu sehen. An der Metalltür neben dem großen Rolltor hing ein Schild mit der Aufschrift *»Ufficio«*, Vierziger klopfte an.

„*Avanti!*“
Eine trübe, nackte Glühbirne zeichnete so etwas wie einen Heiligenschein auf das schüttere graue Haar des Mannes hinter dem Schreibtisch. Erst auf den zweiten Blick bemerkte er das schmale, völlig verdreckte Fenster dahinter, das kaum noch Licht durchließ.
„Signor Damiani? Pino Damiani?“
„*Personalmente, Signor …?* Was kann ich für Sie tun?“ Der Mann musste so um die sechzig sein.
„*Sono* Dottor Quaranta. Ich habe eine lange Geschichte zu erzählen. Und eine heikle.“
„Nur zu! Ich habe Zeit.“ So etwas wie ein Lächeln machte sich auf dem zerfurchtem Gesicht breit.
„Vor etwa einem Jahr gab es auf einer Ihrer Baustellen einen Unfall, bei dem ein Arbeiter ums Leben gekommen ist. Angeblich ist er ungesichert auf dem Gerüst herumgeklettert, abgestürzt und dabei hat er sich den Hals gebrochen. Stimmt das?“
„Fast. Und, weiter? Warum interessiert Sie das, Dottore?“
„Ich habe gehört, eine Anwältin hat damals eine ganze Stange Geld für die Witwe herausgeschlagen, die Sie zahlen mussten. Und jetzt ist diese Avvocata verschwunden.“
„Ah! Verstehe! Die Geschichte von der Maci hab ich in der Zeitung gelesen.“
Signor Damiani grinste.
„Sie glauben, ich habe sie um die Ecke gebracht.“
„Wer könnte Ihnen das schon verdenken! Die Zahlung an die *vedova* Edile hat Sie ruiniert.“

Vierziger machte eine ausladende Bewegung über die traurigen Überbleibsel von dem, was einmal das Büro einer gut gehenden Baufirma gewesen war.
„Dafür hat es nicht die Maci gebraucht, auch wenn sie eine verlogene *puttana* ist! Wollen Sie hören, wie das wirklich war?"
Das Grinsen war aus seinem Gesicht verschwunden.
„Certo!"
Signor Damiani räusperte sich, holte eine Flasche Grappa aus dem Regal hinter ihm und füllte ein Wasserglas zur Hälfte.
„Anche?"
Vierziger schüttelte den Kopf. Bevor Damiani zu erzählen begann, zündete er sich eine Zigarette an.
„Ecco, per la prima: Gianfranco war an diesem Tag stockbesoffen. Wie schon so oft. Ich hab gedroht, ihn rauszuschmeißen, wenn er damit nicht aufhört. Und seine Frau hat ihm die Scheidung angekündigt, für den Fall, dass er so weitermacht. Aber er wollte ja nicht hören. Die Maci, diese blöde Sau, hat aber gesagt, er hätte nicht vom Gerüst fallen können, wenn er gesichert gewesen wäre. Betrunken hin oder her!"
Er hatte sich in Rage geredet, trank sein Glas mit einem Schluck leer und füllte wieder nach.
„E per il secondo: Mich hat das Ganze überhaupt nicht mehr betroffen. Eine Woche davor hab ich verkauft. Was heißt verkauft! Verschenkt! Jetzt bin ich nur mehr die Postadresse, der Strohmann!"
„Wieso das?"

„Die wollten schon länger übernehmen, aber ich hab mich immer geweigert, zu verkaufen. Baumeister zu sein war mein Leben. Und dann, zwei Monate bevor Gianfranco abgestürzt ist, hatte ich diesen Autounfall. Ein Lastwagen hat meine Ape gerammt und ist abgehauen."

Signor Damiani kam zwischen seinem Schreibtisch und einer leeren Regalwand herum. Im Rollstuhl. Vierziger hatte das in der trüben Beleuchtung des sogenannten Büros gar nicht bemerkt.

„Wie hätte ich so auf meine Baustellen kommen können, hä! Oder gar die Maci verschwinden lassen?"

Er schlug mit den Fäusten auf seine Oberschenkel, eine Träne stahl sich über seine Wange.

„Das tut mir leid für Sie, Signor Damiani!", sagte Vierziger leise und erntete dafür ein düsteres Schnauben.

„Wer sind die, die Ihnen Ihr Unternehmen weggenommen haben?"

„P. I. C. – Puglia Ingegneria Civile. Riesiger Baukonzern aus Brindisi, gehört der Gesellschaft. Auch wenn die Firma unter meinem Namen weiterläuft, die waren für die Klage zuständig und die haben auch gezahlt. Dort müssen Sie sich umhören, Dottore! Aber ich hab' das damals schon der Maci gesagt, sie soll's sein lassen, mit denen ist nicht zu spaßen. Aber sie wollte ja nicht hören und jetzt ist sie weg. Würd' mich nicht wundern, wenn sie in einem Fundament einbetoniert ist!"

„Ich glaube nicht, dass die Dottoressa Maci unter einem Haus liegt."

Dass er sie eher unter Wasser vermutete, musste er Signor Damiani ja nicht unbedingt auf die Nase binden.
„Wie auch immer, ich gebe Ihnen einen Ratschlag, sogar ganz kostenlos und in Ihrem Interesse hoffentlich nicht umsonst: Halten Sie sich besser von diesen Leuten fern. Die sind wie das Virus, ungesund für jeden, der ihnen zu nahe kommt!"
„Grazie per il consiglio!"
Vierziger verabschiedete sich. Er wäre trübsinnig geworden, noch länger zusammen mit diesem Mann in diesem heruntergekommenen Büro zu sein, der das Schicksal geprüft und verloren hatte. Den kostenlosen Ratschlag würde er wohl auch nicht annehmen können.

So wie es aussah, hatte Nero den Weg nach Hause doch nicht gefunden, seine Futterschüssel war trotzdem zur Hälfte leer. Vor dem gemauerten Grill am Rand der Terrasse saß eine große, gutgenährte schwarze Katze, die hingebungsvoll ihr Fell putzte. Das Aussehen – ein Ohr zerfetzt, eines der Augen lädiert – ließ eher auf einen kampferprobten Kater schließen. Er warf Vierziger einen Blick der Marke „Pass du nur auf!" zu und trollte sich ohne jegliche Eile, vorbei an der großen Kaktusfeige, hinunter zu den Olivenbäumen.
Drinnen stellte er ein Stück seiner *Crespelle*-Torte vom Vortag ins Backrohr. Die Wartezeit, bis es warm wurde, überbrückte er mit einem Espresso. Die Saison, wo er hinter dem Haus sitzen und seine Mahlzeit verdrücken konnte, war für dieses Jahr leider vorbei. Zu windig und

kühl war es geworden. Also deckte er den Tisch neben der Küche und brachte seinen *Crespelle* zusammen mit einem Glas Weißwein die gebührende Aufmerksamkeit entgegen. Den übrigen *dolci* widerstand er heldenhaft, vor der Kaffeemaschine kapitulierte er. Mit einem *doppio* ging er hinauf in sein Behelfsbüro, steckte sein *telefonino* an den PC an und lud die Bilder des Dienstbuches aus dem *Ospedale* herunter.

Zweimal hatte sich Dottor Carrieri von einem Kollegen vertreten lassen, obwohl er zum Dienst eingeteilt war. Es war auch das Datum der Änderung ersichtlich. Die erste Abweichung vom ursprünglichen Plan war am Samstag vor zwei Wochen. Das war jener Abend, an dem die Dottoressa Maci einen Tisch in diesem Ristorante in Carovigno reserviert hatte. Die Änderung stammte vom Tag davor. Soweit stimmte das mit den Telefonlisten überein. Die Maci hatte ihn am Freitag angerufen, wahrscheinlich war es um ein Treffen in diesem Restaurant gegangen. Interessant war die zweite Verschiebung der Dienstpläne. Die gab es nämlich tags darauf, am Sonntag spät in der Nacht, um ein Uhr früh. Wieder hatte sich Dottor Carrieri vertreten lassen, aber diese Änderung war erst knapp eine Stunde davor eingetragen worden. Allerdings kam er in derselben Nacht wieder zurück, ab drei Uhr früh stand wieder sein Name auf dem Dienstplan.

Vierziger überlegte eine Weile und verrückte das eine oder andere Foto auf der Tafel hinter seinem Schreibtisch.

Semerano wanderte ein kleines Stück nach außen, dafür kam Dottor Carrieri neu dazu, direkt neben der Bertini. Signor Pizzone entfernte er ganz, ebenso die Signori Lopocaro und Damiani. Wie hätte dieser arme Krüppel auch irgendetwas mit dem Verschwinden der Avvocata zu tun haben können. Natürlich, er hätte sich von Freunden helfen lassen können, aber das glaubte Vierziger nicht. Zufrieden betrachtete er seine neu geordnete Tafel und griff zum Handy.

„Gibt es was Neues? Hast du sie gefunden?", wollte Simoncini wissen.

„Nein, hab ich nicht, leider. Aber hör zu, Matteo, du musst noch einmal deinen Freund bei der Telefongesellschaft bemühen. Ich möchte wissen, wo dieses Telefon am Samstag und am Sonntag in der Nacht eingeloggt war." Er gab ihm die Nummer Carrieris durch. „Und es macht nichts, wenn es schnell geht! *Ciao, grazie!*"

Diese Arbeit am Computer war jedesmal etwas, wozu er sich geradezu zwingen musste. Viel lieber redete er ja mit den Leuten, noch besser war es, wenn er mit kriminellen Dingen überhaupt nichts zu tun hatte. Aber irgendwie schaffte er es doch immer wieder, seinen alten Beruf fortzuführen, statt sich dem dolce-far-niente zu widmen, weswegen er eigentlich in dieses Land gekommen war. Wo er jetzt aber schon einmal vor dem Rechner saß, konnte er ruhig auch weitermachen.

Er tippte *P. I. C.* in die Suchmaschine ein und 0.53 Sekunden später wurden ihm mehr als eine Million Ergebnisse präsentiert. Gleich das erste war das, was er suchte. Mit ständig wechselnden Bildern aus dem ganzen Land wurden die Wundertaten der Baugesellschaft gepriesen. Bürotürme in Bari, Wohnanlagen bei Lecce, ein Fußballstadion in Fasano, ein renovierter Palazzo in Venedig und sogar die Hotelanlage direkt an der Küste neben einem Naturschutzgebiet, in dem die Bertini abgestiegen war, stammte von diesem Unternehmen. All das wechselte sich ab mit Aufnahmen des hochmodernen Maschinenparks und Fotos der verschiedenen Betriebsstätten. Das interessierte Vierziger aber nicht. Ganz am Ende der Seite fand er einen Eintrag über die Organisation der Gesellschaft. Da waren drei Frauen angeführt: le Signore Antonietta Bagarella, Wanna Marchi und Concetta Riina. Die drei Namen kamen ihm bekannt vor, auch wenn er nicht wusste, wo er sie schon einmal gehört hatte. Er bemühte die Suchmaschine noch einmal. Es waren weniger Einträge als bei seiner Suche nach der Baugesellschaft, immerhin aber auch 16.000. Die hatten es allerdings in sich. Signora Bagarella entstammte einer Mafia-Familie aus Sizilien. Es blieb ihr praktisch gar nichts anderes übrig, als in die Fußstapfen ihres Vaters und der Brüder zu treten und ein Mitglied eines anderen Mafiaclans zu heiraten, den berüchtigten Toto Riina, genannt *u curtu* – der Kurze. Inzwischen war sie dessen Witwe geworden, aber zusammen mit ihrer Tochter Concetta und dieser anderen Frau führte sie diesen Baukonzern. Waren das die „drei Weiber", mit denen die Avvocata fertig werden wollte? Möglicherweise hatte sie sich da getäuscht?

Vierziger war neugierig. Auf irgendeiner der vorhergehenden Seiten waren die Einzelfirmen aufgelistet, die sich unter dem Schirm des Konzerns zusammenfanden. Er scrollte bis dorthin zurück und klickte auf das Logo der *Costruzione* Damiani. Ein ganz ähnliches Bild wie schon vorher auf der Seite der Konzernmutter. Die neue *Costruzione* Damiani hatte sich offenbar auf Ferienanlagen spezialisiert. Überall entlang der Küste, hinunter bis Tricase und auf der anderen Seite zurück bis nach Taranto, zog die Gesellschaft solche Luxusresorts hoch, wie jenes, das in seiner Nachbarschaft gerade entstand. Und auch hier wurde neben den verschiedenen Bereichsleitern der Geschäftsführer vorgestellt. Ein bekanntes Gesicht für Josef Vierziger. Jener Mann, der ihn letzte Woche von der Straße gedrängt hatte, der neue Freund seiner jungen Nachbarin. Nur dass Loredana von ihm als Davide gesprochen hatte, Nachnamen hatte sie keinen erwähnt, soweit er sich erinnerte. Der Chef der neuen *Costruzione* Damiani im Schoß der ehrenwerten *Puglia Ingegneria Civile* hingegen nannte sich Egide Mineo. Merkwürdig. Er hatte diesem Verkehrsrowdy von Beginn an nicht über den Weg getraut. Was führte der im Schilde und warum hatte er sich an Loredana unter einem falschen Namen herangemacht? Sollte er ihr von seiner Entdeckung erzählen? Auch wenn er so etwas wie väterliche Gefühle für sie empfand, es war nicht sein Recht, sich in ihr Liebesleben einzumischen. Vielleicht war das Ganze ja auch völlig harmlos, versuchte er sich einzureden, und der Mann hatte zwei Vornamen. Vierziger schaltete den Computer aus, für diesen Tag war er lange genug davorgesessen. Erst jetzt merkte er, dass ihn leicht fröstelte. Durch das Fenster sah er, wie der Wind die Bäume und Sträucher draußen zauste und von der Küste her dunkle, graue Wolken übers Land zogen. Jetzt am frühen Nachmittag Feuer im Kamin zu machen, war sinnlos. Er hatte noch einen Weg zu erledigen, das Holz wäre verschwendet gewesen. Bis er zurück war, musste die Bodenheizung reichen. Aus dem Schrank im Gästezimmer holte er aber vorsorglich für den Abend eine dicke Strickjacke, die er letztes Jahr am Markt gekauft hatte. Die Aussicht, noch einmal hinaus zu müssen, machte einen *caffè doppio* unbedingt nötig. Dazu genehmigte er sich das letzte mit Vanillecreme und Kirschen gefüllte *pasticciotti,* das den Vortag überlebt hatte.

In den Olivenhainen entlang dem Schleichweg nach Carovigno sah er, wie Bauern die ersten Netze unter den Bäume anbrachten. Langsam wurde es Zeit, dass auch er sich um seinen eigenen kleinen Olivengarten kümmerte. Das Ristorante Don Peppe war in einem schmalen, einstöckigen Haus in der Via Umberto I untergebracht. So schmal, dass nichts sonst dort Platz hatte als die Eingangstür und ein breites Fenster. Es war noch geschlossen, aber weiter hinten brannte Licht, es musste also schon jemand da sein. Er schlug mit der flachen Hand so oft an das Glas, bis endlich jemand auftauchte. Der ein wenig füllige grauhaarige Mann wedelte ihm mit erhobenem Zeigefinger und bedeutete ihm, dass er noch

niemand einlassen wollte. Vierziger bildete aus seinen Händen einen Trichter: *„Devo parlare con il padrone!"*, rief er und *„È importante! Prego!"*, erntete damit aber nur ein ablehnendes Kopfschütteln. Erst als er wie ein Bettler die Hände faltete, stellte sich Erfolg ein. Der Mann verdrehte die Augen, zuckte mit den Schultern und reckte seine Arme in die Höhe, öffnete schließlich aber doch.
„Was wollen Sie?"
„*Sono* Dottor Quaranta und ich muss den *padrone* sprechen", wiederholte Vierziger ein Anliegen .
„Warum?"
Er zeigte ihm das Foto, das er am Vortag auch schon dem Privatdetektiv präsentiert hatte.
„Die Dame hier ist verschwunden und man hat mich beauftragt, sie zu suchen. Das ist doch hier in diesem Lokal, Signor ...?"
„Peppe. Ich bin der *padrone* hier."
Er nahm Vierziger das Foto aus der Hand, sah es sich genau an und gab es wieder zurück.
„Das ist doch die aus der Zeitung, *no?*"
„Genau die. Die Signora müsste vor ungefähr zwei Wochen hier gewesen sein. Können Sie sich daran erinnern?"
„Perché, sicuramente! An den Auftritt kann ich mich sehr genau erinnern!"
„Was ist passiert?"
„Zuerst gar nichts. Sie haben friedlich ihre Antipasti genommen und ganz leise geredet. So wie sonst auch immer."
„Die beiden waren schon öfter bei Ihnen?"

„Früher sind sie mindestens einmal die Woche da gewesen. Aber seit ungefähr einem Monat nicht mehr. Erst an diesem Abend wieder."
„Und nach den Antipasti?"
„Nun ja, sehen Sie, Dottore, mein Lokal ist klein, da bekommt man schon einmal mit, was die Gäste so reden, Sie verstehen?"
„Vollkommen! Was haben sie denn so geredet?"
„Sie hat ihm etwas zugeflüstert, er ist zurückgeschreckt und hat gesagt: ‚Was, du bist schwanger?' Sie haben hin- und her gestritten, sie wollte das Kind haben und er nicht. Außerdem sollte er sich scheiden lassen. Sie sind immer lauter geworden, ich wollte schon etwas sagen, wegen der anderen Gäste, aber sie ist aufgesprungen und wie der Blitz abgerauscht. ‚Das wirst du noch bereuen!', hat sie geschrien und weg war sie. Seither hab ich sie nicht mehr gesehen."
„Und der Signore, was hat der gemacht?"
„Dem war das offenbar sehr peinlich. Er ist noch eine Weile sitzen geblieben, dann hat er gezahlt und ist auch gegangen."
„Signor Peppe, ich bin Ihnen zu tiefstem Dank verpflichtet! Das nächste Mal komme ich als Gast wieder und stelle höchstens Fragen zu Ihren Gerichten, versprochen!"

Der Geruch einer frisch gebackenen Mandeltorte, der ihm aus der Küche entgegengeweht war, hatte ihn daran erinnert, dass sein Vorrat an *dolci* aufgebraucht war. Weil er keine Lust hatte, selbst etwas zu backen, musste dringend in der Stadt für Nachschub gesorgt werden. Statt also die Strecke durch die Oliven zu nehmen, auf der er gekommen war, fuhr er direkt in die *Città Bianca*. Entweder hatte Giulia eines ihrer gottvollen Cornetti für ihn aufgehoben oder er musste die *pasticceria* neben dem Gelände des Wochenmarkts plündern. Auf der schnurgeraden und langweiligen Straße verirrten sich seine Gedanken wieder zur Dottoressa Maci. Die war also in anderen Umständen gewesen. Wer hatte noch davon gewusst? Außer Signor Carrieri natürlich. Ihre ehemals beste Freundin? Hatte die Bertini ihm nicht erzählt, dass ihre Rosaria in dem neuen Freund die letzte Chance auf Kind und Familie gesehen hatte? Vielleicht hatte die Schwangerschaft der Maci ihre Hoffnung auf eine Fortsetzung der Beziehung endgültig schwinden lassen? Und wer weiß – vielleicht gab es ja auch Frauen, die diesem Macho-Gedanken „wenn ich sie nicht haben kann, dann auch kein anderer" nachhingen und die eine oder andere Dummheit begingen. Wäre noch Dottor Carrieri. Wenn es stimmte, dass seine Frau das Geld hatte, die Maci seine Scheidung wollte und von ihm verlangt hatte, dass er sich zu dem gemeinsamen Kind bekennt, hatte er eine Menge zu verlieren. Von seinem Ruf einmal abgesehen. Grund genug, um eine lästige Affäre aus dem Weg zu räumen? Immerhin war er der Letzte, der mit ihr gesehen worden war, in diesem Ristorante Don Peppe. Außerdem war er auch der Letzte gewesen, mit dem Rosaria Maci telefoniert hatte. Er musste unbedingt mit diesem Mann sprechen.

An einer kleinen Piazza in der Nähe der Altstadt fand er einen Platz für sein Auto, keine fünf Minuten von Giulias Bar entfernt. Gerade als er ein Parkticket ziehen wollte, sah er Loredanas neuen und für ihn äußerst zwielichtigen Freund aus einem Lokal gegenüber dem Mahnmal für die Gefallenen der beiden Kriege kommen. Das *telefonino* am Ohr, so wie die meisten jungen Leute heutzutage. Vielleicht glaubten sie, die Welt zu verpassen, wenn sie nicht ständig telefonierten oder die neuesten Nachrichten empfingen. Dabei merkten sie gar nicht, wie sie statt dessen das richtige Leben versäumten. Vierziger hatte keine Lust, dem Mann über den Weg zu laufen, er setzte einen Schritt zurück, um sich zwischen zwei Autos zu verbergen.

„… *merda!* Seid ihr selbst dazu zu blöd! Alles muss man selbst machen! In einer halben Stunde am gleichen Platz wie immer!"

Dieser Gesprächsfetzen reichte. Vierziger gehorchte dem Instinkt des in der Wolle gefärbten Bullen, auch wenn der schon lange in Pension war. Er beobachtete, wo dieser Mineo oder wie auch immer der Mann wirklich heißen mochte, sein Ungetüm von Auto abgestellt hatte, es waren nur ein paar wenige Meter die Straße hinunter. Ihm zu folgen, war eine einfache Übung, um diese Zeit gab es nur wenig Verkehr, er konnte leicht immer drei oder vier Autos Abstand zwischen sich und dem Pick-up lassen. Mineo nahm den Weg um die Altstadt herum und weiter nach Norden in Richtung Küste. Als er beim Gewerbegebiet von der Hauptstraße abfuhr, wurde die Sache schon etwas schwieriger, aber Vierziger hatte jetzt so eine Ahnung, wohin die Reise gehen sollte. Er täuschte sich nicht, keine 300 Meter weiter befand sich der traurige Rest der alten *Costruzione* Damiani. Aber statt auf dem kleinen Platz davor nach rechts zu den früheren Firmengebäuden abzubiegen, nahm er den staubigen Feldweg linkerhand, der nach vielleicht dreißig Metern an einem lang gestreckten Bau endete. Links und rechts davon nur Brachland und darin versprengt einzelne Olivenbäume. Hier war es vorbei mit der Verfolgung, Mineo hätte ihn unweigerlich entdecken müssen, wäre er weitergefahren. Er ließ sein Auto stehen und schlich, soweit es ging die Deckung der Bäume ausnutzend, näher heran. Dahinter waren nur noch die Gleise der Bahn hinunter in den Süden. Erst als er nahe genug war, bemerkte er, dass der Bau nur aus einem auf hohen Betonpfeilern stehenden Dach bestand, unter dem zwei Lastwagen und alte Baumaschinen standen. Weiter hinten lagerten unterschiedliche Arten von Schotter und Sand. Ganz vorne Mineos Pick-up und ein weiteres dieser Fahrzeuge, allerdings in einem viel ramponierteren, mit Beulen übersäten Zustand. Drei Männer waren mit dieser Rostlaube gekommen und standen jetzt wie begossene Pudel vor Mineo, der sie wild gestikulierend niedermachte. Das Trio sah nicht so aus, als kämen sie vom Bau. Vierziger konnte kaum etwas verstehen, zu weit war das Grüppchen von ihm entfernt und er hatte sich ohnehin schon sehr weit vorgewagt. Manchmal drangen aber doch ein paar Wörter bis zu ihm vor.

„... dauert das so ...“

Ein Zug schluckte den Rest.

„Du musst verstehen, Egidi, das Schiff hat ...“

Der Gegenzug.

Egidio Mineo packte den Sprecher des Trios an seinen Rockaufschlägen: „ ... egal, ich brauch’ die Albaner ... *già andato.*“

Mehr war nicht zu verstehen, dafür umso deutlicher zu sehen, wie Mineo ihn heftig schüttelte. Obwohl der Mann um gut einen Kopf größer war und die Statur eines Kleiderschranks spazieren führte, wehrte er sich nicht. Seine beiden Kollegen hielten sich im Hintergrund, bemüht, dem Gewitter zu entgehen, das über ihren Capo hereinbrach. Durchaus erfolgreich, so wie es aussah.

„ ... mit der anderen Ware?“, sabberte ein weiterer Satzfetzen zu ihm.

„ ... dopodomani da Tirana.“

„Sei pazzo? Mir egal, wie du ...“

Vierziger machte unwillkürlich einen kleinen Schritt nach vorne, in der Hoffnung, besser verstehen zum können. Unter seinem Gewicht löste sich ein kleiner Schotterhaufen auf, ein paar der Kiesel kullerten gegen die Mauer, hinter der er sich verborgen hielt. Egidio Mineo – oder wie immer er heißen mochte – musste das Geräusch gehört haben, zumindest warf er einen Blick in Vierzigers Richtung. Der hoffte zwar, seinen Kopf schnell genug zurückgezogen zu haben, aber es war besser, jetzt von hier zu verschwinden. Er nutzte jeden Baum als Deckung, erst bei seinem Auto drehte er sich um. Anscheinend war ihm niemand gefolgt. Francas Cabrio hätte hier draußen einen Höllenlärm veranstaltet, aber mit seinem Stromer konnte er fast geräuschlos und hoffentlich ungesehen davonfahren.

Hinter dem Haus wartete nur der schwarze Kater, der schon mittags da gewesen war. Jetzt saß er vor der leeren Schüssel, sah ihn herausfordernd an, sagte miauuu, mioow und hob seine rechte Pfote. „Rück was heraus, alter Mann!“, sollte das wohl heißen. Als wohlerzogener Mensch – wenigstens was Vierbeiner anging – kam Vierziger dem Befehl nach. Neros Futter war zwar sicher nicht ganz das Richtige für eine Katze, der Kater wusste davon aber offenbar nichts und ließ es sich schmecken. Als er fertig war, leckte er sich einmal über sein Maul und ging wieder seiner Wege, die ihn fürs Erste in Vierzigers Gemüsegarten führten. Jetzt, wo der Bauch des Katers gefüllt war, meldete sich auch sein eigener zu Wort. Von der *Crespelle*-Torte stand noch gut die Hälfte im Kühlschrank, aber von der hatte er ja schon zu Mittag gegessen. Also musste für den Abend etwas anderes gefunden werden. Die Gläser mit dem eingelegten Gemüse, die ihm Loredana vor die Tür gestellt hatte. Er holte ein Stück selbst gebackenes Ciabatta aus dem Gefrierschrank und stellte es zusammen mit einer Schüssel Wasser ins Backrohr. Während das Brot warm wurde, häufte er von den eingelegten datterini, den marinierten Paprika und den Zwiebelchen gerade so viel auf einen großen Teller, dass auch für ein weiteres Gelage genügend übrig blieb. Dazu den Rest *Scamorza,* der in seiner *Millefoglie di Crespelle* keinen Platz mehr gefunden hatte. Und einen Schluck von dem Wein, den er schon am Vortag geöffnet hatte, um ihm Gelegenheit zum atmen zu geben.

Seinen üblichen Abendspaziergang durfte er alleine machen. Auch recht. So hatte er wenigstens ungestört Zeit, über seine Beobachtung bei diesem Schotterlager nachzudenken. Nicht dass Nero ihn sonst dabei gestört hätte, aber er ließ sich immer wieder ganz leicht – und er musste es zugeben: auch gerne – von dem Hund ablenken. Entgegen seiner sonstigen Gewohnheiten nahm Vierziger nicht den Weg über das, was sich Straße nannte, sondern jenen, der hinter dem Haus in seinen kleinen Olivenhain führte. Der Wind rüttelte kräftig an den Bäumen und hatte dabei schon die eine oder andere Olive zu Boden gebracht. Aber zwei, drei Wochen waren noch Zeit, bis er die Netze ausbreiten musste, stellte er fest, als er seine Früchte prüfte.
Ein geschäftliches Treffen war das nicht gewesen, das er da am Nachmittag so bruchstückhaft miterlebt hatte. Zumindest keines, wie er es sich bei einer seriösen Firma erwartet hätte. Aber so hatten ja auch die Teilnehmer nicht ausgesehen, keinem von ihnen hätte er nächtens auf einer einsamen Straße begegnen wolle. Einzig dieser Signor „wie immer du heißen magst" wartete nicht mit einer Verbrechervisage auf, aber den konnte er aus anderen Gründen nicht leiden. Wenn er das Wenige, das er verstanden hatte, richtig deutete, erwartete Mineo

dringend einen neuen Trupp albanischer Arbeiter, weil die anderen schon weg waren. Sollten damit jene aus der alten Ölmühle gemeint gewesen sein? Und diese andere Ware? Zementsäcke oder Ziegelsteine waren es bestimmt nicht. „Würde mich nicht wundern, wenn es dabei um Drogenhandel ging. Aber mit der Maci hat das wahrscheinlich gar nichts zu tun", sagte er halblaut zu sich selbst, während er sich dem Wind auf dem Weg hinunter zum Strand entgegenstemmte. Die Weiten von Wasser und Himmel hatten normalerweise auf ihn die segensreiche Wirkung, sein Gemüt zu kühlen, klare Gedanken zu fassen oder seine grauen Zellen wieder zurechtzurücken, was eben gerade notwendig war.

An diesem Abend nicht.

12

Schon nach kurzer Zeit biss sich der kalte Wind noch mehr durch die Kleider als oben bei seinen Oliven. Von den Schaumkronen der Brandung befeuchtete ein feiner Sprühregen Gesicht und Hände und schon nach wenigen Metern trieb ihm aufwirbelnder Sand Tränen in die Augen. Es war ganz entschieden nicht das richtige Wetter für einen entspannten Strandspaziergang. Genervt drehte Josef Vierziger wieder um. Der Heimweg gestaltete sich ein wenig einfacher, der Rückenwind schob ihn fast vor sich her und die Neugierde trieb ihn an seinem Haus vorbei hinauf zu der alten Ölmühle. Der halb verwilderte Weg dorthin war ihm noch vom letzten Mal her geläufig. Obwohl es schon dunkel wurde, schaltete er immer wieder nur ganz kurz das Licht seines *telefoninos* ein. Er wollte keine unnötige Aufmerksamkeit auf sich ziehen, aber auch nicht über ein ungesehenes Hindernis stolpern und sich womöglich den Hals brechen. In der *frantoia* war alles finster, auch die Kleinbusse, die am Sonntag davorgestanden hatten, waren verschwunden. Er hatte also richtig verstanden, Mineo brauchte dringend neue Bauarbeiter. Billig. Und illegal, so wie sich das angehört hatte. Aber darum brauchte er sich nicht zu kümmern. Mit der Maci hatte das ganz bestimmt nichts zu tun, alles andere konnte ihm egal sein. Außer, dass er sich irgendeinen Weg einfallen lassen musste, Loredana vor diesem Menschen zu warnen. Sie hatte sich weiß Gott was Besseres verdient!

Zwei Gläser Wein hatte er sich an diesem Tag schon genehmigt. Jetzt eines zu den Nachrichten im Fernsehen, dann blieb ihm ein letztes als Schlummertrunk frei. Auf *Puglia Uno* lief noch Werbung, es war also genug Zeit, den Kamin einzuheizen. Gerade als die Kennmelodie des *telegiornale* anfing, läutete auch sein Handy. Niemandem sonst als seinem Nachbarn Simoncini würde es einfallen, so spät anzurufen.

„*Ciao, Matteo, buona sera!* Hast du schon die Anruflisten von Dottor Carrieri?“

„Dir auch einen schönen Abend! Würdest du vielleicht auch mit mir sprechen statt mit deinem Matteo?“

Glasklar, als wäre sie gleich um die Ecke und nicht mehr als achteinhalbtausend Kilometer weit weg.

„Franca, du, um diese Zeit?“, stotterte er.

„Und ich dachte, du würdest dich freuen.“

Sie war beleidigt.

„Aber natürlich freu ich mich! Ich hab nur nicht damit gerechnet, bei euch da drüben ist es doch gerade einmal Mittag vorbei!“, versuchte er die Kurve zu kratzen.

Franca erzählte etwas von freiem Nachmittag und dass sie gleich mit ein paar Kollegen aus halb Europa die Stadt unsicher machen wollte.

„*... tutte persone molto simpatiche!*“ Sie schilderte die Vorzüge ihrer neuen Freunde so eindrücklich, dass Vierziger beinahe eifersüchtig geworden wäre. „Und weißt du, da ist auch eine junge Frau aus deinem Land, die sagt, dass du früher einmal ihr Capo warst!“

„Dottoressa Glück?“

„*Essatamente!*“

Er hatte schon ewig nichts mehr von ihr gehört. Am Anfang, als er hierhergekommen war, hatten sie sich noch öfter geschrieben, aber über die Jahre war das eingeschlafen. Schade eigentlich. Wenn die Geschichte mit der Dottoressa Maci vorbei war, musste er sich unbedingt wieder bei ihr melden.

Franca beschwerte sich, dass der Kurs zwar interessant, aber sehr anstrengend sei und sie jeden Tag todmüde ins Bett fiel. Als er endlich zu Wort kam, berichtete Vierziger seinerseits von der Suche nach der Avvocata und seiner Überzeugung dass sie nicht mehr am Leben wäre. Sie hörte ihm zu, aber außer hin und wieder einem Mmhh oder Ahh kam nichts.

„Wusstest du, dass Loredana seit Neuestem einen Freund hat?“, fragte er sie am Ende.

„Sie hat mir erzählt, dass sie jemanden kennengelernt hat. Aber sie war unglaublich geheimnisvoll. Ich glaub, das ist noch ganz frisch, jedenfalls klang sie sehr aufgekratzt.“

„Er heißt Egidio Mineo und ist Geschäftsführer der *Costruzione* Damiani. Das ist die Baufirma, welche die Maci verklagt hat und die jetzt einer größeren Gesellschaft aus Brindisi gehört."

Vierziger erklärte ihr die Zusammenhänge.

„Und ich sag dir, der macht schmutzige Geschäfte! Außerdem ist er ein Verkehrsrowdy!", empörte er sich.

„Wie ich dich kenne, hast du dir bestimmt schon diese *Puglia Ingegneria Civile* angesehen. Ist dir dabei etwas aufgefallen?"

Wenn Franca so eine Frage stellte, war etwas faul an der Sache. Aber das hatte er auch ohne sie schon herausbekommen.

„Die Besitzerinnen?"

„Strohmänner. Strohfrauen in diesem Fall! Halt dich von diesen Weibern fern! Wenn sich schon deine Avvocata mit denen angelegt hat, brauchst du das nicht auch noch tun. Ich möchte nicht an deinem Grab stehen müssen, wenn ich wieder da bin!"

„Sie ist nicht meine Avvocata!", wollte er schon sagen, schluckte es aber hinunter und versprach statt dessen hoch und heilig, das Trio in Ruhe zu lassen. Zumal er ja inzwischen ohnehin eher diesen Dottor Carrieri in Verdacht hatte. Oder die ehemalige Busenfreundin der Maci. Beziehungsscharmützel endeten schnell einmal in einer Tragödie.

„Um diesen Da... äh, Mineo werde ich mich kümmern."

„Von Amerika aus?"

„Wie du hören kannst, funktioniert mein *telefonino* auch hier bestens! Du hältst dich von dem genauso fern wie von den drei Damen!“ Das klang wie ein Befehl. Gegen Befehle war Vierziger schon während seiner Zeit als Chef der Mordkommission allergisch gewesen. Und er hatte sich selten daran gehalten.
„Pepe, sei lieb und verdirb Lori nicht ihr Glück, ja? Lass sie einfach in Ruhe. Bitte!“ Trotz ihres Altersunterschiedes von fast zwanzig Jahren waren die beiden Frauen wirklich gute Freundinnen geworden.
Sie redeten noch über dies und das, in Wahrheit tauschten sie aber nur mehr Gemeinplätze aus. Vierziger fühlte sich zwar geschmeichelt, weil Franca sich um ihn Sorgen machte. Andererseits war er über ihren Befehlston verstimmt und sie spürte das. Franca versprach, wieder anzurufen, wenn es ihre Zeit erlaubte, sie wünschten sich eine gute Nacht und ließen es dabei bleiben.

In eine dicke Decke eingewickelt saß er mit dem letzten Glas Wein für diesen Tag draußen auf seiner Terrasse. »Diese drei Weiber«. Die gleiche Formulierung, wie sie davor auch schon die Dottoressa Bertini gebraucht hatte. Interessant! Mit der Urne hinter dem Rosenstrauch tauschte er jene Gedanken aus, die er mit Franca nicht geteilt hatte. Und das nicht nur, weil er so furchtbar ungern telefonierte und sie etliche Tausend Kilometer weit weg war.
Als sein Glas leer war und er die ersten Tropfen spürte, ging er hinein, trug das Glas in die Küche und legte zwei

große Holzscheite in den Kamin. Auch an diesem Abend musste der baresische Anwalt bei seiner Suche nach der jungen Studentin alleine zurechtkommen. Das gleichförmige Geräusch des Regens auf dem Dach begleitete Vierziger in einen scheinbar traumlosen Schlaf.

Als er am nächsten Morgen wach wurde, weigerte er sich zunächst einmal, die Augen zu öffnen. Er hatte überhaupt keine Lust, durch das Fenster vor seinem Bett hinaus auf die verregnete Landschaft zu schauen. Schließlich war auch hier unten im Süden der Herbst nicht immer eine ausgesprochene Wohltat. Erst als ihm das fehlende Prasseln der Regentropfen vom Dach her auffiel, konnte er sich zu einem Blick durchringen. Es war taghell und nur selten zogen einzelne, versprengte Wölkchen über den sonst blitzblanken Himmel. Die Baumkronen, soweit er sie ohne aufzustehen sehen konnte, wogten langsam hin und her. Kurzum – ein Tag wie geschaffen, um den Morgenkaffee auf der Gartenbank hinter dem Haus zu genießen. Er begab sich in die Küche und setzte die *Bialetti* auf den Herd. Bis der Kaffee fertig war, wollte er schon ein wenig frische Luft schnappen. Dabei stellte er dreierlei fest. Erstens: Der postkartenblaue Himmel samt Sonnenschein war ein Trugbild. Es war schneidend kalt. Zweitens: Der Hund hatte offenbar beschlossen, weiterhin untreu zu bleiben. Und drittens: Der schwarze Kater saß auf dem gemauerten Grill und forderte lautstark sein Frühstück ein. Er stellte ihm also eine halbe Portion von Neros Futter hin, der sich ja ohnehin anderweitig verköstigte. Kaum hatte er seinen ersten Espresso stehend in der Küche zu sich genommen, als es an der Tür läutete. Durch das Wohnzimmerfenster sah er den monströsen Pick-up des windigen Signor Mineo. Anscheinend hatte er die Nacht bei Loredana verbracht und hielt es für eine gute Idee, sein zwielichtiges Tagewerk damit zu beginnen, ihm auf die Nerven gehen. Vierziger ließ sich Zeit. Er schenkte sich einen zweiten Kaffee ein und öffnete mit der Tasse in der Hand die Tür.

„*Buongiorno. Che cos'è?*"

„Ihnen auch eine schönen Tag, Dottor Quaranta! Entschuldigen Sie die frühe Störung, aber ich muss mit Ihnen reden."

Vierziger war erstaunt. Diese Ausdrucksweise hatte er nicht erwartet. Nicht nach dem Bild, das er sich von diesem Signor Mineo gemacht hatte.

„Worüber?"

„Zuerst einmal möchte ich mich entschuldigen. Vor ein paar Tagen habe ich Sie dort vorne fast von der Straße gedrängt."

Er deutete ungefähr in die Richtung der alten Ölmühle.

„Ich hatte es sehr eilig und war unaufmerksam. Es tut mir leid! Hoffentlich ist Ihnen und Ihrem Auto nichts passiert."

„Schon gut, wir haben es beide überlebt. Aber deswegen sind Sie sicher nicht gekommen, Signor Mineo?"

Vierziger gab ihm damit zu verstehen, dass er wusste, mit wem er es zu tun hatte.

„*No, non solo.* Ihre Nachbarin hat mir viel über Sie erzählt. Ich glaube, sie mag Sie sehr gerne. Und ich denke, Sie mögen Loredana auch gut leiden, *no?*"
Vierziger nickte und wartete ab.
„Sehen Sie, Dottore, ich möchte auf gar keinen Fall, dass ihr etwas zustößt. Sie wollen das bestimmt auch nicht, oder?"
Vierziger nickte wieder.
„Sie haben es doch schön hier." Er machte eine ausladende Geste über das Haus und den Garten. „Ich, an Ihrer Stelle, würde mich nicht um die Angelegenheiten fremder Leute kümmern. Wenn Ihnen langweilig ist, verbringen Sie meinetwegen ihre Zeit damit, diese Avvocata zu suchen. Obwohl ich ja nicht glaube, dass Sie sie finden werden. Aber wer weiß das schon?"
„Wollen Sie mir sonst noch etwas sagen, Signor Mineo?"
„Nein, eigentlich nicht. Ich wollte nur meine Sorgen wegen Loredana zum Ausdruck bringen. *Buona giornata,* Dottore!"
Mineo streckte Vierziger die Hand hin, der nickte aber nur ein drittes Mal. Als Mineo schon fast bei seinem Ungetüm von Auto angelangt war, drehte er sich um.
„Eines noch: Als ehemaligem Commissario hätte ich Ihnen mehr zugetraut als so eine armselige Beschattung. Glauben Sie wirklich, ich hätte Sie da draußen bei dem Baustofflager nicht bemerkt?"
Vierziger war knapp davor, etwas zu erwidern. Was die „armselige" Beschattung anging, hatte dieser Mineo recht. Und die zwischen den Zeilen versteckten

Drohungen? Hatte Loredana sich tatsächlich mit einem Burschen eingelassen, der zu so etwas fähig war? Oder steckte da etwas ganz anderes dahinter?
Über die Einladung für Sonntag war kein Wort gefallen.

Kaum war Signor Mineo in Richtung Stadt davongefahren, kam der schwarze Kater um die Ecke. Er setzte sich mitten auf die gepflasterte Einfahrt, streckte die Vorderpfoten durch und machte einen Buckel. Als er mit seiner Gymnastik fertig war, verabschiedete er sich mit einem höflichen zweifachen Miau, überquerte die schmale Straße und verschwand in den verwilderten Feldern.
Vierziger ging ins Haus, füllte die *Bialetti* neu und begab sich kurz darauf mit seinem dritten Kaffee nach oben. Die einzige Person auf der Tafel seiner Verdächtigen, die er bisher weder gesehen noch gesprochen hatte, war dieser Dottor Carrieri. Das musste er dringend ändern. Vorher wollte er sich aber über die eine oder andere Sache Gewissheit verschaffen. Aus den *Pagine bianche* suchte er eine Telefonnummer heraus. Die andere hatte er auf einem Zettel an der Tafel seiner Verdächtigen stehen.
„Buongiorno, *Contessa* Rossi, Dottor Quaranta hier."
„*Mi scusi,* Dottor Quaranta", fiel sie ihm ins Wort, „es ehrt mich sehr, aber ich bin keine *Contessa*."
„Natürlich. Entschuldigen Sie bitte, Signora Rossi!"
„Was kann ich um diese frühe Stunde für Sie tun?" Sie fand es unschicklich, eine Dame so früh am Morgen anzurufen. Schließlich war es nicht einmal neun Uhr.

„Es tut mir sehr leid, wenn ich Sie gestört habe. Aber ich muss noch einmal mit Ihnen reden und ich möchte Ihnen etwas zeigen. Wann darf ich Sie belästigen?"
Die Botschaft war angekommen.
Sie verabredeten sich für eine Stunde später, Zeit genug für Vierziger, um sich mit einem weiteren Espresso für den Tag zu wappnen.
Bevor er nach Santa Caterina fuhr, pflückte er drei Fotos von seiner Tafel.

„Kommen Sie, kommen Sie!", winkte ihn Signora Rossi in ihr Haus. Wie die letzten Male war sie ganz in Schwarz gekleidet, akkurat frisiert, kaum merklich geschminkt und von einer homöopathischen Dosis eines blumigen Parfums umgeben. „Und sie ist doch eine *Contessa!*", dachte Vierziger.
Sie führte ihn in eine Art Salon, ausgestattet mit gediegenen, anscheinend wertvollen dunklen Möbeln. Rechts – von Wand zu Wand und vom Boden bis zur Decke – ein prall gefüllter Bücherschrank, links ein langes, barockes Sideboard, vollgestellt mit gerahmten Fotos und Porzellanfiguren.
„Nehmen Sie Platz, Dottore!", sagte sie und wies auf das schwere Ledersofa. *„Un caffè?"*
Zumindest für den Vormittag hatte er zwar schon genug Koffein zu sich genommen, eine Ablehnung wäre ihm aber unhöflich vorgekommen.
„Si, per favore!"

Sie ging hinaus, Vierziger hörte sie in der Küche mit Geschirr hantieren. Auf dem Glastischchen vor dem Sofa lagen einige Zeitschriften. Eine eigenwillige Mischung aus *»Famiglia Cristiana«*, *»Osservatore Romano«*, *»L'Espresso«* und *»Panorama«*. Er entschied sich für den linksliberalen *»L'Espresso«*, der die ganze Nummer ausschließlich dem politischen Chaos in diesem sonst so wunderbaren Land widmete. Gerade hatte er sich in den ersten Artikel vertieft, als Signora Rossi wieder erschien, ein filigranes Wägelchen vor sich her schiebend. Er legte die Zeitschrift wieder zurück. Sie stellte eine winzige silberne Tasse vor ihn hin, eine zweite auf die andere Seite des Tischchens, dazwischen einen Teller mit kleinen *Cannoli*.
„Greifen Sie nur zu, ich habe sie selbst gemacht!“, forderte sie ihn auf und setzte sich in den wuchtigen Ohrensessel gegenüber dem Sofa. Der Kaffee war ausgezeichnet und ihr Gebäck himmlisch. Als er beides ausführlich gelobt hatte, richtete sie das Wort an ihn.
„Was kann ich für Sie tun, Dottor Quaranta?“
Vierziger legte die drei Fotos neben den Gebäckteller.
„Haben Sie diese Personen schon einmal gesehen?“
Die Rossi nahm die Fotos in die Hand und betrachtete sie eingehend.
„Das hier ...“, sie legte das Bild von Dottor Carrieri auf den Tisch, „...das hier ist dieser *bell'uomo,* der die Dottoressa in der letzten Zeit immer besucht hat.“
„Wann haben Sie ihn zuletzt gesehen?“

„Das ist jetzt schon fast zwei Wochen her, an jenem Samstag, als auch dieser unangenehme Mensch so laut war. Ich habe Ihnen davon erzählt, Sie erinnern sich?“

„Tags darauf, am Sonntag, war er nicht bei der Avvocata?“

„Nein, ganz bestimmt nicht. Und dieser junge Mann ist ihr Assistent. Der war öfter da. Wissen Sie, ich habe viel darüber nachgedacht. Er könnte es gewesen sein, der in diesem kleinen Auto gesessen hat. Aber beschwören kann ich es nicht.“

Sie legte Semeranos Foto auf den Tisch.

„Und das hier ist die Dottoressa Bertini. Sie war früher oft hier. Aber das ist schon lange her, bestimmt viel mehr als ein halbes Jahr. Erst letzten Freitag habe ich sie wieder gesehen.“

„Sie meinen an jenem Tag, als ich mit ihr ins Haus der Avvocata gegangen bin?“

„Ja, aber die Dottoressa war schon eine halbe Stunde vorher da. Ich erinnere mich noch genau. Sie ist ins Haus gegangen, bestimmt hatte sie einen Schlüssel. Kurz darauf, keine zehn Minuten später, ist sie wieder heraus gekommen. Etwas habe ich dabei merkwürdig gefunden. Wissen Sie, sie hatte so eine große Tasche bei sich, die heute so modern sind. Möchte wissen, was diese Frauen alles darin mit sich schleppen. Jedenfalls kam mir so vor, als ob diese Tasche leicht zu tragen gewesen wäre – als sie ins Haus gegangen ist, die Dottoressa Bertini. Aber als sie wieder herauskam, hing sie schwer an ihrer Schulter. Ein paar Minuten später sind Sie da gewesen.“

Er versuchte, sich die Verwunderung, dass die Dottoressa Bertini schon so lange vor ihm da gewesen war, nicht anmerken zu lassen.
„Sie konnten natürlich nicht sehen, was in der Tasche gewesen sein könnte?", fragte Vierziger und genehmigte sich ein zweites dieser wirklich köstlichen *Cannoli,* dieses mal ein mit Zitronencreme gefülltes.
Signora Rossi hob bedauernd die Arme. Sie plauderten noch eine Weile über dies und das, über die Seuche, die kein Ende finden wollte, und über die Flüchtlingsströme, mit denen es genauso ging.
„Sie können mich gerne wieder besuchen kommen, auch wenn Sie mich nicht – wie sagt man – ausquetschen wollen!" Mit dem Lächeln huschte ein rötlicher Schimmer über die Wangen der Signora Rossi.
„*Caffè* und *dolci* habe ich immer im Haus!"

Kurz vor der Kreuzung zur *Adriatica,* die ihn wieder in die Stadt zurückführen sollte, blieb er auf dem Parkplatz einer kleinen Autowerkstatt stehen. Er holte sein Telefon heraus und wählte die Nummer, die er von der Tafel seiner Verdächtigen aufgeschrieben hatte.
„Das ist der Anschluss von Dottor Adone Carrieri. Zurzeit kann ich Ihren Anruf nicht entgegennehmen. Bitte hinterlassen Sie eine Nachricht nach dem ..."
Vierziger legte auf. Er hatte keine Lust, sich mit einer Maschine zu unterhalten. Dann eben später. Giulias Bar lag beinahe auf seiner Strecke, wenn man den kaum nennenswerten Umweg von drei oder allerhöchstens

vier Kilometern nicht mit einrechnete. Gerade als er den Parkplatz verlassen wollte, meldete sich sein Telefon.

„Pronto?"

„Spreche ich mit Dottor Quaranta? Giuseppe Quaranta?"

„Si."

„Entschuldigen sie den Überfall, Dottore. Ich bin der Avvocato einer bekannten Firma aus Brindisi und darüber hinaus ein Freund der Besitzerinnen dieser Gesellschaft."

„Avvocato ... wie war Ihr Name? Egal. Ich habe mit einer Firma aus Brindisi nichts zu schaffen, noch weniger mit deren Eigentümern."

„Mein Name tut nichts zur Sache. Den erwähnten drei Damen ist es ein Herzensbedürfnis, Sie eine Sache wissen zu lassen, und als Freund haben sie mich gebeten, mit Ihnen zu sprechen."

„Und, was wollen Ihre Freundinnen mich wissen lassen?"

Vierziger hatte so eine Ahnung, wer die Freundinnen des Avvocato waren. Kam jetzt die nächste subtile Drohung, nachdem es am Morgen schon dieser Mineo versucht hatte?

„Ich soll Ihnen bestellen, dass sie selbst gerne wüssten, wo eine gewisse Person sich aufhält. Sie würden nämlich gerne ein unglückseligerweise aufgetretenes Missverständnis aufklären. Es wäre schön, wenn Sie uns umgehend berichten könnten, sollten Sie diese Person finden. Meine Telefonnummer haben Sie ja jetzt."

„Das ist alles? Ich soll Sie anrufen, wenn ich diese ... Person gefunden habe? Warum sollte ich das tun?"

„Nun, Dottor Quaranta, es soll Ihr Schaden nicht sein! Wenn wir vor Ihnen erfolgreich sind, werden Sie das bestimmt auch erfahren. Ich bitte Sie also!“
„Ich werde darüber nachdenken.“
„Das ist schön, Dottore. Darf ich Ihnen noch einen Ratschlag als Avvocato geben: Passen Sie gut auf sich auf. Die Welt ist eine schlechte! *Buona giornata,* Dottor Quaranta!“
Was er nicht sagte, der Signor Avvocato Namenlos – die Welt war also schlecht. Das war ihm in seiner bisherigen Laufbahn noch gar nicht aufgefallen. Der Witwe des Mafiabosses und ihren Kumpaninnen war also daran gelegen, ihm eine Botschaft zukommen zu lassen. War nur die Frage, welche das sein sollte. So oder so: er hatte nicht vor, sich darum zu kümmern. Kaum hatte er den Motor wieder angelassen, schlug sein *telefonino* erneut an. Eine weitere Botschaft?
„Pronto?“
„Carrieri. Sie haben vor ein paar Minuten versucht mich anzurufen. Was kann ich für Sie tun?“
„Ah, Dottor Carrieri. Vielen Dank für Ihren Rückruf. Mein Name ist Quaranta und bin damit beauftragt worden, die Dottoressa Maci zu finden, die Sie ja gut kennen. Wenn es Ihre Zeit erlaubt, würde ich gerne mit Ihnen sprechen.“
Nichts mehr. Er hörte Carrieri nicht einmal mehr atmen.
„Sind Sie noch da, Dottore?“

„*Si. Senti,* Signor Quaranta. In einer halben Stunde ist meine Schicht zu Ende. Wir könnten uns in der Stadt treffen."

„*Perfetto!* Kennen Sie die Bar am Rathaus, an der Colonna di Sant'Oronzo?"

„Ja, natürlich! Giulias Bar."

„Ich werde dort sein."

„Wie erkenne ich Sie?"

„Ich erkenne Sie! *Grazie, arrivederla!*"

Obwohl er eine Zeitlang damit verbracht hatte, einen Parkplatz zu finden, wartete er noch fast eine halbe Stunde auf den Arzt. Giulia hatte sein übliches Gedeck aus Cornetto, *Caffè doppio,* der *Gazetta* und einem Schluck Weißwein vor ihm auf den Tresen gestellt. An ein Draußensitzen war nicht zu denken gewesen, da wäre er bestimmt erfroren. Den Kaffee ignorierte er, dem Cornetto hingegen konnte er nicht widerstehen. Als er Carrieri in die Bar kommen sah, machte er in Richtung Giulia eine kreisende Handbewegung über Kaffee und Wein.

„Haben Sie Rosaria gefunden?", fragte Carrieri, nachdem er seinen Espresso mit einem Schluck hinuntergestürzt hatte.

„Nein, aber vielleicht können Sie mir dabei helfen."

„Wie kommen Sie ausgerechnet auf mich?"

„Eine lange, komplizierte Geschichte. Sie waren doch an dem Tag, als sie verschwunden ist, mit ihr in diesem Ristorante in Carovigno, nicht wahr? Was ist da passiert?"

„Eines vorneweg: Ich habe mit Rosarias Verschwinden nichts zu tun!“

„Das glaube ich Ihnen gerne, Dottore. Aber es würde mir vielleicht weiterhelfen, wenn ich wüsste, was an jenem Abend passiert ist.“

Carrieri sah ihn unentschlossen an. Er trank seinen Wein aus wie vorhin den Kaffee und schob das Glas über die Theke.

„Sehen Sie, Signor Quaranta, seit ungefähr einem halben Jahr hatten wir so etwas wie eine Affäre, Rosaria und ich. Für mich jedenfalls war es das. Ich glaube, nein, ich weiß, sie hat mehr darin gesehen. Viel mehr. Sie wollte, dass ich mich scheiden lasse, sie heirate und ihr ein Kind mache.“

„Aber daran haben Sie natürlich nicht gedacht.“

„Natürlich nicht! Es war von Anfang an nur eine Bettgeschichte.“

„Nicht wie für die Avvocata, *no?*“

„*No.* Deswegen habe ich die Sache ja auch beendet.“

„Dieser Abend in jenem *Ristorante?*“, kam Vierziger wieder auf das ursprüngliche Thema zurück.

„Rosaria hat mich am Freitag angerufen. Sie wollte sich versöhnen und mit mir reden. Also bin ich hingegangen. Sie aber hat wieder mit dieser Familiengeschichte angefangen. Und außerdem, das müssen Sie sich einmal vorstellen!, hat sie mir mitgeteilt, dass sie schwanger ist. Von mir. Angeblich.“

„Hatten Sie da Zweifel?“

„Wissen Sie, wo ich Rosaria kennengelernt habe? In so einer Bar, die man nur zu einem bestimmten Zweck aufsucht. Was hätte ich wohl denken sollen? Sie hätte sich von jedem x-Beliebigen schwängern lassen können!"

„Sie sind also nicht auf die Wünsche der Dottoressa eingegangen. Ich nehme an, das hat ihr nicht gefallen."

„Nicht gefallen? Richtig hysterisch ist sie geworden, hat herumgeschrien, ich werde schon sehen und das werde ich bereuen und so etwas. Es war richtig peinlich! Dann ist sie hinausgerannt. Ich habe bezahlt und bin auch gegangen. Hab mir eine Bar gesucht und einen Drink genommen."

„Aber Sie haben die Dottoressa an diesem Abend noch einmal in ihrem Haus besucht."

„Woher wollen Sie denn das wissen?"

„Die Nachbarin schläft schlecht. Manchmal sieht sie, nur so zum Zeitvertreib, aus dem Fenster."

Das war fast die Wahrheit. In Wirklichkeit observierte Signora Rossi ihre Umgebung gewissenhaft.

„Ja, ich habe Rosaria ein paar Mal angerufen um sie wieder zu beruhigen, nachdem sie diesen unerfreulichen Auftritt hingelegt hatte. Beim dritten Mal hat sie abgenommen, wir haben geredet, sie hat sich entschuldigt, es täte ihr leid und so weiter, ich soll zu ihr kommen, sie würde alles wieder gut machen."

„Und das haben Sie getan? Trotz der lautstarken Szene, die sie Ihnen in aller Öffentlichkeit gemacht hatte?"

„Sehen Sie, Rosaria war wirklich gut im Wieder-gut-Machen, wenn Sie wissen, was ich meine! Sehr gut sogar. Das wollte ich mir natürlich nicht entgehen lassen."
„Natürlich nicht!"
„Aber ich schwöre, als ich gegangen bin, ungefähr eine Stunde später, war sie guter Dinge. Und sehr zufrieden, wie ich hinzufügen möchte!"
„Das war das letzte Mal, dass Sie die Dottoressa Maci gesehen haben? Ist Ihnen an diesem Abend irgendetwas aufgefallen, das vielleicht anders war als sonst. Von dem Streit im Restaurant einmal abgesehen?"
„Eines war merkwürdig, aber das war schon am nächsten Tag. Rosaria hat mich angerufen, spät in der Nacht. Anscheinend aus einer Telefonzelle, jedenfalls war es nicht ihre Nummer. Sie wollte mich an ihrem Boot in der Marina von Villanova treffen. Ich hab mich von einem Kollegen vertreten lassen und bin hingefahren. Über eine Stunde habe ich auf sie gewartet, dann ist es mir zu dumm geworden und ich bin wieder zurückgefahren."
„Seitdem haben Sie nichts mehr von ihr gehört?"
Carrieri hob die Arme. „Ich habe auch nicht die geringste Ahnung, wohin sie sein könnte."
Er holte eine Zigarette aus einer Packung, die er im Sakko hatte, und spielte eine Weile damit herum.
„Es wäre schön, wenn meine Frau nichts von dieser Sache erfährt", bat er und steckte die Zigarette wieder weg. Wieder einer, der außerhäuslichen Vergnügungen nachjagte.

„Glauben Sie nicht, dass sie ohnehin über Ihre ... äh ... Bettgeschichten Bescheid weiß?

„Ausgeschlossen!“

„Sagen Sie das nicht! Ehefrauen wissen immer sehr viel mehr als ihre Männer denken. Ist Ihnen schon die Idee gekommen, dass sie ihre Rivalin beseitigt haben könnte?“

„Blödsinn!“ Carrieri lachte gequält. „Das ist völlig unmöglich. Sehen Sie ... es ist ...“

Er winkte dem Barista und deutete auf sein Glas. Erst als er einen Schluck von dem neuen Wein genommen hatte, redete er weiter.

„Meine Frau und ich, wir lieben uns sehr und wir haben zwei wundervolle Kinder. Aber ...“

Kam jetzt die leidlich bekannte Geschichte von der Abwechslung, die ein Mann nun einmal brauchte oder jene vom Verlust der körperlichen Anziehung?

„Aber vor drei Jahren hatte Desideria einen schlimmen Autounfall. Es war ein Wunder, dass sie überlebt hat, Gott sei Dank waren die Mädchen nicht dabei. Jedenfalls kann sie seither das Haus nur mehr mit meiner Hilfe verlassen. Sie kann also unmöglich mit Rosarias Verschwinden etwas zu tun haben. Ebenso wenig wie ich.“

Er trank sein Glas leer, hob die Hand zum Gruß und ging.

Als der Doktor weg war, beglich Vierziger die schmale Rechnung und verließ ebenfalls die Bar. Ein kleiner Vorrat an Cornetti für den Nachmittag begleitete ihn dabei.

Draußen in San Giovanni fand Vierziger alles so vor, wie er es die letzten Tage gewohnt war. Der Hund glänzte durch Abwesenheit, der schwarze Kater lag in der Mittagssonne vor dem Olivenbaum, der zwischen Haus und Autounterstand wuchs. Eine fast bukolische Idylle. In seinem Kopf hingegen sah die Sache ganz anders aus. Dort herrschte, was die Geschichte mit der Dottoressa Maci betraf, ein wüstes Durcheinander. Als wären die beiden Drohungen an diesem Morgen nicht schon genug, nein, da waren auch noch die Beobachtungen der Signora Rossi und die auf den ersten Blick einleuchtenden Aussagen von Dottor Carrieri. Denen Vierziger allerdings keinen allzu großen Glauben schenkte. Dazu der kaum verhohlene Zorn der Bertini und Semeranos Selbstmord. Er musste Ordnung in dieses Chaos bringen. Dazu war es unbedingt notwendig, sich mit jemandem auszutauschen, und zwar nicht nur mit einer Urne, verborgen hinter einem Rosenstrauch.
„*Ciao,* Matteo. Wir müssen reden. Was hältst du davon, wenn ich dich zum *pranzo* einlade, sagen wir in einer Stunde?"
„Das trifft sich gut, ich habe auch Neuigkeiten für dich!"
Eine Stunde war Zeit genug, das Haus in einen halbwegs besuchstauglichen Zustand zu bringen, eine Flasche Wein einzukühlen, den Rest seiner *Millefoglie* ins Rohr zu stellen und einen Teller *Bruscetti con pomodori, capperi e tonno* vorzubereiten.
Simoncini verspätete sich nicht um eine einzige Sekunde. Die Aussicht auf ein Mittagessen in Gesellschaft

mit allem, was so dazugehörte, spornte ihn zu Höchstleistungen an. Als ihm Vierziger die Tür öffnete, wedelte er mit einem Packen Papier.

„Das erledigen wir später", bremste Vierziger ihn ein und führte ihn zum Esstisch. Draußen war es trotz der Mittagssonne zu kalt, auch wenn der schwarze Kater das anders sah. Aber der hatte ja auch ein dickes Fell.

Der nach dem Essen obligatorische Espresso war getrunken, sein Vorrat an Cornetti war auf die Hälfte zusammengeschmolzen und jeder hatte ein Glas Wein vor sich stehen.

„Eines möchte ich vorausschicken: Ich glaube nicht, dass wir deine Avvocata noch finden werden. Zumindest nicht lebend", sagte Vierziger in die zufriedene Stille hinein. Er berichtete Simoncini, was er am Morgen von Signora Rossi erfahren hatte.

„Mit einer leeren Tasche hinein und mit einer vollen wieder hinaus. Ich hätte da schon so eine Idee. Aber wir sind an einem Punkt angelangt, an dem ich nichts mehr unternehmen kann. Schließlich bin ich hier nicht die Polizei und in einigen Dingen sind mir daher die Hände gebunden. Ich habe mit allen, die in Frage kommen, gesprochen. Übrig bleiben die Bertini, Carrieri und vielleicht Achille Semerano. Nur weil er sich selbst aus dem Spiel genommen hat, heißt das ja noch lange nicht, dass er unschuldig ist."

„Ich habe hier die Telefondaten von Dottor Carrieri. Vielleicht hilft das ja weiter."

Vierziger sah sich die Verbindungsdaten an und verglich die Standortkoordinaten mit der elektronischen Karte auf seinem *telefonino.*

„Das stimmt alles mit dem zusammen, was er mir erzählt hat. Wenigstens was Zeit und Ort anlangt. Was er wann und wo wirklich gemacht hat, sagt es uns nicht. Und ehrlich gesagt – ich glaub ihm kein Wort! Jemand, der für alles eine Erklärung hat, ist mir immer schon verdächtig gewesen."

„Du glaubst also, dass er Rosaria hat verschwinden lassen?"

„Er ist der Letzte, den man mit ihr gesehen hat. Er hatte die Zeit, die Gelegenheit und ein Motiv. Und überleg einmal, Matteo, wenn sie einen Skandal gemacht hätte, wäre es mit seinem Ruf, seiner Karriere und vielleicht mit dem Geld seiner Frau vorbei gewesen. Carrieri hatte durchaus gute Gründe, die Maci loszuwerden. Ich kann's ihm nur nicht beweisen. Die ganzen Blut- und Haarproben aus ihrem Haus, vom Boot und dem Auto – ich kann mit all dem nicht das Geringste anfangen. Wir müssen das alles den Carabinieri übergeben. Ich kann auch einen schönen Bericht dazu schreiben."

„Gut, gut! Ich sehe es ja ein. Aber ich geh auf gar keinen Fall noch einmal zu Maresciallo Di Gaetano!"

„Was sonst? Es hilft nicht, wenn ich meinen Verdacht begründen kann. Ich müsste auch gerichtsfeste Beweise vorlegen, das weißt du am allerbesten! Und wie gesagt – das kann ich nicht."

„Es gibt da jemand anderen. Ich habe eine Bekannte bei der Polizia di Stato, Commissaria Capo Vanessa Scalera, der vertraue ich mehr als Di Gaetano."
„Gut, von mir aus eben die Commissaria."
„Bis wann kannst du deinen Bericht fertig haben?"
Vierziger sah auf die Uhr seines *telefoninos.*
„Gib mir vier Stunden. Um 18 Uhr bist du wieder da und wir fahren zu ihr. *Bene?*"

Gestärkt von einem weiteren Kaffee und begleitet von einem Glas Wein stürzte sich Vierziger in seine Arbeit. Es kam ihm vor, als wäre die Zeit zurückgelaufen und er würde so wie früher den Abschlussbericht eines Falles schreiben. Pünktlich um sechs stand sein Nachbar wieder vor der Tür, sie fuhren zusammen in die Stadt um die Unterlagen mitsamt den Fotos, den Haar- und Blutproben dieser Commissaria Capo zu übergeben.

„Sie sind also ein ehemaliger Kollege aus Österreich. Dottor Simoncini hat mir von Ihnen erzählt", begrüßte sie ihn.
Die Scalera schien eine aufgeweckte Person zu sein, gut einen Kopf größer als Franca. Ihr schmales Gesicht mit vollen Lippen wurde eingerahmt von einer offenbar unzähmbaren roten Wuschelmähne. Vierziger erzählte ihr nur das Allernötigste, seine Überlegungen dazu wollte er für sich behalten, die Polizistin sollte sich ein eigenes Bild machen. Sie hörte ihm konzentriert zu, manchmal stellte sie die eine oder andere Frage. Und ab und zu warf

sie ihm aus ihren großen, dunklen Augen einen Blick zu, von dem er nicht sagen konnte, ob er nun Lob oder Tadel ausdrücken sollte.

„Diesen Lopocaro halte ich für ein ständig betrunkenes Großmaul, die Antonaci und ihren Freund würde ich auch ausschließen. Man müsste sich die Wohnung ihres Assistenten noch einmal ganz genau ansehen, sofern das in der Zwischenzeit nicht ohnehin schon jemand getan hat. So wie der von seiner Chefin besessen war, ist es gut möglich, dass er sie in seinem Wahn umgebracht hat. Und am Ende auch sich selbst, vielleicht aus Schuldgefühl oder weil er von da an sein Leben als sinnlos betrachtet hat, was weiß ich. Meiner Meinung nach haben die Ex-Freundin und der Liebhaber die stärksten Motive: Eifersucht, Prestige und Geld. Aber wem erzähle ich das ..."

Damit hatte er seinen Vorsatz, nein, schlimmer noch, das ihm selbst gegebene Versprechen doch gebrochen.

„Ihnen ist schon klar, dass wir all das überprüfen müssen?", meinte die Commissaria Capo am Ende.

„Selbstverständlich!" Ihr zweifelnder Blick entging Vierziger nicht.

Die Sonne war schon untergegangen, als er wieder zurück war. Er fühlte sich angenehm befreit, seit er sich dieser Last entledigt hatte. Trotz der späten Stunde machte er sich völlig entspannt zu seinem gewohnten Spaziergang hinunter zum Meer auf. Den Weg vorbei an Loredanas Haus vermied er dabei. Einerseits plagte ihn wegen Nero sein schlechtes Gewissen, andererseits wollte er nicht riskieren, ihrem Galan, diesem Signor Mineo über den Weg zu laufen. Lieber ging er querfeldein, durch die Olivenhaine und die anschließende Macchia. Um diese Jahreszeit war es wohltuend ruhig. Von den Herren Zikaden, die vom Frühjahr weg bis vor ein paar Wochen den ganzen Tag bis in die Nacht hinein einen Heidenlärm veranstaltet hatten, war nichts mehr zu hören. Für sie war es zu kalt geworden. Ebenso wie für die Schlangen und Eidechsen, die man im Sommer durch das Gestrüpp rascheln hören konnte. Nur Krähen und Elstern zankten sich auch in der Dämmerung noch um die Grenzen ihrer Reviere und weiter draußen stritten Möwen lärmend um Fische und am Strand herumkriechendes Krebsgetier. Über zwei Stunden ging er den Strand entlang, manchmal im Sand, ein anderes Mal wieder auf den Felsen der scharfkantigen und steil ins Meer abfallenden Klippen. Als auch der allerletzte Rest an Licht verschwunden war, beleuchtete nur mehr der fast volle Mond seinen Weg.

Vor der Haustür saß der schwarze Kater und sah ihn vorwurfsvoll an. Wahrscheinlich hatte er sich ein diensteifrigeres Personal erhofft. Das Leben konnte wirklich grausam sein. Er versorgte den Kater mit Futter und sich selbst mit einem letzten Glas Rotwein. An diesem Abend telefonierte er weder mit Franca noch sprach er mit seiner verstorbenen Freundin hinter dem Rosenstrauch. Und auch die Suche des baresischen Anwalts nach der vermissten Studentin musste ohne ihn weitergehen.

Der nächste Tag war fast ein Ebenbild des vorangegangenen. Als er mit seinem ersten *doppio* vor das Haus trat, bemerkte er, dass der Tag sich seinen Tadel zu Herzen genommen hatte und zur Sonne auch die entsprechende Temperatur lieferte. Der schwarze Kater sprang mit einer Eleganz, die er ihm gar nicht zugetraut hätte, aus den Ästen des Zitronenbaumes, strich ihm um die Beine, setzte sich auf den Gartentisch und begann, sich hingebungsvoll zu putzen. Vierziger servierte ihm – mit freundlichen Grüßen des Hauses – sein Frühstück und leistete dem Schwarzen mit seinem zweiten Kaffee Gesellschaft. Eine halbe Ewigkeit vertrödelte er im Bad, dann machte er sich auf in die Stadt. Es war Samstag, was bedeutete, dass der Wochenmarkt auf ihn wartete. Die Fülle an Waren und Lebensmitteln, die da unter freiem Himmel angeboten wurden, war dabei gar nicht das Wichtigste. Von seltenen Kapernbeeren bis zu einem simplen Dosenöffner gab es nichts, was man dort nicht bekommen hätte. Viel besser aber waren die kleinen Plaudereien mit Leuten, die man andernorts nie kennengelernt hätte. Oder wie sonst hätte er jemals erfahren, dass er seine Oliven, wenn sie erst einmal im Aschewasserbad von ihren Bitterstoffen befreit waren, statt in Salzlake auch in Weißwein oder gar Prosecco einlegen konnte. Auch Loredana stand wieder auf dem *mercato settimanale*, um ihr eingelegtes Gemüse, selbstmachtes Sugo in Gläsern und um diese Jahreszeit auch schon handgestrickte Schals und Stirnbänder anzubieten.

Bevor er sie aufsuchte, besorgte er einen schönen, fleischigen Kalbsknochen für Nero.
„Da wird er sich freuen!“, meinte sie. „Den Knochen kann er zwar bestimmt nicht mehr beißen, aber das Fleisch wird ihm schmecken. Du weißt es ja selbst, Nero ist schon alt und ich fürchte, lange macht er es nicht mehr. Er geht kaum mehr aus dem Haus, nur mehr wenn's unbedingt sein muss. Aber mach dir keine Sorgen, es geht ihm gut bei mir!“
Als er schon am Gehen war, erinnerte sie ihn an die Einladung für den morgigen Sonntag.

Aus dem Besuch in Giulias Bar wurde nichts, alle Tische waren voll besetzt, die Leute wollten den warmen Tag nicht ungenützt vergehen lassen. Auf einen Stehkaffee drinnen an der Theke hatte er keine Lust, aber wenigstens den Wochenendvorrat an Cornetti *albicocca* konnte er erbeuten.

Den Nachmittag verbrachte er mit einer häuslichen Säuberungsaktion, am Abend las er in Begleitung einer Flasche *Primitivo* die Geschichte des baresischen Anwalts zu Ende.

13

Es war jetzt schon der sechste Tag, an dem er nichts mehr von seinem Nachbarn, dem Avvocato Simoncini, gehört hatte. Auch nicht von der Commissaria Capo. Und schon gar nicht von Franca. Von niemandem. Nur die paar Worte mit Loredana am Markt. Langweilig war ihm trotzdem nicht geworden. Die meiste Zeit hatte er damit verbracht, seine Netze in Ordnung zu bringen, und sich damit abgerackert, sie unter seinen fünfzig Olivenbäumen auszulegen. Das Wetter hatte mitgespielt, es war zwar kalt und windig gewesen, aber wenigstens ohne Regen und manchmal sogar mit ein paar Stunden Sonnenschein. Jeden Tag war er todmüde, aber mit seinem Werk zufrieden, ins Bett gefallen. Nicht einmal den Fernseher hatte er angedreht. Nero war bei Loredana geblieben und der schwarze Kater hatte sich jeden Tag zum Frühstück und zum Abendessen eingefunden, war aber danach wieder seiner Wege gegangen.
Den ganzen Vormittag über hatte er Kaminholz für den bevorstehenden Winter gemacht. Eine anstrengende Arbeit, schon Mittag war er völlig durchschwitzt. Gerade wollte er unter die Dusche gehen, als sein Telefon läutete.

„*Ciao, Zio* Pepe, ich bin's."
Loredanas Stimme klang traurig.
„Vor einer Minute hat mich Davide angerufen. Ihm ist etwas wichtiges Berufliches dazwischengekommen, das er unbedingt erledigen muss und er kann deswegen nicht kommen".
„An einem Sonntag?", staunte Vierziger.
„Ja, leider. Aus unserem gemeinsamen Essen wird wohl nichts. Aber vielleicht willst du ja alleine ..."
„Lass es gut sein, Lori, ein anderes Mal klappt es bestimmt."

Die Dusche war trotzdem nötig, bevor er ins Bad ging, setzte er Wasser für *Cavatelli* und den Topf mit dem restlichen *Ragù* auf den Herd. Für das Mittagessen draußen auf der Bank hinter dem Haus war es inzwischen viel zu kalt, darauf würde er bis zum nächsten Frühjahr wohl verzichten müssen. Vor zwei Tagen hatte er eine Mandel-Orangen-Crostata gebacken. Das Aroma der Früchte und Kerne hatte genügend Zeit gehabt, sich im Mürbeteig auszubreiten, der Kuchen gab jetzt bestimmt eine herrliche Nachspeise ab, die den Geschmack des Sommers zurückbrachte. Das hoffte Vierziger wenigstens. Gerade wollte er den ersten Bissen in den Mund schieben, als ihn seine Türglocke dabei unterbrach. Vorerst musste er sich also mit dem Duft begnügen. Schon durch das Fenster im Wohnzimmer sah er einen der blau-weißen Streifenwagen der Polizia di Stato vor dem Haus stehen. Das konnte nur die Commissaria Capo Scalera sein.

„*Buongiorno,* Pepe!" So aufgeräumt und guter Dinge hatte Vierziger seinen Nachbarn schon lange nicht mehr gesehen.

„Du hast einen Großteil der Arbeit geleistet, also hast du auch ein Recht zu erfahren, was daraus geworden ist. Das hab ich doch gesagt, nicht wahr, Vanessa?"

„Ja, das hast du gesagt. – *Buongiorno,* Dottor Quaranta, entschuldigen Sie bitte diesen Überfall!"

Die Commissaria stand ein wenig verloren neben Simoncini. Mit der Aktion war sie sichtlich nicht ganz einverstanden. Aber Dottor Simoncini konnte sehr überzeugend sein, davon konnte er selbst ein Lied singen.

„Wie wär's, bei einem Kaffee lässt es sich besser reden als hier vor der Tür."

Simoncini war auch sehr gut darin, sich selbst einzuladen. Vierziger stellte die *Bialetti* auf den Herd. Dieses Mal gleich die große und nicht wie sonst für sich selbst nur die kleine. Notgedrungen und mehr der Höflichkeit geschuldet, opferte er auch zwei Stücke seiner Crostata.

„Am besten erzählst du", wandte sich Simoncini an die Commissaria. Sein Stück Kuchen hatte er schon verdrückt, bevor Vierziger mit dem Kaffee aus der Küche kam.

Die Scalera nickte, nahm einen Schluck Kaffee und einen Bissen der Mandeltorte.

„*Meravigliosa!*", kommentierte sie mit geschlossenen Augen.

„Also, Dottore, wir haben die Haar- und Blutproben, die Sie zusammengetragen haben, alle sehr sorgfältig und

mehrfach verglichen und ausgewertet. Eines der Haare, die Sie im Bett der Dottoressa eingesammelt haben, konnten wir zuerst einmal nicht zuordnen. Bis ich auf den Gedanken kam, es mit dem jungen Mann zu vergleichen, der mit seinem Auto an den Klippen verunglückt ist, diesem Achille Semerano. Das passte. Die blonden Haare vom Bett und auch das Blut vom Glastisch stammen von Signora Maci. Auch das Blut von der Reling an ihrem Boot und vom Kofferraum ihres Autos. Wir haben das alles überprüft und natürlich auch eigene Proben genommen. Das graue Haar aus dem Bett gehört zu Dottor Carrieri. Und es waren auch Haare von ihm in diesem Blutfleck im Wohnzimmer der Dottoressa. Und wir haben einige Haare von ihm auf dem Boot gefunden. Wir haben sehr gründlich gearbeitet, müssen Sie wissen!"
„Kein Wunder, schließlich war Carrieri der Geliebte der Avvocata. Das beweist leider gar nichts", gab Vierziger zu bedenken.
„Da haben Sie vollkommen recht. Es war aber schon viel schwieriger für ihn, seine Haare und Hautpartikel im Auto der Maci zu erklären. Im Kofferraum und an der linken Kopfstütze. Leider konnten wir nicht mehr feststellen, ob der Fahrersitz des Autos auf seine Größe eingestellt war, weil es ja in der Zwischenzeit von jemand anderem gefahren worden ist."
Der Seitenhieb landete zielsicher. Treffer, versenkt! Er hätte sich ohrfeigen können, dass ihm dieser Fehler unterlaufen war. Früher hätte er einem Kollegen für so etwas den Kopf abgerissen.

„Tut mir leid! Ich kann aber sagen, dass vor mir jemand mit dem Auto gefahren sein muss, der um einiges größer ist als die Dottoressa."

„Das lässt sich leider jetzt nicht mehr nachweisen", stellte die Commissaria trocken fest. „Aber wir haben ohnehin etwas Besseres gefunden."

Sie schob das letzte Stück ihrer Crostata in den Mund, kaute ganz langsam und kostete sichtlich ihren Triumph aus.

„Was haben Sie denn gefunden, wenn ich fragen darf?"

Vierziger war noch zerknirscht wegen der Geschichte mit dem Auto der Maci. Aus den Augenwinkeln sah er Simoncini auf den Teller mit dem Rest der Mandeltorte schielen.

„Darf ich Ihnen auch noch ein Stück anbieten, Commissaria?"

„Wenn ich einen Kaffee dazu bekomme."

Als die ganze Runde mit frischem Kaffee und neuem Kuchen versorgt war, wiederholte Vierziger: „Was haben Sie gefunden?"

„Wir haben sein Haus durchsucht. In der Garage haben wir unter einem alten Teppich die Schmuckschattulle der Dottoressa gefunden. Sie war aufgebrochen, aber bis auf eine wertvolle Damenrolex war alles da. Wir haben es mit den Unterlagen für die Versicherung in ihrem Haus verglichen."

„Was sagt er dazu?"

„Niente. Er will die Schatulle noch nie gesehen haben."

„Natürlich nicht!“, nuschelte Simoncini, während er den Rest seines zweiten Tortenstücks in den Mund schob. „Sie haben ihn aber trotzdem verhaftet!“, fügte er befriedigt hinzu und schielte dabei auf den Teller mit dem Rest der Torte. Vierziger ignorierte das. Alleine wegen der Gesundheit des guten Mannes konnte er eine weitere Zuckerzufuhr nicht verantworten.
„Vorläufig festgenommen!“, verbesserte die Commissaria.
„Dafür hat es wirklich gereicht?“, wunderte sich Vierziger. Er hatte zwar Carrieri auch in Verdacht gehabt, aber viel mehr als er selbst hatte die Commissaria auch nicht in der Hand.
„Sehen Sie, Dottore, da kommt eine hübsche Menge zusammen: Seine Spuren im Haus ließen sich ja erklären. Nicht aber die auf dem Boot und im Auto. Er sagt zwar, er wäre einmal in ihrem Auto mitgefahren, aber da müsste sein Haar ja auf dem Beifahrersitz gewesen sein. Und auf dem Boot will er noch nie gewesen sein. Er war immer zur richtigen Zeit am richtigen Ort, das bestreitet er nicht einmal. Der Schmuck in seiner Garage und er hat kein Alibi, weder für Samstagnacht noch für die Zeit, zu der angeblich das Auto der Signora am Hafen abgestellt worden ist. Das reicht für eine Festnahme. Die Staatsanwältin hat Untersuchungshaft angeordnet und sie will Anklage wegen Totschlag oder wegen Körperverletzung mit Todesfolge erheben. Da ist sie noch nicht sicher.“
„Körperverletzung?“
„Wir stellen uns das so vor: Die Dottoressa Maci bestellt ihn zu sich ins Haus, sie landen im Bett, danach gibt es

wieder Streit wegen der Schwangerschaft und weil er sie nicht heiraten will. Dabei kommt es zu einem Handgemenge, sie stürzt auf die Tischkante und: Zack! Sie bricht sich das Genick. Am nächsten Tag versenkt Carrieri ihre Leiche irgendwo draußen im Meer. Das war's. Bis auf den Sturz und die Entsorgung der Leiche gibt er ja auch alles zu."

„Haben Sie diesen Landstreicher gefunden?"

„Leider nein, da müssen wir uns auf Ihre Aussage verlassen."

„Was ist mit dem Bargeld, das in der Schatulle gewesen sein soll, wie die Dottoressa Bertini behauptet?"

„Keine Spur davon. Nur einen verwischten Fingerabdruck auf der Kassette."

„Von Carrieri?", wollte Vierziger wissen.

„Wir können ihn nicht zuordnen, er ist zu undeutlich."

„Hast du nicht diese Dottoressa Bertini in Verdacht gehabt, Pepe?"

„Ja, Eifersucht wäre ein starkes Motiv!"

„Sie kann es nicht gewesen sein. Es gibt von ihr keine Spuren. Nicht am Auto und nicht am Boot. Auch im Haus nur welche, die sich mit Ihrem gemeinsamen Besuch erklären lassen. Und wenigstens ihr *telefonino* war das ganze betreffende Wochenende in diesem Hotel an der Küste", widersprach die Commissaria.

„Das muss nichts bedeuten. So ein *telefonino* bleibt schnell einmal irgendwo liegen."

„Stimmt, Dottor Quaranta. Aber nichts deutet auf die Bertini hin, dagegen alles auf Dottor Carrieri. Es bleibt dabei: Es kommt zur Anklage und das Gericht wird entscheiden. Mit oder ohne die Leiche der Dottoressa Maci."

Als die Commissaria Capo und Simoncini weg waren, widmete sich Vierziger noch ein oder zwei Stunden seinem Garten, der eine liebevolle Behandlung verdient hatte. Seinen Strandspaziergang unternahm er an diesem Tag, bevor es dunkel geworden war. Dabei kam ihm das Gespräch vom Nachmittag wieder in den Sinn. Jetzt, wo es quasi von offizieller Seite dargelegt wurde, kamen ihm so seine Zweifel. Immerhin bestritt Carrieri, die Maci getötet zu haben, auch nicht unabsichtlich. Und schon gar nicht wollte er sie zu den Fischen geschickt haben. Was wäre, wenn er sich geirrt hatte und doch die Dottoressa Bertini ... wenn er der Commissaria einen falschen Floh ins Ohr gesetzt hatte?
Letzten Endes waren die Commissaria und offenbar die Staatsanwältin zu den gleichen Ergebnissen gelangt wie er selbst. Mitsamt ihren viel besseren Möglichkeiten. Wenn es wirklich zu einem Verfahren gegen Dottor Carrieri kommen sollte, konnte es sich nur um einen reinen Indizienprozess handeln. Und wie auch immer der ausgehen mochte, das Leben und die Karriere des Doktors waren in jedem Fall ruiniert! War er dann dafür verantwortlich? Nur weil ihm dieser *bell'uomo,* wie ihn seine Contessa genannt hatte, nicht besonders sympathisch war? Über all das hätte er sich gerne mit Franca ausgetauscht. Von ihr wären auch am ehesten Antworten gekommen. Aber la Dottoressa Bonfiglia war ja nicht erreichbar.

Zu Hause wartete schon der Kater auf ihn. Ungeduldig und auch unzufrieden mit der Zuverlässigkeit seines Personals miaute er seinen Tadel in die Dunkelheit hinaus. Vierziger beeilte sich, seiner Pflicht nachzukommen, und versorgte zuerst einmal den Schwarzen. Danach machte er Feuer im Kamin und schließlich setzte er sich auf seine Terrasse, eingehüllt in eine dicke Decke und bewaffnet mit einem Glas *Negroamaro* aus Malvasiatrauben, den er von einem Winzer aus dem Salento am Wochenmarkt erstanden hatte. Alleine aus alter Gewohnheit erzählte er dem Rosenstrauch und Connys Asche dahinter von den Gedanken, die er sich während seines Abendspaziergangs gemacht hatte. Auch von Nero, der zur Nachbarin übersiedelt war, und von dem schwarzen Kater berichtete er ihr. Aber es kam nichts zurück. Schon seit Wochen nicht. Und auch ihr Bild in seinem Kopf begann zu verblassen. Hätte er nicht Connys Foto unten auf dem Klavier stehen gehabt, wer weiß ...?

Als ihm trotz der Decke kalt genug war, ging er wieder nach unten. Er steckte ein neues Scheit in das Feuer und drehte den Fernsehapparat auf. Zeit für die Abendnachrichten. Die Krankheit schien fast völlig aus den Nachrichten verschwunden zu sein. Jetzt ging es in der Hauptsache um die wirtschaftlichen Folgen, die sie verursacht hatte. Und um die Gewinne, die manche daraus zu schlagen verstanden. Allen voran – wie könnte es auch anders sein – das organisierte Verbrechen in all seinen Spielarten. Im Lokalteil brachte man einen Bericht

über eine Razzia der Finanzpolizei in Gemeinschaft mit der Antimafiabehörde in Brindisi. Die Zusammenarbeit zweier Behörden war an sich schon eine kleine Sensation. Die größere Sensation – wenigstens für Josef Vierziger – war das Objekt der Razzia: die Baugesellschaft *Puglia Ingeneria Civile*. Sogar einen Reporter hatte man zur Firmenzentrale geschickt. Die Blaulichter einer ganzen Armada von Einsatzfahrzeugen flackerten über den Bildschirm, Männer in schwarzen Kampfanzügen huschten im Hintergrund immer wieder vorbei und man konnte sehen, wie aus einem Gebäude große Kisten mit Ordnern und Computern getragen wurden. „Verschiedene unserer tapferen Behörden, die entschieden gegen die Krake des organisierten Verbrechens vorgehen, haben heute Abend die Büros der *P. I. C.* durchsucht, die schon lange im Verdacht der Manipulation von öffentlichen Ausschreibungen, Beschäftigung von illegalen Arbeitern, Steuerbetrug und Erpressung von Mitbewerbern stand. Bei der Aktion kam es in den Räumlichkeiten der Gesellschaft zu einem Schusswechsel. Zwei Beamte wurden dabei schwer verletzt, einer der Geschäftsführer, ein gewisser Signor Egidio Mineo, kam ums Leben. Die drei Eigentümerinnen der Gesellschaft – allesamt bekannte Mafiagrößen – konnten festgenommen werden."
Etwas später berichtete die Sprecherin von einer Festnahme im Fall der wie vom Erdboden verschluckten Avvocata Dottoressa Maci. Wer warum festgenommen worden war, sagte sie nicht. Vierziger wollte sich noch die Wettervorhersage ansehen, hatte dafür aber nach der

letzten Nachricht keinen Kopf mehr. Er schenkte sich ein halbes Glas ein und starrte lange ins Feuer. Morgen würde er einen schweren Gang haben. Er musste zu seiner Nachbarin, der jetzt beinahe zweifachen Witwe Loredana Morosini. Wer in Wahrheit dieser Mineo auch gewesen sein mochte und egal, ob er ihn leiden konnte oder nicht: Für Loredana tat ihm die Geschichte unendlich leid. Das hatte sie nicht verdient. In der nächsten Zeit würde er sich ausführlich um sie kümmern müssen.

14

Der Himmel hatte es gut gemeint und den Sommer ein letztes Scharmützel gegen den Winter gewinnen lassen. Allerheiligen war schon ein paar Tage vorbei und trotzdem konnten sie das Abendessen auf dem Platz vor der Osteria zu sich nehmen. Zugegeben, Franca hatte sich in eine der Decken gewickelt, die sicherheitshalber auf den Stühlen ausgelegt waren. Vor ihnen plätscherte ein Brunnen, die bunten Marktstände, die tagsüber den Platz verstellten, waren verschwunden und eine laute Menge wogte stattdessen jetzt über den Campo di'Fiori. Gegen Mittag hatte er Franca vom Flughafen abgeholt, er selbst war schon am Vortag mit ihrem Auto nach Rom gefahren. Fast acht Stunden hatte er für die Strecke gebraucht, seinen Allerwertesten immer gerade einmal 20 Zentimeter über dem Asphalt. Um Franca in einem halbwegs präsentablen Zustand gegenübertreten zu können, brauchte er eine genügend große Pause. Ihr Sportflitzer wartete in einem Parkhaus am Hauptbahnhof. Am Vormittag hatte er einen Termin in der österreichischen Botschaft wahrgenommen, am Nachmittag holte er Franca mit einem Taxi vom Flughafen Fiumicino ab.

Den kleinen Urlaub in der Hauptstadt hatten sie schon lange vor ihrer Abreise in die USA ausgemacht. Jetzt saßen sie also vor dieser Osteria und Franca redete und redete, so gut wie ohne Punkt und Komma. Ihre Begeisterung war beinahe grenzenlos, sie war noch nie zuvor in den USA gewesen. Vierziger hörte ihr geduldig zu. Was hätte er auch sonst machen sollen. Aus einem Aperitif waren deren zwei geworden und erst als der *cameriere* die Teller der Antipasti abräumte, versiegte ihr Redefluss langsam.
„Und du? Wie war es bei dir?", fragte sie.
Weil ihn das noch immer sehr beschäftigte und auch weil er sich die letzten zwei Wochen ausgiebig um die jetzt wieder nur in Schwarz gekleidete Loredana gekümmert hatte, erzählte er von der Razzia in Brindisi, mit der das neue Unglück seiner Nachbarin begonnen hatte.
„Ich glaube, sie steht unter einem schlechten Stern. Zuerst löscht die Mafia ihre Familie aus und jetzt das. Weißt du, auch wenn ich ihn nicht leiden konnte, aber sie hätte sich ein neues Glück schon verdient gehabt."
„Ja", stimmte Franca zu. „Das hätte sie!" Als sich der Kellner erkundigte, ob er noch Wein, Wasser oder schon den *Primo Corso* bringen dürfte, schüttelte sie den Kopf. „Wir warten noch ein wenig."
„Von mir aus könnten wir schon ...", wollte Vierziger gerade widersprechen. Weiter kam er aber nicht, weil sich von hinten zwei Hände über seine Augen legten. Erschrocken wollte er aufspringen, die beiden Hände drückten ihn aber nieder.

„Bleib sitzen, ich bin's nur!" Das war ohne Zweifel Loredanas Stimme. Als er sich umdrehte, sah er sie hinter sich, mit dem fröhlichen Lächeln im Gesicht, das er von ihr gewohnt war. Die grellgelbe Jacke mit der weißen Bluse darunter ließ es aussehen, als ob die Sonne aufgegangen wäre.

„Na, Überraschung gelungen?", fragte sie. „Darf ich vorstellen, das hier ist Davide. Davide Belfiore."

Vierziger starrte den Mann ungläubig an. Das war doch ... nein, völlig unmöglich, das konnte nicht sein, auf keinen Fall! Zwar ohne Bart und mit kurz geschnittenem Haar, aber ja, doch, es war jener Mann, den er als Egidio Mineo kannte.

„Und ich dachte, Sie wären tot", murmelte er. Nicht besonders taktvoll, wie ihm in der nächsten Sekunde einfiel. Da war es aber schon zu spät.

„*Mi dispiace,* Commissario, genau das war die Absicht dahinter", sagte Signor Belfiore. „Es war Teil meiner Legende als verdeckter Ermittler. So etwas ist Ihnen sicher geläufig."

„Ich bin kein Commissario, schon lange nicht mehr. Quaranta genügt vollkommen!", stellte er richtig. „Du hast das die ganze Zeit gewusst?", wandte er sich an Loredana.

Sie hob die Arme.

„Tut mir wirklich leid, *Zio* Pepe, aber das musste sein. Es ging um Davides Sicherheit. Es blieb mir nichts anderes übrig, als dir diese Komödie vorzuspielen."

„Du hast hervorragend gespielt, das muss man dir lassen! Und du hast natürlich auch die ganze Zeit davon gewusst!“
Franca zog die Mundwinkel nach unten, die Augenbrauen nach oben und hob ihre Arme genau so wie zuvor schon Loredana.
Abwechselnd erzählten Franca und dieser Signor Belfiore – an den Namen musste sich Vierziger erst gewöhnen – wie er mühselig und unter großem Aufwand in die Puglia Ingeneria Civile eingeschleust worden war, schon vor über einem Jahr. Die Gesellschaft diente als Geldwaschmaschine und als Tarnung für die kriminellen Geschäfte der *Sacra Corona Unita,* der apulischen Variante der Mafia. Mit der Razzia und der Verhaftung der »drei Weiber«, wie die Avvocata Maci sie genannt hatte, hatte die Antimafiabehörde der Organisation einen empfindlichen Schlag versetzen können.
„Wenn Sie so nahe dran waren, wissen Sie bestimmt, was die Avvocata mit diesen drei Damen zu tun hatte?“ Vierziger sah diesen Signor Belfiore herausfordernd an.
„Wie kommen Sie denn auf diese Idee?“
„Ein Anwalt hat mich angerufen und sich im Namen seiner Freundinnen, wie er sie genannt hat, nach der Dottoressa erkundigt. Aber davon wussten Sie sicher, *no?*“
Belfiore sah ihn erstaunt an. Der Blick aus den Augenwinkeln, den er Franca zuwarf und das kaum merkliche Nicken von ihr blieben Vierziger nicht verborgen.
„Nein, von diesem Anruf wusste ich nichts.“

„Und was Ihre Chefinnen von der Dottoressa wollten, wissen Sie auch nicht?"
Wieder ein Blick zu Franca, mit offenbar der gleichen stummen Antwort.
„Die Avvocata Maci hat für die Witwe eines tödlich verunglückten Arbeiters eine schöne Stange Geld erstritten. Damit hat sie sich bei der Signora Bagarella nicht gerade beliebt gemacht. Und sie hat nicht aufgehört, in den Geschäften der *P. I. C.* herumzustochern. La Bagarella und ihre ‚Freundinnen' wollten ihr klar machen, dass sie ihnen nicht weiter auf die Nerven gehen soll!"
„Und? Hat sich die Dottoressa davon beeindrucken lassen?"
„Auf die ersten freundlichen Ratschläge hat sie nicht reagiert und dann war sie plötzlich verschwunden."
„Kann es sein, dass die sie gefunden haben?"
„Ich bin kein Soldat der *Sacra Corona*. Wenn ja, wird sie garantiert nie wieder auftauchen!"
Für ein paar Sekunden war es ruhig. Diese Gelegenheit nutzte der *cameriere*, um die neuen Gäste nach ihren Wünschen zu fragen.
„Du hast die Maci doch auch gesucht. Was hast du dabei herausgefunden?", fragte Franca in die anschließend wiedergekehrte Stille hinein.
„Das wird eine lange Geschichte. Wollt ihr die jetzt wirklich hören?"
„*Si!*", kam es vom Chor des Publikums.

Vierziger erzählte. Lange und ausführlich. Selbst seine Begegnungen mit Signor Belfiore und den Besuch der alten Ölmühle ließ er nicht aus.

„Am Ende hat die Commissaria Capo diesen Dottor Carrieri verhaftet. Er war der Letzte, der mit der Maci gesehen worden ist, er hat kein Alibi, statt dessen ein schönes Motiv. Das leugnet er auch gar nicht. Und die Leute der Polizia haben in seiner Garage die fehlende Schmuckschatulle gefunden. Der Doktor bestreitet zwar, der Avvocata auch nur ein Haar gekrümmt zu haben, aber wie gesagt ... Dazu kommt, dass die Beschreibung, die mir der Landstreicher gegeben hat, gut auf Carrieri passen könnte. Und außerdem seine Haare an der Kopfstütze ihres Autos und im Boot der Maci. Es passt einfach alles zusammen!"

„Hat die Commissaria auch herausgefunden, was diese Dottoressa Bertini aus dem Haus ihrer Freundin getragen hat, so wie es deine *Contessa* gesehen haben will?", war Loredana neugierig.

„Ein großes Fotoalbum mit intimen Aufnahmen von ihr und der Maci."

„Ein Fotoalbum? So etwas benutzt doch heutzutage kein Mensch mehr, wo doch alles auf dem *telefonino* gespeichert ist!"

„Eben! Die Bertini hat der Commissaria erklärt, die beiden Frauen wollten damit verhindern, dass im Ernstfall irgendjemand von außen an diese Bilder herankommt. Deswegen hat sie auch das Album aus dem Haus geholt."

„Mmhh“, machte Franca und nahm einen Schluck aus ihrem Weinglas. Der Kellner brachte die Teller des *Primo Corso*. Fürs Erste waren alle mit Essen beschäftigt. Vierziger hatte noch nie im Leben eine so himmlische *Carbonara* gegessen. Der Name der *Osteria* hatte ihn nicht betrogen.

„Was war mit dem Assistenten der Dottoressa Maci, diesem Achille Semerano? Überhaupt: wie können Eltern ihr Kind bloß Achille nennen?“, fragte Loredana weiter, die als Erste mit ihrer *Gricia* fertig war.

„Der? Der war besessen von seiner Chefin. Die Commissaria Scalera hat unter seinem Bett so eine Art Tagebuch entdeckt, in dem er genau notiert hatte, wann er in das Haus der Avvocata eingestiegen ist und was er dort gemacht hat. Mit seinem Auto ins Meer gestürzt hat er sich, als er glaubte, sie wäre tot.“

„Die Commissaria hat dir ganz schön viel über ihre Ermittlungen erzählt“, bemerkte Franca.

„Warum auch nicht! Schließlich hab’ ich die ganze Vorarbeit geleistet. Da kann sie mich schon auf dem Laufenden halten, finde ich!“

„Du kannst sie gut leiden, diese Signora Scalera, *no?*“ Der bitterscharfe Unterton in ihrer Stimme entging ihm nicht.

„Ich schätze sie als Polizistin. Sonst kann sie dir natürlich nicht das Wasser reichen!“ Er griff über den Tisch nach ihrer Hand. Franca ließ es einen Augenblick lang geschehen, dann nahm sie ihr Glas und prostete ihm zu. „Mich überzeugt das nicht!“, sagte sie leise.

„Was?“, wollte Vierziger wissen.
„Diese ganze Geschichte, mein Lieber. Dieser Dottor Carrieri kann doch nicht so blöd sein, den Schmuck in seiner eigenen Garage zu verstecken! Oder hat deine Commissaria irgendwelche Spuren von ihm auf der Kassette gefunden?“, stellte Franca nach der Pause fest, in welcher der *Secondo* serviert wurde.
Vierziger schluckte diese leise Stichelei tapfer hinunter. Wegen so etwas wollte er sich den schönen Abend und vor allem das Essen nicht verderben lassen.
„Nein, es waren überhaupt keine verwertbaren Spuren daran. Nicht einmal von der Maci.“
„Siehst du! Zumindest von der Besitzerin müsste sich doch etwas finden lassen“, triumphierte Franca.
„Wie würdest du denn das alles deuten?“
„Nur ein Gedankenspiel: Was wäre, wenn die ganze Geschichte ein Schwindel ist. Raffiniert, aber trotzdem eine Täuschung. Stell dir Folgendes vor: Die Dotoressa Bertini ist ziemlich sauer, weil ihre Geliebte sie wegen dieses Mannes verlassen hat. Das hast du erzählt. Irgendwie erfährt sie von dem Treffen zwischen Carrieri und ihrer Freundin, vielleicht hat die es ihr sogar selbst erzählt. Sie lauert ihr auf und kaum ist der Dottore Amore der Maci weg, geht sie ins Haus. Einen Schlüssel muss sie ja haben, sonst hätte sie auch das Album nicht holen können. Wenn das überhaupt das Album war! Aber dazu kommen wir noch. Sie geht also ins Haus ihrer Ex, es kommt zum Streit, die Maci fällt unglücklich und bricht sich den Hals. Die Bertini entsorgt ihre Freundin im Meer

und legt anschließend alle Spuren so, dass sie auf Carrieri hindeuten. Auch die Schmuckkassette in der Garage von Dottor Carrieri, die sie in Wahrheit damals in ihrer Tasche hatte. Deswegen sind daran auch keine Spuren zu finden, sie musste ja alles fein säuberlich abwischen. Am Ende landet ihr verhasster Rivale hinter Gittern. Was sagst du dazu?!"

„Die Dottoressa Bertini war aber an diesem Wochenende nachweislich in diesem Hotel an der Küste und hat sich von dort nicht wegbewegt."

„Denk doch einmal nach, *caro mio:* ihr *telefonino* war dort! Die liebe Dottoressa kann sonst wo gewesen sein. Und den Landstreicher, der die Sache an der Marina gesehen hat, kann niemand mehr befragen, der ist genauso verschwunden wie die Maci. Ist ja auch eigenartig, *no?*"

Vierziger hob resigniert die Hände.

„Könnt ihr jetzt mit dieser Geschichte aufhören, bitte? Wir wollen doch lieber den schönen Abend genießen und feiern, dass du wieder gesund zurück bist, Franca!", versuchte Loredana den Disput zu beenden.

„Du hast recht! Es gibt weiß Gott angenehmere Dinge. Friede?" Vierziger hob mit der Rechten sein Glas, mit der Linken griff er nach Francas Hand.

„Friede!", lächelte sie und nahm ebenfalls ihr Glas.

„Ich hab' noch eine Neuigkeit!", verkündete Vierziger. Er genoss er die gespannten Blicke der Runde, bevor er aus der Innentasche seines Sakkos den neuen Reisepass zog und ihn zuerst Franca hinüberreichte. Selbst ihr hatte er davor nichts davon erzählt. Ab sofort hieß er ganz offiziell und amtlich beglaubigt Giuseppe Quaranta, so wie sein Urahn, der vor gut 180 Jahren das Land verlassen hatte.

Das Dokument wanderte zu Loredana weiter und schließlich zu ihren Freund. Signor Belfiore bestellte eine Runde Champagner um das Ereignis gebührend zu feiern.

„Nennen Sie mich Davide. Als Loredanas Onkel können Sie mich ruhig duzen!“, sagte er und prostete ihm zu.

„Pepe“, murmelte Vierziger, jetzt Quaranta, und musste vor sich selbst zugeben, dass ihm der junge Mann an diesem Abend ganz sympathisch geworden war.

„Du musst es ihr sagen!“, wandte sich Loredana an ihren Davide, als alle ihr Gläser wieder abgestellt hatten.

„Was muss er mir sagen?“

„Hör mal, Chefin: Es ist zwar gerade nicht der ideale Zeitpunkt, aber irgendwann muss es ja sowieso heraus: Ich werde aufhören!“

„Wie, du willst aufhören?“

„Du bist seine Chefin?“, fragte Quaranta erstaunt dazwischen. „Und da warst du während so einer Operation gegen die *Sacra Corona* im Ausland?“

„Eben deshalb! Das war Teil der Tarnung. Die sollten sich sicher fühlen, wenn die örtliche Leitung der Antimafia nicht da ist. Hat ja auch wunderbar funktioniert! Und du, Davide, was soll das heißen: du willst aufhören?“

„Commissaria Capo, ich gestehe, das geht auf mich!“, grinste Loredana. „Ich hab’ ihn vor die Wahl gestellt: Entweder sein Job, wo jederzeit etwas Furchtbares geschehen kann, oder ich, die ihn immer nach Strich und Faden verwöhnen könnte!“ Sie legte ihren Kopf an seine Schulter und fuhr ihm mit den Fingern durch sein krauses schwarzes Haar. Davide erhob sich von seinem Sessel und kniete vor Loredana hin.

„*Mi vuoi sposare, Lori?*“, flüsterte er und hielt ihr eine winzige Schatulle mit einem Ring entgegen.

Einen Moment lang sah sie ihn entgeistert an, dann sprang sie auf, zog ihn an den Händen hoch und fiel ihm um den Hals.

„*Sì! Sì, sì, sì!*“

Er streifte ihr den Ring über, sie küssten sich innig und eine neue Runde Champagner wurde fällig.

Die Gläser klirrten, Pepe gratulierte dem jungen Paar ausführlich und Franca hielt ihre Freundin lange in den Armen. Quaranta meinte ein paar Tränen in ihren Augen zu sehen.

Endlich saßen wieder alle, unter dem Tisch hatte Franca ihren Schuh abgestreift und strich mit ihren Zehen an Vierzigers Bein hoch. Der Friede war wieder vollkommen hergestellt.

Den Rest des Abends waren verschwundene Anwältinnen kein Thema mehr. Die Rede war nur noch von den zugegebenermaßen ein wenig unausgegorenen Zukunftsplänen des Signor Belfiore, der davon träumte, Weinbauer zu werden und den besten *Negroamaro* Apuliens zu keltern. Erst als es wirklich zu kalt wurde, brach die Gesellschaft auf. Vierziger hatte für Franca und sich ein Hotelzimmer ganz in der Nähe gebucht. Der atemberaubende Blick über die Dächer der Hauptstadt und auf die Kuppel der Basilika Sant'Andrea musste bis zum nächsten Vormittag warten. In dieser römischen Nacht hatten sie Besseres vor.

15

Eine Woche vor Weihnachten war die Verhandlung gegen Dottor Carrieri über die Bühne gegangen. Quaranta hatte dort als Zeuge aussagen müssen. Er konnte nur von seinen Wahrnehmungen berichten, von den Zweifeln, die ihm danach gekommen waren, wollte niemand etwas hören. Alle Ermittlungen der Commissaria Capo Scalera, alle Beweise und die daraus folgenden Indizien zeigten auf den Arzt. Auch wenn er bis zum Schluss bestritten hatte, mit dem Verschwinden seiner Geliebten irgendetwas zu tun zu haben und weder die Leiche der Maci noch sonst eine Spur von ihr gefunden worden war, es nützte ihm nichts. Sein Anwalt schien nicht so gut zu sein, wie es sein angebliches Opfer gewesen war. Nach nur drei Prozesstagen wurde Dottor Carrieri zu acht Jahren Gefängnis verurteilt. Das Urteil gründete nicht nur auf der Annahme, dass die Dottoressa Maci im Laufe einer Handgreiflichkeit zwischen dem Angeklagten und ihr zu Sturz gekommen war, der für sie tödlich endete. Die erheblichen Blutspuren am gläsernen Couchtisch des Opfers wurden als Beweis dafür gewertet. Das erfüllte den Tatbestand der Körperverletzung mit Todesfolge.

Erschwerend rechnete das Gericht ihm an, dass die Leiche seiner Geliebten beseitigt hatte: Störung der Totenruhe. Das ausgebliebene Geständnis tat ein Übriges. Zudem wurde ihm die ärztliche Approbation entzogen – mit einem Wort, der Mann war vollständig ruiniert. Giuseppe Quaranta hatte nach dem Prozess das gleiche schale Gefühl, wie er es schon während seiner aktiven Laufbahn als Kriminalpolizist bei der Mordkommission gehabt hatte, wenn er keine hieb- und stichfesten Beweise und kein Geständnis des Täters vorweisen konnte. Im Fall des Dottor Carrieri war es noch schlimmer: Hätte er sich nicht zum Detektiv aufgeschwungen ... wer weiß?

Kurz nach dem Gerichtsverfahren war er mit Franca nach Österreich geflogen, um ihr seine alte Heimat zu zeigen. Die Weihnachtsfeiertage hatten sie in Wien verbracht, die Tage zwischen den Jahren waren sie in Linz, um dort seine frühere Kollegin Gaby Glück, ihren Freund Giovanni und deren gemeinsame Tochter Conny zu besuchen, die nach Quarantas verstorbener Freundin getauft worden war. Silvester und den *Capodanno* gingen sie in den Bergen um Innsbruck ein wenig Skifahren, danach waren sie über Verona und Venedig wieder nach Hause gereist.

Jetzt war der Winter endlich vorüber. Er dauerte hier unten in Apulien zwar bei Weitem nicht so lange wie in seiner alten Heimat, aber wenn es nach ihm gegangen wäre, hätte es diese Jahreszeit überhaupt nicht gebraucht. Im Jänner hatte es sogar einmal Schnee gegeben. Knappe zehn Zentimeter und nur für zwei Tage. Trotzdem. Jetzt, Ende Februar standen die Mandelbäume in voller Blüte, bildeten malerische rosa Inseln in den alten Olivenhainen, auf deren Wiesen sich ein Meer aus gelber und roter Blütenpracht ausbreitete. Endlich war es wieder warm genug, um den Vormittag auf der Bank hinter dem Haus genießen zu können. Nero hatte den Winter leider nicht überstanden. Vierziger, jetzt offiziell Giuseppe Quaranta, hatte ihn mitten in seinem Olivenhain begraben. Statt ihm lag auf der angewärmten Pflasterung zwischen Haus und Garten nun der schwarze Kater, der ihn letztes Jahr adoptiert hatte, und ließ sich die Frühlingssonne auf den Pelz brennen. Vor Quaranta stand ein Teller mit einem angeknabberten Cornetto *albicocca,* das er am Vortag von Giulias Bar oben in der Stadt mitgebracht hatte. In den blühenden Sträuchern summte und surrte eine Heerschar von Bienen und anderen Insekten, die Luft war erfüllt vom Gezwitscher der Vögel auf Brautschau. Der dritte Kaffee wurde langsam kalt, er dachte an nichts, ließ den Herrgott einen guten Mann sein und starrte Löcher in den blitzblank blauen Himmel über ihm.

„*Buongiorno,* Pepe! Störe ich dich gerade in deiner Meditation?“
Quaranta schreckte aus seinen Tagträumen auf. Was, um alles in der Welt, wollte sein Nachbar um diese Zeit bei ihm? Er hatte ihn seit Wochen nicht mehr gesehen.

Den Kater kümmerte der Besuch nicht. Er blinzelte mit den Augen, streckte sich einmal durch, drehte sich um und ließ sich von der Sonne die andere Seite seines Fells wärmen.
„*Ciao,* Matteo! Was bringt dich denn schon so früh zu mir?“ Es war immerhin erst knapp zehn Uhr, für Pensionisten, wie sie beide es waren, eine fast noch nachtschlafende Zeit.
„Wichtige Neuigkeiten! Bei einem Kaffee vielleicht?“ Simoncini deutete auf die halbvolle Tasse auf dem Tisch.
„Warum nicht!“

Als Vierziger wenig später mit zwei neuen Espressi und seinem letzten *Cornetto* wieder aus dem Haus kam, war sein Platz besetzt. Simoncini saß auf der Gartenbank, neben ihm schnurrte der Schwarze, während er sich das Fell kraulen ließ. Die nächste untreue Seele. Aber was konnte man von einem Kater auch schon erwarten.

„*Allora,* was gibt es Neues?“ Simoncini biss von seinem Cornetto ab, kaute in aller Ruhe und zog dann ein Kuvert aus der Innentasche seines Sakkos.
„Das hat mir gestern ein früherer Kollege gebracht. Er ist ein Freund des Avvocatos, der diesen Dottor Carrieri so miserabel verteidigt hat. Er möchte, dass du dir das ansiehst – also der Avvocato möchte das.“
Simoncini schob den Briefumschlag über den Tisch. Ein ganz normales Kuvert, wie man es in jedem Schreibwarenladen oder Supermarkt bekommen konnte.

Adressiert an ein Anwaltsbüro in Ostuni, abgestempelt in Napoli vor zwei Wochen. Absender gab es keinen. Vierziger zog den Brief darin hervor und begann zu lesen.

»Auf dem Bild siehst du deine Tochter. In drei Monaten wird sie zur Welt kommen – du wirst sie niemals zu Gesicht bekommen! Du wolltest ja ohnehin nichts von ihr wissen. Damals habe ich dir gesagt, dass du es bereuen wirst. Hast du wirklich gedacht, das wäre nur so dahingesagt? Ich bin sehr gut – in allem was ich tue. Das solltest du wissen. Bevor ich mich in mein neues Leben begeben habe, habe ich für die Vernichtung des deinen gesorgt. Alle Spuren habe ich so sorgfältig gelegt, dass sie schließlich nur zu dir führen konnten. Es war mir eine unendliche Befriedigung, deinen Prozess zu verfolgen und zu sehen, wie du hinter Gittern verrottest! Ich wünsch dir alles Schlechte, Rosaria«

Der Brief war nicht mit der Hand geschrieben, nicht einmal die Unterschrift. Auf der Rückseite waren mit einer Büroklammer zwei Bilder befestigt. Eines war das übliche Ultraschallbild, wie Schwangere es bekamen, das andere zeigte die Maci mit rundem Bauch vor einem palmengesäumten Strand. An ihrer rechten Hand trug sie die Uhr, die aus ihrem Schmuckkästchen verschwunden war.

Quaranta ließ die Hand mit dem Brief auf den Tisch sinken.

„Mein ungutes Gefühl hat mich also nicht getäuscht. Ich habe einen Unschuldigen ins Gefängnis gebracht“, murmelte er resigniert.
„Nein, das hast du nicht!“, widersprach Simoncini. „Dafür haben zuerst die Maci, danach die Polizia, die Geschworenen und die Richterin gesorgt.“
„Ja, aufgrund meiner stümperhaften Nachforschungen! Das werde ich mir nie verzeihen können. Was soll ich jetzt nur machen?“
Giuseppe Quaranta war am Boden zerstört.
„Vielleicht sie weiter suchen“, sagte Simoncini leise und fuhr fort, den Kopf des Katers zu kraulen.

Glossar

'n altro – *noch eine/n*
adesso sono in pensione – *jetzt bin ich in Pension*
Adriatica – *die SS 16 Adriatica führt von Padua bis nach Otranto*
albicocca – *Marille, Aprikose*
allora, fino all'una – *also, bis um Eins*
altro? – *noch etwas?*
anche – *auch*
andiamo – *gehen wir*
Arma – *umgangsprachliche Bezeichnung für die Carabinieri*
arrivederla – *Auf Wiedersehen; formell*
avanti – *komm!*
Avvocato – *Anwalt*
baci – *Kuss, Küsschen, Bussi*
barista – *serviert in Italien alle Arten von Getränken und beherrscht die Kunst der Kaffeezubereitung*
bell'uomo – *schöner Mann*
Bialetti – *von Alfonso Bialetti entwickeltes Gerät zur Herstellung von Kaffee auf einem Kochherd*
bicchiere di bianco – *ein Glas Weißen (Weißwein)*
biglietti – *Eintrittskarten*
borgo – *kleines Dorf, Weiler*
bruscetta/i – *frisch geröstetes Brot wird noch warm mit Knoblauch eingerieben und mit Olivenöl beträufelt. Üblicherweise mit einem Belag aus gehackten Tomaten und Basilikum*
Buona giornata – *einen schönen Tag*
caffè lungo – *Verlängerter (Kaffee)*
cameriere/a – *Kellner/in*
cannolo/i – *Gebäck aus einer frittierten Teigrolle mit süßer cremiger Füllung aus Ricotta in verschiedenen Geschmacksrichtungen*
capodanno – *Neujahr*
Carabinieri – *offiziell Arma dei Carabinieri, die Gendarmerie Italiens*
carbonara – *Nudelgericht mit Speck, Ei, Pfeffer und Käse aus dem Latium*
caro mio – *mein Lieber*
casalinga – *Hausfrau*
cavatelli – *kleine muschelförmige Nudeln aus Hartweizengrieß.*
cena per due – *(intimes) Abendessen für zwei*
centro storico – *historisches Zentrum einer Stadt*
certo – *sicher*
che cosa? – *Was?, Was Gibt's?*
che ha i soldi – *in diesem Fall: die das Geld hat*
chi è? – *Wer ist es?, Wer ist da?*
chiuso – *geschlossen*
ci vediamo – *Wir sehen uns*
ciabatta – *Brotsorte aus Weizenmehl, Salz, Hefe, Wasser und Olivenöl. Übersetzt ins Deutsche bedeutet Ciabatta Pantoffel, was von der üblicherweise flachen, breiten und langgezogenen Form des Brots herrühren soll.*
Città Bianca – *Weiße Stadt, Beiname der apulischen Stadt Ostuni*
come i gatti nella notte – *wie die Katzen in der Nacht*
come posso aiutarla – *Wie kann ich helfen?*
con piacere – *Mit Vergnügen, sehr erfreut*
consiglio – *Rat, Ratschlag*
contessa – *Gräfin*
conto – *Rechnung*
contrada – *Ortsteil*
cosa posso fare per Voi – *Was kann ich für Sie tun*

cosa vuoi – *Was willst du?*
costruzione – *Bezeichnung für eine Baufirma*
credimi – *glaub mir*
credo di si! – *Ich glaube schon*
crespelle – *Palatschinken (dünne Pfannkuchen)*
crostata – *in Italien sehr beliebte Torte aus feinem Mürbteig, die meist mit Marmelade gefüllt wird*
devo parlare con ... – *ich muss mit ... reden*
dio mio – *Mein Gott*
divorzio – *Scheidung*
dolci – *italienische Bezeichnung für süße Nachspeisen und allgemein für süßes Gebäck*
domenica – *Sonntag*
dopodomani – *übermorgen*
doppio – *doppelter Espresso*
dopo – *nach, danach, später; hier ich rufe dich später an*
e lei non è mia moglie – *Und sie ist nicht meine Ehefrau*
è un po' complicato – *Es ist ein wenig kompliziert*
ecco, per la prima – *Also, zum Ersten*
farmacia – *Apotheke*
fattoria – *Bauernhof*
fettuccine – *Pastasorte, der Name bedeutet so viel wie „kleines Band"*
forse – *vielleicht*
gazetta – *Zeitung*
già andato – *schon weg*
giornale – *Zeitung*
Gricia – *Pastagericht aus Tagliatelle mit Würfeln von luftgetrockneter, gebratener Schweinebacke (Guanciale) oder Speck (Pancetta), reichlich Pecorino romano und frisch gemahlenem schwarzen Pfeffer vermischt. Durch die Zugabe von Ei ergeben sich die → Tagliatelle alla carbonara.*
ingegneria civile – *Bauingenieurwesen*
invece – *jedoch, stattdessen*
ipermercato – *Supermarkt*
ma forse – *aber vielleicht*
ma no! – *Aber nein!*
macchia – *immergrüne Gebüschformation der mediterranen Hartlaubvegetationszone*
macchina – *Auto*
mancia – *Trinkgeld*
Marina – *Yachthafen*
masseria – *ursprünglich ein befestigter Gutshof, meist in Süditalien*
medico senior – *Oberarzt*
meravigliosa – *wunderbar*
merda – *Scheiße!*
mezzanotte – *Mitternacht*
mezzogiorno – *hier Kurzform für → „La Gazetta del Mezzogiorno"; aber auch Mittag oder Süditalien*
mi chiamo – *ich heiße*
mi dispiace – *es tut mir leid*
mi scusi – *Verzeihung, Entschuldigung*
mi vuoi sposare – *Willst du mich heiraten*
millefoglie – *tausend Blätter; beliebte Nachspeise aus Blätterteig; hier verwendet für eine pikante Version*
mio giovane amico – *mein junger Freund*
Negroamaro – *talienische Rebsorte aus Apulien, wo sie seit Jahrhunderten angebaut wird und sehr gute, kräftige Rotweine ergibt. Enthält reichhaltige Fruchtaromen nach schwarzer Johannisbeere und Kirsche*
Nero di Troia – *Rotweinsorte im Süden Italiens*
non credo – *ich glaube nicht*
non posso adesso – *ich kann jetzt nicht*
non una donna – *keine Frau*
orchietti – *Öhrchen; in Apulien und der Basilikata typische Pasta-Art*
ospedale civile – *öffentliches Krankenhaus*
padrona – *Chefin*
pagine bianche – *Weiße Seiten; Online-Adressverzeichnis*

pancetta – *italienische Variante des Bauchspecks vom Schwein*
panini – *italienisches Kleingebäck*
panna – *Obers, Sahne*
parmigiano – *Hartkäse aus Kuhmilch*
pasticceria – *Konditorei*
pasticciotti – *mit Creme und manchmal Früchten gefülltes Mürbteiggebäck*
pecorino – *Hartkäse, ursprünglich nur aus Schafmilch*
per essempio – *zum Beispiel*
perché, sicuramente – *warum, sicher*
personalmente – *persönlich*
piacere mio – *freut mich, sehr erfreut*
piscina – *Schwimmbecken, Pool*
Polizia di Stato – *eine der beiden allgemeinen italienischen Polizeien; die anderen sind die Carabinieri*
polpette – *Fleischbällchen*
polpo – *Oktopus*
porcini – *Steinpilze*
pranzo – *Mittagessen*
Primitivo – *häufig in Apulien gezogene Rotweinsorte. Zeichnet sich durch ein charakteristisch würziges, an Zimt, Nelken, schwarzen Pfeffer und dunkle Waldfrüchte erinnerndes Aroma aus.*
primo corso – *Erster Gang*
puttana – *Hure*
quello – *dieser*
ragù – *eine auf Fleisch basierende Sauce der italienischen Küche, die traditionell mit Pasta serviert wird.*
ricciarelli – *traditionelle Mandelkekse – eine Art Makronen – die ihren Ursprung in Siena des 14. Jahrhunderts haben*
salsiccia di cinghiale – *Wildschweinwurst*
santuario – *Heiligtum*
scamorza – *Brühkäse aus Kuhmilch, meist geräuchert*
scontrino – *Rechnung, Beleg*
scusi – *Verzeihung*
secondo – *hier: zweiter Gang im Menu*
sei pazzo? – *Bist du verrückt?*
senti – *Gesprächseinleitung: Hör mal*
sette o otto – *sieben oder acht*
sfogliatelle – *kegelförmige Blätterteigtasche mit einer süßen Ricottafüllung*
sfortunatamente – *unglücklicherweise*
siamo chiuso ancora – *wir haben noch geschlossen*
solo per la sicurezza – *nur zur Sicherheit*
sono – *ich bin*
sposato – *verheiratet*
Stelvio – *SUV der Marke Alfa Romeo*
Storie Italiane – *beliebte Vormittagstalkshow im italienischen Fernsehen*
strada statale – *Staatsstraße*
stradina – *kleine (enge) Straße*
studio medico di medicine generale – *Arztpraxis für Allgemeinmedizin*
telefonino – *kleines Telefon, vergleichbar dem deutschsprachigen „Handy"*
telegiornale – *Nachrichtensendung im Fernsehen*
tette delle monache – *Nonnenbrüstchen; Biskuitgebäck mit Vanillecremefüllung*
trullo, trulli (MZ) – *Gewölbebau aus Trockenmauerwerk, das ohne Mörtel errichtet wird*
tutte persone molto simpatiche – *alle sind sehr sympathisch*
ufficio – *Büro*
vedova – *Witwe*
Verdeca – *Weißweinsorte Süditaliens, wird vorwiegend in Apulien angebaut*
vero? – *Wirklich?; hier: Nicht wahr?*
viale – *hier: Promenade*
vicoli – *Gassen*
visolibro – *nicht existierendes Kunstwort als Bezeichnung für ein soziales Medium im Internet*
zeppole – *frittiertes Gebäck aus Kartoffelteig, manchmal mit Vanillecreme und Kirsche gefüllt oder dekoriert*

Josef Vierzigers Küche

Ragù für Lasagne, Tagliatelle, Cannelloni usw.

2 EL	neutrales Öl (Raps-, Sonnenblumenöl)
1 Prise	Meersalz
100 g	Pancetta (Bauchspeck), klein geschnitten
250 g	Zwiebeln, fein gewürfelt
50 g	Stangensellerie (ca. 1 Stange), fein gewürfelt
200 g	gelbe Karotten, fein gewürfelt
200 g	Schweinfleisch, faschiert
300 g	Rindfleisch, faschiert
50 g	Tomatenmark
	etwas warmes Wasser
125 ml	kräftiger Rotwein
50 ml	Milch
	grobes Meersalz, Pfeffer

- Öl mit einer Prise Salz in einem ausreichend großen Topf erhitzen.
- Pancetta beigeben und glasig andünsten.
- Zwiebel- und Selleriewürfel mitdünsten, nach einigen Minuten die Karottenwürfel dazugeben.
- Das Schweinefleisch zum Gemüse geben, anbraten, anschließend das Rindfleisch beigeben und weiterbraten.
- Mit grobem Meersalz und frisch gemahlenem Pfeffer würzen.
- Tomatenmark und Wasser dazugeben, das Ragù bei sehr kleiner Flamme mindestens zwei Stunden köcheln lassen.
- Zwischendurch den Rotwein zugießen.
- Gelegentlich umrühren, dabei die Milch zugeben.

Damit es auch gelingt!

Auf keinen Fall Olivenöl verwenden, da dieses zu viel Eigengeschmack hat. Und auch der ansonsten in der italienischen Küche beliebte Knoblauch ist hier fehl am Platz. Eine kleine Menge gehacktes Basilikum kann natürlich beigegeben werden.

Polpo alla pignata
(Oktopus im Tontopf/Römertopf)

1 kg	Oktopus
250 g	Tomaten, gewürfelt
500 g	fest kochende Kartoffeln
	natives Olivenöl extra
2	Knoblauchzehen, geschält, gehackt
100 g	rote Zwiebeln, klein gewürfelt
60 g	Stangensellerie (ca. 1 Stange), in 3 mm dünne Scheiben geschnitten
1	rote Paprikaschote, gewürfelt
1	kleine Chilischote, fein gehackt
	grobes Meersalz, Pfeffer, Thymian, Oregano
125 ml	trockener Rotwein
	Saft einer Zitrone
	Salz, Pfeffer
	frische Petersilie, fein gehackt
	Meersalz, Pfeffer

4	Scheiben Weißbrot
	natives Olivenöl extra
	Zitronensaft

- Die Fangarme vom Oktopus abtrennen. Die Arme eventuell mit einem Fleischklopfer etwas bearbeiten und anschließend in ca. 3 cm lange Stücke schneiden. Die dünneren Enden können auch etwas länger sein.
- Tintenfischstücke in einem Behälter beiseitestellen.
- Die Kartoffeln schälen, einige Minuten in kaltes Wasser legen und anschließend in grobe Stücke schneiden.
- Etwas Olivenöl in den Tontopf geben, gehackten Knoblauch, Zwiebelwürfel, Selleriescheiben, Paprikawürfel und gehackte Chilischote hinzufügen.
- Bei schwacher Hitze anbraten, mit Salz, Pfeffer, Thymian und Oregano würzen.
- Tintenfischstücke dazugeben, bei starker Hitze unter häufigem Umrühren anbraten, bis sich die Tintenfischstücke rot färben. Mit Rotwein und Zitronensaft ablöschen.

- Tomatenwürfel und Kartoffelstücke untermengen.
- Den Tontopf mit dem Deckel abdecken, Oktopus-Ragout bei starker Hitze aufkochen lassen.
- Die Hitze reduzieren, das Ragout bei mittlerer Hitze ca. 1 Stunde garen lassen. Wird kein Tontopf verwendet, den Deckel während des Garens einen kleinen Spaltbreit offen lassen.
- In den letzten 20 Minuten der Garzeit das Ragout nochmals mit Salz und Pfeffer abschmecken. Mit einer Gabel oder einem Zahnstocher überprüfen, ob der Tintenfisch fertig gegart bzw. weich ist.
- Gehackte Petersilie dazugeben, Topf abdecken und das Ragout ca. 15–20 Minuten ruhen lassen.
- In der Zwischenzeit 4 Weißbrotscheiben rösten oder toasten.
- Den Oktopus alla Pignata mit den gerösteten Brotscheiben, einem Spritzer Olivenöl und ein paar Tropfen Zitronensaft servieren.

Crostata di mandorle e arancia con crema di vaniglia

1 Tarteform, Ø 26 cm
Backzeit: ca. 30 Minuten

Mandelmürbteig

130	g	Mehl
120	g	Butter
60	g	Staubzucker
50	g	Mandeln, gerieben
1	Prise	Salz
1		Eigelb

Füllung

300	g	Orangenmarmelade
1		große Orange, filetiert, in Stücke geschnitten
125	g	Biskotten (Savoiardi), in kleine Stücke zerteilt
80	ml	Amaretto
100	ml	Wasser

Vanillecreme		
1/2	P.	Puddingpulver
250	ml	Milch
60	g	Kristallzucker

Streusel		
70	g	Kristallzucker
70	g	Butter
110	g	Mehl

- Für den Mürbteig alle Zutaten rasch zu einem Teig verarbeiten. Teig ca. 20 Minuten kühl rasten lassen.
- Für den Streusel Butter schmelzen, Zucker-Mehl-Mischung beigeben und mit einer Gabel verrühren.
- Teig ausrollen, Boden und Rand der Form damit auslegen.
- Boden mehrmals mit einer Gabel einstechen, mit Orangenmarmelade bestreichen.
- Orangenstücke darauf verteilen.
- Biskottenstücke mit Amaretto-Wasser-Mischung befeuchten, über den Orangenstücken verteilen.
- Vanillecreme zubereiten, noch heiß über den Biskotten verteilen.
- Oberfläche mit Streusel bestreuen.
- Backen, auskühlen lassen, eventuell mit Staubzucker besieben.

Variation

Statt Amaretto kann auch Orangenlikör verwendet werden – Cointreau oder Arancello zum Beispiel.
Oder ganz ohne Alkohol:
Den Likör durch die gleiche Menge frisch gepressten Orangensaft ersetzen.

Eine fröhliche Geburtstagsfeier endet in einem Blutbad.
Major Vierzigers Freundin liegt schwer verletzt im Schnee der letzten Frebuarnacht, ein Passant niedergestreckt wenige Meter daneben.
Vierzigers Freundin überlebt schwer verletzt – der Passant, ein Journalist der örtlichen Lokalzeitung erliegt einem Kopfschuss.
Galt das Attentat in Wahrheit Josef Vierziger – ein Racheakt?
Stehen geheime Recherchen des toten Journalisten mit dem Anschlag in Verbindung?
Und wie fügt sich die missbrauchte Leiche eines dreizehnjährigen afrikanischen Mädchens in diese Geschichte um Eifersucht, Doping, Drogen, Finanzbetrug, Spendenunterschlagung und möglicherweise Kinderhandel?

Das meint eine Rezensentin:
Das Buch hat einen tollen Spannungsbogen von der ersten Seite weg. Die Geschichte beruht auf einem Fall aus dem Jahre 1988 der in Wirklichkeit nicht aufgeklärt werden konnte. Josph Lemark ist mit Kollateralschaden ein toller Roman gelungen, der sehr lesenswert ist.

Mit dem »dolce far niente« Josef Vierzigers ist es jäh vorbei, als sich ein schwer verletzter Afrikaner zum Haus des pensionierten Kripobeamten in der Nähe von Bari schleppt. Sein beschauliches Leben zerbricht und er gerät in den Dunstkreis der apulischen Mafia »Sacra Corona Unita«.
Ein Kindermörder, der selbst noch ein Kind ist, ein Vierzehnjähriger am Beginn seiner Karriere als Mafiakiller, der Vizebürgermeister der nahen Kleinstadt, ein alter Anwalt, die geheimnisvolle junge Witwe aus der Nachbarschaft und der Arzt eines kirchlichen Altenheimes verschleiern zuerst das Bild, bis sich am Ende doch eins zum anderen fügt.
Der Roman zeichnet ein authentisches Sittenbild und wirft ein grelles Schlaglicht auf die Schattenseiten des sonnigen Südens.

Das meint eine Rezensentin:
Sommer, Sonne, Italien – aber viele Schattenseiten. Spannend und pfiffig geschrieben, einfach klasse! ... hier übertrifft sich Joseph Lemark selbst. Dieser flüssige und pfiffige Schreibstil. Einfach klasse – einfach perfekt.